KLARTEXT

„Ein Großteil der Geschichte ist erfüllt vom Kampf um die Menschenrechte, einem ewigen Streit, bei dem niemals ein Sieg zu erringen ist. Aber in diesem Kampf zu ermüden, würde den Untergang der Gesellschaft bedeuten."
Albert Einstein

Gewidmet allen, die niemals ganz von uns weggehen,
weil wir sie nicht vergessen.

Personen, Orte und Handlungen in diesem Roman sind nur teilweise erfunden. Vorbild für Plascha waren mindestens drei Frauen. Eine davon war meine Tante. Sie hat als Kind tatsächlich die Mandeln so entfernt bekommen, wie hier beschrieben. Der kleine Felix war mein Vater. Und was damals Wieschermühle hieß, ist heute der Ruhrpark Bochum. Aber vieles von dem, was Zeitzeugen mir erzählt haben, kann an verschiedenen Orten im Ruhrgebiet stattgefunden haben.

Zum Buch

Plascha ist eine Alltagsheldin, die unmittelbar aus dem Leben in den Roman mit dem gleichen Namen hineingesprungen zu sein scheint. Plaschas Eltern, die sich noch Polacken nennen lassen müssen, sind eingewandert ins Herz des Kohlenpotts, und jetzt ist Krieg, Weltkrieg. Wir begleiten Plascha bis ein Jahr nach diesem Krieg, eine bewegte, bewegende Zeit: Anfangs regiert noch der Kaiser und Plascha betet, dass die Franzosen den Papa nicht erschießen. Es folgen Steckrübenwinter und Revolution. Das alles aus der Sicht eines jüngeren Schulkindes, eine Sicht, die weder in Geschichtsbüchern noch in den großen Romanen der Zeit vorkommt.

Knoll

Inge Meyer-Dietrich

Plascha

oder

Von kleinen Leuten
und großen Träumen

Roman

Bibliografische Information der Deutschen Nationalbibliothek
Die Deutsche Nationalbibliothek verzeichnet diese Publikation in der Deutschen Nationalbibliografie; detaillierte bibliografische Daten sind im Internet über http://dnb.dnb.de abrufbar.

Impressum

1. Auflage Oktober 2020

»Plascha« erschien erstmals im Jahr 1988.
Umschlaggestaltung: Joachim Bartels/Tobias Hollender
Satz und Gestaltung: Achim Nöllenheidt
Umschlagbild: Franz Dempewolff [Nachlass], © LWL-Medienzentrum für Westfalen
Druck und Bindung: Multiprint GmbH, Kostinbrod 2230, Slavianska Str. 10 A, Bulgarien
ISBN 978-3-8375-2350-8

KLARTEXT
Jakob Funke Medien Beteiligungs GmbH & Co. KG
Jakob-Funke-Platz 1, 45127 Essen
info@klartext-verlag.de, www.klartext-verlag.de

1

Von Plascha mit den wilden Locken, von ihrer Familie und Nachbarn und Freunden und ein bisschen vom Kalla mit dem großen Kopf.

Plascha rennt. Vom Turm der Herz-Jesu-Kirche schlägt es sechs. Um sechs Uhr sollte sie spätestens zu Hause sein, hat Mama gesagt. Plascha kriegt Seitenstechen vom Rennen, sie ist mal wieder zu lange mit Lisbeth beim alten Kulla geblieben.

Plascha befühlt im Laufen ihre Schürzentasche. Der alte Kulla hat ihr was mitgegeben für Mama, eine Handvoll Kaffeebohnen, echten Kaffee, da wird Mama sich freuen!

Plascha rennt über den Kirchplatz und biegt in die Boltestraße ein. Mist! Hier sind am Nachmittag Kohlen geliefert worden, und etliche Zentner liegen noch auf dem Bürgersteig. Die Leute sind dabei, die Kohlen in Eimer und Kellerfenster zu schippen. Plascha muss kleine Umwege machen, das hält auf. Und am Ende der Straße, da, wo sie links abbiegen muss, sieht sie Kalla Bonnenkamp um die Ecke kommen. Auch das noch!

Kalla ist gutmütig, der tut keiner Fliege was zuleide, sagt Mama. Kann schon sein, aber Plascha ist sich da nicht so sicher. Mama weiß ja nicht, wie oft Kalla von den Schulkindern gehänselt wird. »Kalla, Kalla, tropp, tropp, tropp, macht's in deinem Wasserkopp«, schreien sie. Oder sie kreisen den Kalla ein und rufen: »Kalla, Kalla, zähl bis zehn, und dann lassen wir dich gehn!«

Als ob Kalla bis zehn zählen könnte! Nicht mal bis drei kann er zählen. Er hat einen zu großen Kopf, da ist mehr Wasser drin als Hirn, sagen die Leute, und dass er wirklich nicht viel Hirn hat, das sieht man Kalla schon an, so wie der immer grinst.

Plascha hat nicht mitgerufen. Aber sie ist manchmal dabei gewesen und hat zugeguckt. Ob Kalla sie erkennt?

Sie sieht, wie er von einer Bordsteinkante zur gegenüberliegenden geht. Mit beiden Armen rudert er durch die Luft, um sein Gleichgewicht zu halten, während er die Füße vorsichtig aufsetzt, immer genau einen Fuß vor den anderen, als wollte er ausmessen, wie breit die Straße ist.

Plascha kommt jetzt in seine Nähe, sie muss an ihm vorbei. Kalla geht langsam in die Hocke und malt mit einem Stück Kohle einen dicken Strich auf den Bordstein. Seine Hände sind groß und breit und sehen zum Angstkriegen aus, genau wie sein Kopf. Den hebt Kalla jetzt hoch, und er guckt Plascha an. »Da! Da!«, schreit er und wedelt wild mit seinen Händen durch die Luft, wobei er versucht sich aufzurichten.

Plascha erschrickt und rennt in weitem Bogen um ihn herum, sie rennt, so schnell sie kann, trotz Seitenstechen, und wirft keinen Blick mehr zurück. Erst als sie zu Hause ankommt und hinten in den Hof einbiegt, läuft sie langsamer. Und sie atmet auf, als sie Mama mit Lene Wawciniak im Garten hinter den Ställen reden hört.

Glück gehabt! Mama wird nicht merken, dass Plascha wieder einmal zu spät nach Hause kommt, und das ist gut so, denn Plascha mag nicht, wenn Mama traurig guckt.

In der Küche nimmt Plascha eine der Blechtassen vom Bord und holt die Kaffeebohnen aus ihrer Schürzentasche. Der alte Kulla hat sie in Zeitungspapier gewickelt. Plascha schüttet sie vorsichtig in die Tasse. Riechen die gut!

Und dann kommt Mama rein, riecht die Kaffeebohnen auch, guckt und staunt und freut sich genauso, wie Plascha es sich auf dem Heimweg vorgestellt hat.

»Richtiger Kaffee«, sagt Mama mit einem Kopfschütteln. »Der alte Kulla ist ein lieber Kerl, ich muss ihn unbedingt mal wieder besuchen.«

Abends liegt Plascha im Bett und versucht, nicht einzuschlafen.

Sie hat sich vorgenommen, so lange zu beten, bis Mama kommt, und rollt sich immer wieder auf Mamas Seite, damit das Bett schön angewärmt bleibt.

Die Geschwister schlafen schon alle. Sogar Franja, die Große. Aber die muss auch den ganzen Tag hart arbeiten, seit sie bei Kolpes in Stellung ist. Böden schrubben, Wäsche waschen und Berge von Kartoffeln schälen.

Plascha ist froh, dass sie noch nicht arbeiten gehen muss, obwohl es bei Kolpes alle Tage gutes Essen gibt. Und reichlich, sagt Franja.

Jetzt wälzt sich die große Schwester im Schlaf unruhig auf die andere Bettseite, wo Lischa schläft. Weck sie nicht auf, denkt Plascha, sie muss doch morgen früh als Erste raus und Zeitungen austragen.

Der kleine Felix murmelt im Traum undeutlich vor sich hin. Er schläft bei Lodja am Fußende.

Von Lodja hört man nichts, nicht einmal ihre Atemzüge. Sie ist auch nachts die Ruhigste von allen.

Und Plascha ist die Unruhigste aus der Familie. Die mit den wilden Locken. Plascha fällt immer so viel ein, was sie tun oder erzählen muss, und sie kann nie lange damit warten.

Ein Wunder, meint Mama, dass Plascha in der Schule stillsitzen kann, denn nicht einmal im Schlaf liegt sie ruhig. Deshalb schläft sie mit Mama im großen Bett, seit Papa im Krieg gegen die Franzosen kämpft.

Die letzte Karte aus Frankreich hat er vor über drei Monaten geschrieben. Jeden Tag staubt Plascha die Karte ab, die auf der Kommode steht, und gibt Papa einen Kuss. Fünf Soldaten sieht man auf der Karte, Papa ist der zweite von links.

Für Kaiser und Vaterland steht in Druckschrift unter dem Foto, und was Papa hinten draufgeschrieben hat, weiß Plascha auswendig.

»Ist Deutschland denn unser Vaterland?«, hat Plascha verwundert gefragt, als Mama die Karte und den Spruch vorgelesen hat. »Wir sind doch Pollacken, oder?«

Dass Mama so böse gucken kann! »Sei still«, hat sie wütend gesagt. »Weißt du denn nicht, was das für ein Schimpfwort ist?«

Aber dann hat sie nicht mehr so böse geguckt und Plascha auf den Schoß genommen. Sie hat lange erzählt. Von einem kleinen Dorf in der Nähe von Posen und von den Feldern und Wäldern ihrer Kindheit. So genau hat Plascha das alles nicht gewusst. Und dass einem die schönste Heimat nichts nützt, wenn es keine Arbeit gibt und man nicht satt werden kann.

Mama hat von dem Hirten an der Ruhr erzählt, der brennende Steine fand, die Kohle nämlich, und wie die ersten Zechen im Ruhrgebiet entstanden sind. Immer mehr und immer größere Zechen sind es geworden, viele Arbeiter brauchte man dafür. Deshalb sind Menschen in großer Zahl an die Ruhr gekommen, auch aus anderen Ländern und besonders viele aus dem Osten, so wie Mama und Papa. Obwohl Mama schon lange hier lebt, spricht sie am liebsten polnisch und ist stolz auf ihre Sprache. Es tut ihr weh, wenn die Einheimischen abfällig über die *Pollacken* reden.

Langsam versteht Plascha das alles. Aber dass es überall Menschen gibt, die Fremde nicht leiden können, nur weil sie fremd und anders sind, das will Plascha nicht in den Kopf.

»Dabei gehören wir zu Deutschland«, sagt Mama. »Wir sind polnische Preußen, deshalb ist dein Vater in den verrückten Krieg gezogen und muss gegen die Franzosen kämpfen.«

Für Plascha klingt das verwirrend. Aber sie ist froh, dass Deutschland ihr Vaterland ist, genauso wie Lisbeths, denn Lisbeth ist ihre Freundin. Mama hat gesagt, zum Glück haben hier nicht alle was gegen die Einwanderer. Und Lisbeth sagt nie *Pollacken* oder *rot und blau, Pollacksfrau*. Lisbeth und ihre Familie, die sind in Ordnung.

Ihr Vater ist auch irgendwo in Frankreich, Lisbeths Mutter hat vorige Woche noch Post von ihm gekriegt. Nur Plaschas Mama wartet jeden Tag vergeblich auf eine Karte oder einen Brief von Papa, schon viele Wochen lang.

»Vielleicht hat er 'ne andere gefunden, die Franzosen sollen doch so scheene Weiber haben«, hat der Krakowiak gesagt, der die Post austrägt, und gelacht.

Da hat Mama einen schmalen Mund gekriegt, Plascha hat es gesehen. Sie weiß, dass Mama nicht glaubt, was der Krakowiak sagt. Aber sie hat Angst vor einem Brief mit schwarzem Rand.

Die Galonskas haben so einen bekommen, als ihr Emil gefallen ist, und Lisa Komorek hat Mama aus dem Brief vorgelesen, in dem drinsteht, dass Franek für Kaiser und Vaterland gefallen ist. Und die Ehre und so was. Aber Lisa hat so geheult, dass man fast nichts verstanden hat. Mama hat ihr den Brief aus der Hand genommen und den Arm um Lisa gelegt, doch die hat bloß immer geschluchzt: »Nicht mal ein Grab kann ich pflegen, die Eltern in Polen und der Mann bei den Franzosen!«

Ein Orden war in dem Brief, den hat Lisa auf den Boden geschmissen und darauf gespuckt.

Plascha denkt, dass Mama seitdem viel zu viele traurige Lieder singt, traurige polnische Lieder aus ihrer Kindheit. Dabei mag Plascha viel lieber die lustigen Lieder, die Mama früher gesungen hat. Am liebsten mag sie das Lied von der Bauernhochzeit, aber das will Mama nicht mehr singen.

Komm schlafen, ich bin müde, denkt Plascha.

Mama sitzt nebenan in der Küche und strickt aus einem aufgeribbelten Pullover von Franek eine Jacke für Papa. Plascha hört sie husten. Mamas Asthma ist in letzter Zeit schlimm geworden. Bei jedem Anfall hat Plascha Angst, Mama könnte ersticken.

Wenn Papa bloß nach Hause käme!

Wenn der blöde Krieg endlich zu Ende wär!

Fräulein Hölter hat den Kindern erklärt, dass die Männer in den Krieg ziehen und das Vaterland gegen die Feinde verteidigen müssen. Aber Plascha, die sonst so gut versteht, was Fräulein Hölter den Kindern beibringt, Buchstaben, Zahlen und Lieder, Plascha glaubt das nicht. Wenn Fräulein Hölters Vater oder Mann in Frankreich wäre, würde sie's vielleicht auch nicht glauben. Doch ihr Vater ist tot und einen Mann hat sie nicht, nur eine Mutter und einen Kanarienvogel. Und Mama hat neulich erst gesagt: »Wer sind denn unsere Feinde? Im Krieg sind immer die kleinen Leute die Dummen. Und die werden sowieso nie gefragt. Da gibt es keinen Unterschied zwischen Deutschen und Polen, Franzosen und Russen.« Und sie hat die Schnippelbohnen noch schneller geschnippelt als sonst, als ob sie den Krieg damit kurz und klein und zu Ende schnippeln könnte.

Heilige Maria, betet Plascha, heilige Maria, mach, dass sie aufhören mit dem Krieg, und schick Papa nach Hause, dann singt Mama wieder das Lied von der Bauernhochzeit und alles wird gut.

Plascha gähnt. Sie rollt sich noch einmal auf Mamas Seite und drückt ihr Gesicht in das kühle grobe Bettzeug, und dann kann sie nicht mehr beten, weil ihr die Augen zufallen, bevor Mama die Petroleumlampe ausmacht.

Sie schläft noch, als Mama ihr morgens sanft die Bettdecke wegzieht und die beiden großen Schwestern längst aus dem Haus sind.

Plascha wäscht sich gründlich über der weißen Emailleschüssel mit blauem Rand, obwohl sie das kalte Wasser nicht mag. Gestern Abend hat sie ihre Hände geschrubbt, bis sie ganz rot und schrumpelig waren. Und jetzt schrubbt sie sie noch einmal, damit Fräulein Hölter ja nichts mehr von dem Kohlenstaub sieht, der unter die Fingernägel und in die Hautritzen kriecht, wenn Plascha Kohlen aus dem Keller holt und in den Ofen schüttet. Nur die besten Schüler dürfen für Fräulein Hölter das Pausenbrot holen. Und saubere Hände sind dabei Ehrensache.

Plascha bürstet ihre wilden Locken, bevor Mama sich mit dem Staubkamm daranmacht und anschließend zwei brave Zöpfe flicht. Das Kämmen mit dem Staubkamm ziept, aber Mama ist eisern, sie hasst Läuse und passt auf, dass ihre Kinder keine einschleppen. Plascha denkt schnell an was Schönes, dann vergisst sie das Ziepen. Sie denkt an die helle Wohnung, in der Fräulein Hölter mit ihrer Mutter wohnt. Sie haben drei große Zimmer, obwohl sie nur zu zweit sind, und schöne Bilder, Blumenstöcke, den sonnengelben Kanarienvogel und sogar ein Klavier. Die Mutter von Fräulein Hölter schenkt Plascha jedes Mal, wenn sie das Pausenbrot abholt, ein buntes Heiligenbild. Manchmal streicht sie ihr über den Kopf und sagt: »Bist ein braves Mädchen, Paula, und was du für schöne Haare hast.«

Plascha heißt eigentlich Pelagia, das ist ein Name aus Polen, aber in der deutschen Schule wird sie Paula genannt. Anfangs hat sie sich nicht daran gewöhnen können und ist immer sitzen geblieben, wenn Fräulein Hölter sie aufgerufen hat.

Plascha mit den drei Namen.

Im polnischen Unterricht, in den sie am Dienstagnachmittag geht, wird sie Pelagia genannt, jedenfalls von Lehrer Wardaschka. Aber zu Hause sagen alle Plascha und Mama sagt es am schönsten, ganz weich, und das erste a ist länger als das zweite.

Die Zöpfe sind fertig. Der heiße Pfefferminztee steht schon auf dem Küchentisch. Dazu kriegt jeder eine Pellkartoffel, denn das Brot wird immer knapper.

Plaschas Gedanken laufen davon, schon frühmorgens. Jetzt sind sie bei den Heiligenbildchen, die Fräulein Hölters Mutter ihr schenkt. Sechs Marienbilder hat Plascha, ein Bild vom heiligen Franziskus mit den Tieren, den mag Plascha besonders, drei von der heiligen Barbara, der Schutzpatronin der Bergleute, eins vom Daniel in der Löwengrube und zwölf verschiedene von der Heiligen Familie in Nazareth.

Plascha sammelt die Bildchen in einer Blechbüchse. Und manchmal übt sie vor dem Spiegel, so fromm zu gucken wie die Mutter Gottes oder wie die heilige Barbara. Aber es will ihr nicht gelingen.

Vielleicht, wenn ich groß bin, denkt Plascha, vielleicht geht's dann leichter. Sie möchte gerne eine Heilige werden. Die Heiligen sind immer so schön, haben feine Kleider und dürfen an Gottes Thron singen bis in alle Ewigkeit.

Plascha singt oft, genau wie Mama. Doch bis in alle Ewigkeit – wie lange das wohl dauert?

An Lodjas erster Kommunion hat Plascha mit dem Pfarrer darüber gesprochen, dass sie eine Heilige werden will, und der Pfarrer hat sie gelobt. Aber Ewigkeit hat er Plascha auch nicht richtig erklären können.

Der Nachbar hat zugehört, der Wawciniak, der schon seit dreißig Jahren auf dem Pütt arbeitet und fünfzig Prozent Steinstaub hat, der hat dem Pfarrer bloß ins Gesicht gelacht und gesagt: »Ihr mit der Ewigkeit und euren Heiligen! Damit will uns die Kirche doch bloß für dumm verkaufen, damit wir schön stillhalten in unserem Elend!«

Da hat der Pfarrer die Stirn gerunzelt und streng gesagt: »Lassen Sie dem Kind seinen Glauben, Sie alter Sozi.«

Sozi ist wohl das Gegenteil von heilig, denkt Plascha, und der Wawciniak ist auch nicht schön, kein bisschen, und wenn er am Zahltag gesoffen hat und grölend durch die Sedanstraße zieht, das wär bestimmt kein Gesang für den lieben Gott in alle Ewigkeit!

Aber sonst ist der Wawciniak in Ordnung. Er ist der einzige Mann im Haus, der nicht in den Krieg musste.

»Mit so 'ner kaputten Lunge geht nix mehr für Kaiser und Vaterland«, sagt der Wawciniak grinsend, aber Kohle machen kann er noch und hilfsbereit ist er immer, sagt Mama.

Nur wenn er seinen Priem im Hausflur ausspuckt, ärgert sie sich.

Plascha stolpert fast über den kleinen Felix. Er hat seine warme Ziegenmilch getrunken und spielt am Boden mit dem Holzpferdchen, das nur noch drei Beine hat.

Lodja wartet schon an der Tür. Mama nickt den Mädchen zu.

Plascha freut sich auf die Schule. Fräulein Hölter liest oft Geschichten vor, dann hört Plascha zu, ohne sich zu bewegen, die wilde, unruhige Plascha. Dann merkt sie gar nicht, wie die Zeit vergeht.

Sie hüpft neben Lodja her. Ein immer größer werdendes Rudel Kinder zieht zur Deutsches-Reich-Schule.

Allein bei Plascha im Haus wohnen elf Schulkinder: unten sie und Lodja, Fine, Karl und Ötte Wawciniak, oben die vier Strelcyks und die beiden Wischnewskis.

Eigentlich gehört Klärchen Wischnewski auch in die Schule, sie ist so alt wie Lodja, aber sie ist nicht ganz richtig im Kopf. Wenn die Sonne scheint, sitzt sie mit ihrer Strickliesel aus einem Garnröllchen und vier Nägeln draußen auf der Treppe und macht ellenlange bunte Schnüre. Plascha kann sich nicht vorstellen, wozu man die alle braucht.

Lisbeth wohnt ein paar Straßen weiter in einem ähnlichen Haus wie Plascha, aber es stehen keine polnischen Namen an der Haustür.

Lisbeth hat schon gewartet. Hand in Hand gehen die Freundinnen zur Schule, sie haben beide himmelblaue Schleifen in den Zöpfen.

Lodja geht mit den Mädchen aus ihrer Klasse. Sie freut sich nicht auf die Schule. Sie hat auch keine nette Lehrerin wie Fräulein Hölter, die Geschichten vorliest und für die sie das Pausenbrot holen darf. Lodja hat den strengen Herrn Graute, der dauernd schreit und mit dem dünnen Stöckchen den Kindern auf die Fingerspitzen schlägt, bei jeder Kleinigkeit. Und mit Polenkindern ist er besonders streng.

Ein Glück, dass Lodja still und ordentlich ist, sonst hätte sie's vielleicht so schwer wie Ötte Wawciniak, den hat der Graute schon lange auf dem Kieker.

Es ist Ende Oktober und ziemlich kalt. Plascha friert in der Strickjacke, die vor ihr schon Franja gehört hat und Lischa und Lodja. Aber Plascha guckt zufrieden in den blauen Himmel und weiß, dass es mittags wärmer und bestimmt nicht regnen wird. Dann kann sie mit Lisbeth in die Wieschermühle, Heu machen für die Hippen. Und das ist immer ein kleines Fest.

2

Von Ötte und Graute, von einem Nachmittag in der Wieschermühle und einem Abend in der Küche mit Reibeplätzchen.

Als Plascha mittags aus der Schule kommt, steht der kleine Felix im Hof vor einem riesigen Spinnennetz, das glitzert in der Sonne. Er hat Fliegen gefangen und füttert damit die dicke Spinne. »Die hat ganz viel Hunger«, verkündet er fröhlich.

»Und ich erst«, sagt Plascha. Ihr hat in der letzten Schulstunde so laut der Magen geknurrt, dass sich sogar Heini Sippel und August Barken grinsend umgedreht haben, und die sitzen drei Reihen vor ihr, die Blödmänner.

Felix verfüttert seine letzte Fliege.

Plascha nimmt ihn an die Hand und geht mit ihm ins Haus.

Es gibt Polefke, Pellkartoffeln in einer dünnen Suppe, und darüber gießt sich jeder etwas Ziegenmilch.

»Wenn wir die Hippe nicht hätten«, sagt Mama oft. Denn je länger der Krieg dauert, umso weniger gibt es zu essen. Mama hat ihr Stück Garten hinterm Haus vollgepflanzt mit Kartoffeln, Bohnen, Kohl und Porree. Plascha hätte gern einen Fliederbusch, Maiglöckchen und Vergissmeinnicht wie Fräulein Hölters Mutter und die Kolpes, aber Mama sagt, schöne Gärten, das wär was für reiche Leute. Sie hat sogar noch Land von der Zeche gepachtet für Kartoffeln und Gemüse, um einigermaßen über die Runden zu kommen.

Manchmal bringt Franja ein bisschen Suppenfleisch mit oder Knochen von Kolpes Hof. Und zu den Feiertagen auch ein paar Würste. Mamas Geld reicht selten für Fleisch oder Wurst. Und was es gegen Bezugsscheine gibt, wird immer weniger, davon kann man nicht leben und nicht sterben.

»Darf ich nachher mit Lisbeth in die Wieschermühle, Heu machen für die Hippen?«, fragt Plascha. »Es ist vielleicht das letzte Mal, bevor es zu kalt wird.«

Mama nickt.

»Ich will auch mit«, bettelt Felix.

»Meinetwegen, aber nur, wenn du wieder das Kind bist«, bestimmt Plascha. Felix wäre gern mal der Vater, aber da ist nichts zu machen, nicht mit Plascha und Lisbeth.

»Ich durfte heute wieder das Pausenbrot für Fräulein Hölter holen«, sprudelt es aus Plascha heraus. »Und ich hab ein Bild von der heiligen Anna gekriegt.«

»Zeig!«, ruft Felix sofort, aber Mama sagt: »Jetzt wird erst mal gegessen.«

Felix will immer mit Plaschas bunten Heiligenbildchen spielen, doch sie mag sie ihm nicht geben, weil er Eselsohren reinmacht. Und der Daniel in der Löwengrube hat schon einen Fettfleck auf der Brust.

Nach dem Essen geht Mama mit Lischa Mist fahren. Plascha und Lodja waschen ab. Dann machen sie am Küchentisch ihre Schularbeiten.

»Der Graute hatte seine Schnurrbartspitzen heute mal wieder runterhängen«, sagt Lodja, während sie die erste Strophe von *Deutschland, Deutschland über alles* in Schönschrift abschreibt.

Oje! Plascha weiß, was das bedeutet. Als Fräulein Hölter krank war, ist der Graute manchmal in ihre Klasse gekommen. Die ganze Schule weiß es: Wenn der Graute besonders schlecht gelaunt ist, hängen seine Schnurrbartspitzen nach unten, und nur wenn er extra gute Laune hat, sind sie wunderschön nach oben gezwirbelt.

»Hast du auch was abgekriegt?«, fragt Plascha die Schwester.

»Nur die Strafarbeit, die wir alle aufhaben«, antwortet Lodja. »Zehnmal in Schönschrift *Deutschland, Deutschland über alles.*«

»Und Ötte?«, fragt Plascha.

»Den hat er natürlich wieder verhauen«, sagt Lodja zornig. »Dabei hat Ötte gar nichts gemacht, nur den Graute angeguckt. Wir müssen ihn ja immer angucken, weil er sonst denkt, wir passen nicht auf.«

Plascha nickt, sie kennt das von den paar Stunden, die der Graute in ihrer Klasse war.

»›Glotz mich nicht so unverschämt an, Wawciniak‹, hat der Graute plötzlich gebrüllt. Aber Ötte hat ruhig geantwortet: ›Ich guck ganz normal, Herr Graute.‹ Und schon hat sich der Graute wieder auf Ötte gestürzt, ich konnte nicht hingucken.

Ötte hat keinen Mucks gesagt! Bis der Graute geschrien hat: ›Dreckiger Pollack, du, deine Frechheit werd ich dir schon noch rausprügeln!‹

Da hat Ötte tief Luft geholt und wollte was sagen, das hab ich gesehn, aber der Graute hat ihm eine Ohrfeige gegeben, dass es Ötte fast umgeschmissen hat. Und dann ist der Graute aus der Klasse gerannt, weil gerade die große Pause anfing.

›Dem zahl ich's heim‹, hat Ötte gesagt und sich die rote Backe gehalten. ›Dem zahl ich's heim, da könnt ihr Gift drauf nehmen.‹ Und das macht er auch«, sagt Lodja leise. »Ötte hat Mut.«

»Aber gegen den Graute kommt er nicht an.« Plascha schüttelt den Kopf. »Gegen den ekligen Kerl kommt niemand an.«

»Irgendwann vielleicht doch.« Lodja sagt das so bestimmt, als sei sie ganz sicher. Und dann schreibt sie zum dritten Mal: *Deutschland, Deutschland über alles, über alles in der Welt.*

Plascha sieht ihre Schwester an und denkt nach. So viel redet Lodja selten. Sie muss eine große Wut im Bauch haben, wie sie da sitzt und einen Buchstaben neben den anderen malt. »Der soll sich sein Deutschland irgendwohin stecken!«, murmelt sie. Lodja, die sonst so still und friedlich ist.

»Ich geh jetzt.« Plascha räumt ihre Sachen weg. Sie guckt in den Brotkasten. Der ist wieder mal leer. Ein paar kalte Pellkartoffeln sind noch im Topf. Plascha steckt die zwei dicksten in ihre Schürzentasche. Am liebsten würde sie gleich eine essen, sie hat schon wieder Hunger. Aber die Kartoffeln sind für den Nachmittag.

Felix spielt mit Willi Wawciniak im Hof. Ob Willi auch mal so mutig wird wie Ötte, sein großer Bruder? Plascha kann sich das nicht vorstellen. Willi ist vier wie Felix, aber kleiner und dünner und hat immer eine Rotznase. Jetzt will er unbedingt mit in die Wieschermühle. Plascha überlegt. Gut, denkt sie, ein Kind ist wirklich ein bisschen wenig, und Willi darf mit in die Wieschermühle zum Heu machen.

Sie setzt die beiden Jungen in das Leiterwägelchen, nimmt die Hippe am Strick und los geht's zu Lisbeth. Die hilft ihrer Mutter im Garten und ist froh, dass Plascha kommt, denn Gras schneiden und spielen ist schöner als Unkraut jäten.

Lisbeth holt ihre Hippe aus dem Stall und die Sichel, dann macht die kleine Karawane sich auf den Weg, der über eine halbe Stunde dauert.

Plascha weiß nicht, ob wirklich mal eine Mühle dort gestanden hat, wo sie jetzt hingehen. Riesige Aschenhalden neben grünen Wiesen, Wiesen, die keinem gehören oder wahrscheinlich der Zeche, aber niemand kommt und mäht das Gras. Es gibt auch einen kleinen Bach, den Schlammteich und viele Himbeer- und Brombeersträucher, aber um diese Jahreszeit sind die längst abgeerntet.

Plascha und Lisbeth kennen eine Menge Lieder, die sie bei Fräulein Hölter gelernt haben, die schmettern sie jetzt in die Gegend.

Plascha ist richtig übermütig, so freut sie sich auf den Nachmittag.

Als sie zum Schlammteich kommen, tauchen plötzlich Heini Sippel und August Barken hinter einem Holunderstrauch auf. Ausgerechnet die beiden. Lisbeth wirft Plascha einen Blick zu, aber da stellt sich August schon vor Plascha hin, grinst wie heute Morgen in der Schule und leiert seinen Lieblingsspruch herunter: »Du bist Pollack, ich bin Hesse, was ich scheiße, musst du fresse!«

Da blitzt es in Plaschas Augen auf, und ehe August sich versieht, haut sie ihm eine runter und schreit: »Hesse, Hesse, Eierfresse!« Und weil sie ganz schnell weiterkommen will, fährt sie August mit dem Leiterwägelchen übern Fuß. Da lässt August ein schreckliches Geheul los und will sich auf Plascha stürzen, aber die stellt ihm ein Bein und August fliegt der Länge nach in den Dreck.

Heini Sippel steht daneben und gafft. Er ist der Sohn vom Bäcker Sippel und war immer ziemlich fett. Deshalb hieß er nur *der dicke Heini*. Aber seit der Ernte im letzten Jahr mit dem wenigen Getreide und den vielen faulen Kartoffeln ist Heini dünn geworden wie alle anderen Kinder auch. Erst recht im langen kalten Steckrübenwinter, der danach kam. Selbst das Mehl zum Brotbacken wurde mit durchgedrehten Steckrüben vermischt, weil es sonst nichts gab. Und da hat Heini allmählich sein ganzes Fett verloren. Aber beweglicher ist er trotzdem nicht geworden, er geht so träge wie früher. Jetzt steht er immer noch da mit offenem Mund.

»Zieht endlich Leine«, schreit Lisbeth wütend und tritt Heini mit voller Wucht gegen das Schienbein. Die kleinen Jungen im Leiterwägelchen johlen und brüllen und die Hippen werden unruhig und zerren an ihren Stricken.

Da hauen Heini und August endlich ab.

»Die sind wir los, die Doofmänner.« Plascha pfeift laut vor sich hin. Wenn Fräulein Hölter das hören könnte! Die würde sagen: Mädchen, die pfeifen, und Hühnern, die krähen, denen muss man beizeiten die Hälse umdrehen.

Deswegen pfeift Plascha nur, wenn kein Erwachsener in der Nähe ist. Aber lange hält sie das nicht mehr durch. Sie kann Ungerechtigkeit nicht leiden, und was die Jungen können, kann sie auch.

Die Kinder kommen zu ihrer Lieblingswiese. Sie spielen Räuber und Gendarm, Hochzeit und Kinderkriegen, Schule und Lazarett. Lisbeth ist die Braut und Plascha der Bräutigam. Felix und Willi sind Führengelchen, sie gehen dem Paar voran und streuen Gänseblümchen. Und als der Hochzeitstanz beginnt, drehen und wiegen die beiden sich mit, wenn auch ein bisschen unbeholfen.

Einmal purzelt Felix über den Willi und beide landen im Gras.

Willi heult, weil er sich wehgetan hat, und als Plascha ihm auf die Beine helfen will, spürt sie plötzlich einen Stich in ihrem linken Daumen, so heftig, dass auch ihr die Tränen kommen. Eine Wespe!

Plascha steckt den Daumen sofort in den Mund, saugt das Gift aus der Wunde und spuckt es in hohem Bogen aus.

Sie wischt sich die Tränen weg. Sie will, dass der Nachmittag schön bleibt.

Der Daumen wird dick, aber Plascha tut ganz viel Spucke drauf. Spucke hilft gegen alles.

Das Hochzeitsessen schmeckt gut! Plaschas Pellkartoffeln und die Äpfel, die Lisbeth mitgebracht hat, werden redlich unter alle vier Kinder geteilt. Jeder bekommt seine Portion auf einem großen grünen Blatt serviert.

Plascha ruft: »Augen zumachen!«

Und dann stellen sie sich vor, es gäbe einen Braten und sie würden alle richtig satt davon.

Wenn man sich etwas ganz fest vorstellt, ist es beinah wie in Wirklichkeit.

Die Arbeit kommt nicht zu kurz. Als sie an der Sonne sehen, dass es Zeit ist heimzukehren, haben die Mädchen den kleinen Leiterwagen vollgepackt mit Gras. Sie setzen Felix und Willi obendrauf und ziehen singend nach Hause.

Sie müssen sich beeilen. Es wird schon dunkel. Der Himmel hinter der Zeche Heinrich-Gustav glüht rot. Die Räder des Förderturms drehen sich. Aus dem Zechentor kommt Mamas Freundin Lisa und geht mit ihnen nach Hause.

Franja hat auch schon Feierabend, weil sie heute zwei Stunden früher bei Kolpes anfangen musste. Sie hat eine große Tasche voller Kartoffelschalen mitgebracht. So eine Freude! Plascha und Lodja drehen die Kartoffelschalen durch den Fleischwolf und machen Reibeplätzchen direkt auf der Platte vom Kohleherd, da braucht man kein Fett dazu. Es gibt eine Menge Reibeplätzchen, die Wawciniaks kriegen auch welche ab. Zwar wird es ein bisschen eng in der Küche, aber Plascha mag solche Abende.

Der Wawciniak spendiert eine Kanne Bier.

Da holt Lisa ihre Ziehharmonika und spielt die alten polnischen Lieder, eins und noch eins, und alle singen mit. Mama lacht endlich wieder und singt das Lied von der Bauernhochzeit, das lustige, das Plascha so gerne mag.

Und dann erzählen die Großen von früher, das findet Plascha am schönsten. Wenn der Wawciniak ein bisschen Bier getrunken hat, hört er gar nicht mehr auf zu reden. Von Stanis Gruscyk, dem stärksten Mann in seinem Heimatdorf in der Provinz Posen, weiß der Wawciniak immer neue Geschichten, was der Stanis mit dem ellenlangen Bart alles entzwei gekriegt hat, Baumstämme und dicke Eisenketten. Und wie er den geizigen Gutsherrn Slopatka nach Strich und Faden verdroschen hat, haha, der Wawciniak lacht, bis ihm die Tränen kommen.

Und von Mitka erzählt er, die dreiundzwanzig Kinder hatte und immer noch aussah wie ein junges Mädchen, mit zwei dicken langen Zöpfen, und keine in der ganzen Provinz konnte tanzen wie sie.

Aber vom Pütt und von Papa spricht der Wawciniak auch. Sie haben lange in einer Kameradschaft auf der Zeche unter Tage gearbeitet. Papa war gern mit dem Wawciniak zusammen.

Plascha möchte die ganze Nacht in der Küche sitzen und zuhören. Aber dann drängt Lene Wawciniak energisch zum Aufbruch. Sie geht dauernd rüber und guckt nach der kleinen Hermine, die schon seit zwei Tagen fiebernd im Bett liegt. Und der Wawciniak hat morgen Frühschicht, da ist die Nacht sowieso zu kurz.

Felix ist auf Mamas Schoß eingeschlafen, Mama trägt ihn vorsichtig ins Bett.

Plascha flicht sich die Zöpfe neu für die Nacht, damit ihre Haare nicht verzotteln. Dabei muss sie an Mitka denken und an ihre dreiundzwanzig Kinder.

3

Von der kleinen Hermine, vom Klärchen mit den bunten Schnüren und von Oma Doppka, die pinkelt, wohin sie will.

Am anderen Morgen steht Plascha summend auf. Sie hat noch die Lieder von gestern Abend im Kopf. Die ganze Zeit hört sie Lisa Komorek Ziehharmonika spielen und Mama singen und muss aufpassen, dass sie nicht mit den Füßen den Takt dazu schlägt.

Nachmittags geht sie zusammen mit Lodja in den polnischen Unterricht. »Wollt ihr noch ein bisschen singen oder soll ich euch vorlesen?«, fragt Lehrer Wardaschka zum Schluss und Plascha ruft schnell: »Lieder singen!«

Sie singt so laut, dass Lodja sagt: »Brüll nicht so!« – aber deswegen singt Plascha kein bisschen leiser. Und auf dem Heimweg singt sie immer noch.

Da kommt Ötte ihnen entgegengerannt, als wär der Teufel hinter ihm her, er bleibt nicht mal stehen, als Lodja fragt: »Was ist denn los und warum warst du heute nicht im polnischen Unterricht?«

»Hermine hat Krämpfe!«, schreit Ötte. Sie sehen, dass er zum Pfarrhaus rennt.

Da ist Plaschas Ausgelassenheit mit einem Mal vorbei.

Letztes Jahr haben sie Stephan Strelcyk begraben, der ist an Krämpfen gestorben. Und Plascha erinnert sich noch an ihren kleinen Bruder Leo, der hatte auch Krämpfe und war nach wenigen Tagen tot.

Leo hatte braune Locken, genau wie Plascha. Er lag in einem weißen Kindersarg und Plascha konnte einfach nicht begreifen, dass er sich nicht mehr bewegte. Sie war damals noch klein. Sie hat Leo angefasst, als er in der Küche aufgebahrt lag und die Kerzen brannten, aber sie hat ihre Hand sofort wieder zurückgezogen, so steif war Leo und so kalt.

Den Sarg um Leo herum hatten sie mit Heiligenbildchen ausgelegt, wunderschön bunte, eins neben dem anderen.

Und auf dem Friedhof, als die Männer vom Polenverein den Sarg in die Erde gesenkt und ihre weißen Stoffhandschuhe hinterhergeworfen haben, da hat Plascha gedacht, dass es schade ist um die Heiligenbildchen, weil Leo ja doch nicht mehr damit spielen kann, so mausetot, wie er ist. Mama hat damals lange geweint und Papa war gar nicht mehr lustig. Aber bald hat Mama wieder einen dicken Bauch gehabt, und als Felix geboren war, wurde langsam alles wie früher.

Bloß nicht lange, denn Felix konnte gerade ein bisschen laufen, da musste Papa schon in den Krieg. Und Krieg ist das Schlimmste, was Plascha sich denken kann, weil man so oft Hunger hat und Angst um Papa, mehr Angst, als wenn er auf der Zeche unter Tage arbeitet.

Es hat schon oft Grubenunglücke gegeben, bei denen Kumpel tödlich verunglückt sind. Aber im Krieg, da sterben noch viel, viel mehr Menschen.

Sonntags nach der Messe geht Mama oft zum Friedhof an Leos Grab. Manchmal geht Plascha mit, dann betet sie ein paar *Vater unser* und ein paar *Gegrüßet seist du, Maria* und denkt an den Leo, der sich nicht mehr gerührt hat, und an die bunten Heiligenbildchen und ist froh, wenn sie wieder gehen.

Plascha mag auf dem Friedhof lieber das Feld mit den schönen alten Grabsteinen, da liest sie die Namen und rechnet aus, wie alt die Leute geworden sind, und stellt sich vor, wie sie wohl ausgesehen haben. Und wenn ihr ein Name besonders gefällt, findet sie es schade, dass sie den Menschen nicht gekannt hat.

Jetzt hat die kleine Hermine Krämpfe, kommt vielleicht auch bald auf den Friedhof und ist noch nicht mal zwei Jahre alt.

Als Plascha und Lodja heimkommen, sitzen die großen Mädchen aus dem Haus auf den Steinstufen vor der Tür. Sie stricken oder stopfen Strümpfe, flüstern miteinander und machen besorgte Gesichter.

Plascha geht in den Stall und füttert die Hippe. Als sie später ins Haus kommt, riecht es im Flur nach Weihrauch. Der Pfarrer ist bei der kleinen Hermine.

Mama ist aufgeregt, das sieht Plascha sofort, denn Mama geht immer wieder mit dem schweren Bügeleisen über das Betttuch, das längst glatt ist. Dann teilt sie die dünne Graupensuppe aus, ohne ein Wort zu sagen. Plascha und ihre Geschwister sind so still wie sonst nie. Sie horchen auf die Geräusche aus der Wohnung gegenüber.

Plötzlich hören sie lautes Weinen, und alle wissen, was das bedeutet, sogar Felix. Tränen laufen über Mamas Gesicht. Sie schickt die Kinder früh schlafen und geht zu den Wawciniaks hinüber. Die Nachbarn helfen sich immer gegenseitig, ob einer geboren wird oder stirbt.

Plascha liegt im Bett und hält ihre Maupa im Arm. »Du kannst wenigstens nicht sterben«, flüstert sie und drückt ihre Flickenpuppe an sich. Plascha betet, dass die Franzosen Papa nicht totschießen sollen und dass die kleine Hermine schnell in den Himmel kommt, nie mehr Hunger hat oder Schmerzen.

Fräulein Hölter hat im Religionsunterricht gesagt, dass Gott die unschuldigen kleinen Kinder am liebsten mag und dass sie deshalb sofort in den Himmel kommen, wenn sie sterben. Plascha hat gestaunt, woher Fräulein

Hölter das so genau weiß. Und jetzt ist Hermine vielleicht schon ein Engel an Gottes Thron.

Bloß singen kann sie nicht, denkt Plascha. Aber vielleicht lernt sie das im Himmel? Ob sie überhaupt ein Engel werden kann, wenn der Vater Sozi ist? Plascha muss mal den Pfarrer fragen. Aber so ungerecht kann der liebe Gott doch nicht sein?

Plascha schläft noch nicht, als Mama ins Bett kommt. Sie rückt nah an Mama heran, an ihren warmen weichen Körper, und schläft endlich ein. Sie träumt von schwarzen und weißen Särgen, von Blumen, Kränzen und Heiligenbildchen. Der Kirchenchor singt *So nimm denn meine Hände*, und als Plascha aufwacht, fühlt sie noch salzige Spuren auf ihrem Gesicht.

Nach der Schule gehen Plascha und Lodja zu den Wawciniaks hinüber. Mit Hermine ist alles genauso wie damals mit Leo. Der kleine Sarg und die Heiligenbildchen. Plascha weiß, dass Mama die kleine Hermine gewaschen und angezogen hat. Es ist so Brauch, dass die Nachbarn die Toten waschen.

In ihrem Sonntagskleid liegt Hermine da und Lene Wawciniak steht neben dem Sarg und hat rot verweinte Augen.

Plötzlich kommt Klärchen Wischnewski herein, Klärchen, die einen Stock höher wohnt und nichts anderes kann als mit ihrer Strickliesel Schnüre machen.

»Hau ab«, sagt der kleine Willi und will Klärchen aus der Tür schieben. »Was soll die Hermine denn mit deiner blöden Schnur?«

Aber Ötte nimmt Klärchen bei der Hand, geht mit ihr zum Sarg und sagt: »Gib ihr nur deine bunte Schnur, sie hat deine Schnüre gerne gemocht.«

Da legt Klärchen der Hermine die bunte Schnur um,

langsam und feierlich, als wäre die Schnur eine kostbare Kette. Und Klärchen sieht richtig glücklich aus.

Am nächsten Tag ist die Beerdigung. Aus der Nachbarschaft gehen viele Leute mit. Als die Männer vom Polenverein den Sarg mit Hermine in die Erde senken, fängt Lene schrecklich zu weinen an. Der Wawciniak steht neben seiner Frau, streicht ihr mit seinen rissigen, schwieligen Handflächen unbeholfen über den schmalen Rücken, und Plascha denkt, dass er das Trösten erst üben muss.

Ötte steht mit verschlossenem Gesicht neben seinen Eltern, den kleinen Willi an der Hand, der ausnahmsweise keine Rotznase hat. Fine und Karl, die sonst nur Unsinn im Kopf haben, halten kleine Asternsträuße in den Händen. So traurig hat Plascha die beiden noch nie gesehen.

Der Pfarrer sagt, dass der kleinen Hermine viel erspart worden sei, das Leben in diesen Zeiten sei selbst für die kleinsten Kinder schwer. Im Jenseits habe Hermine keine Sorgen und könne der ewigen Herrlichkeit Gottes teilhaftig werden.

Schon wieder das Wort ewig! Plascha findet es ungerecht, dass es im Himmel ewig herrlich und friedlich ist, und hier auf Erden machen die Menschen Krieg, bringen sich um und haben nicht genug zu essen.

Der Wawciniak muss was Ähnliches denken, er guckt richtig wütend.

Warum hat Gott die Menschen bloß so gemacht, wenn er doch allmächtig ist, denkt Plascha, wenn ich Gott wär, ich würde die Menschen anders machen, und ich würde die Kartoffeln nie verfaulen lassen, keinen Hagel schicken und nicht solche Kälte im Winter ...

Während Plascha sich noch ausmalt, was sie alles anders machen würde, wenn sie Gott wär, ist die Beerdigung zu Ende und sie gehen alle zu den Wawciniaks.

Mama hat bei sämtlichen Nachbarn Lebensmittel gesammelt für zwei große Bleche Streuselkuchen. Die hat sie zum Bäcker Sippel gebracht und der hat sie in seinem großen Backofen gebacken. Im Nu sind die beiden Bleche leer gegessen. Frau Strelcyk sagt, als sie den Muckefuck ausschenkt: »Einmal wieder richtigen Bohnenkaffee trinken!« Aber Bohnenkaffee gehört zu einer anderen Zeit und die ist schon ziemlich lange her, jedenfalls für die meisten.

»Es gibt Leute in diesem Land, die haben nie gehungert und jeden Tag ihren Bohnenkaffee getrunken«, sagt der Wawciniak. »Und genau für die halten wir kleinen Leute die Köppe hin, im Pütt wie im Krieg.«

Der Pfarrer schluckt schnell den letzten Bissen Streuselkuchen runter und sagt: »Wawciniak, fang nicht schon wieder an! Es hat immer Arme und Reiche gegeben, daran kannst du nichts ändern.«

Da wird der Wawciniak böse. »Haben Sie sich schon mal die Hände dreckig gemacht, Herr Pfarrer, haben Sie schon mal gehungert? Und wie es ist, wenn einem das Kind krepiert, weil man den Arzt und die Medizin nicht bezahlen kann, haben Sie eine Ahnung davon?« Der Wawciniak sieht aus, als wollte er den Pfarrer gleich rausschmeißen, und seine Frau fängt leise an zu schluchzen.

Das mit dem Krepieren hätte er nicht sagen dürfen, denkt Plascha, wo doch Hermine vorhin erst beerdigt worden ist. Aber wenn sie den Pfarrer anguckt, mit seinem rosigen Gesicht und den feinen weißen Händen, dann kann sie den Wawciniak verstehen. So oft sagt der Pfarrer Dinge, die trösten sollen, aber irgendwie trösten sie doch nicht. Und er gebraucht manchmal ganz fremde Worte. Plascha kennt niemanden sonst, der so spricht.

»Nichts für ungut«, sagt er jetzt. »Der Schmerz macht oft ungerecht.« Und dabei guckt er den Wawciniak von der Seite an. Dann nickt er den Anwesenden zu, als wollte er ihnen den Segen geben wie in der Kirche, und geht.

»Ob unser Herrgott an dem seine Freude hat?«, murmelt der Wawciniak vor sich hin. Seine Frau legt ihm die Hand auf den Mund.

Plascha hat gesehen, dass Ötte und Lodja die ganze Zeit zusammenstecken. Als der Wawciniak Ötte in die Wirtschaft schickt, Bier holen, und die Mädchen Verstecken spielen, da fragt Plascha die Schwester: »Bist du in den Ötte verliebt?«

Lodja wird rot und sagt heftig: »Red bloß keinen Quatsch!«

Aber nachher sind die beiden doch wieder dauernd zusammen. Sie reden über den Graute, und Ötte sagt: »Das versprech ich dir hoch und heilig, ich geh nicht eher von der Schule runter und zum Pütt, bevor ich's dem heimgezahlt hab, dem Polenhasser!«

Und Lodja sagt eifrig: »Wenn ich dir helfen kann, mach ich mit.«

Vielleicht kennt Plascha ihre Schwester doch nicht richtig, denn das hätte sie ihr nie zugetraut. Aber Mama sagt, dass die Menschen sich oft noch sehr ändern, bevor sie richtig erwachsen werden.

Als die anderen Kinder ihre Säckchen mit den Knickeln holen, da hören Lodja und Ötte auf, miteinander zu reden, und spielen auch mit. Ötte macht mit dem Absatz eine Kuhle für die Knickel auf dem ungepflasterten Bürgersteig unter der mickrigen Platane, die einfach nicht wachsen will.

Plascha hat schon zweimal gewonnen, da kommt Oma Doppka vorbei, die nur noch in der Vergangenheit lebt und lauter komische Sachen macht.

Der kleine Willi ruft: »Achtung!«

Oma Doppka wackelt mit dem Kopf, lacht und fragt: »Habt ihr denn nirgends meinen Hippolit gesehn?«

Oma Doppka hat nur wenig dünnes weißes Haar, daraus macht sie sich ein kleines Zöpfchen, das hüpft jedes Mal mit, wenn Oma Doppka mit dem Kopf wackelt. Sie stellt immer wieder dieselben Fragen, und die Kinder wissen, dass es keinen Sinn hat, Oma Doppka was zu erklären. Sie sieht auch kein bisschen unglücklich aus, obwohl sie ständig unterwegs ist, ihren Hippolit sucht und nicht finden kann, weil er gefallen ist gleich am Anfang vom Krieg.

Auf einmal hebt Oma Doppka blitzschnell ihre vielen Röcke ein Stück hoch, hockt sich über die Knickelkuhle und pinkelt einfach rein, obwohl alle Kinder drum herumstehen, und als der kleine Willi anfängt zu schimpfen, hört sie gar nicht hin.

Plascha muss lachen und Lodja auch, schließlich lachen alle Kinder und Oma Doppka lacht unbekümmert mit.

»Jetzt machen wir uns eine Knickelkuhle im Hof«, sagt Plascha und Oma Doppka lacht immer noch und ihr Zöpfchen wippt, und man kann sehen, dass sie keinen einzigen Zahn mehr hat.

Dann sucht sie in den Taschen ihrer vielen Röcke nach Fünfpfennigstücken, bis sie eine Hand voll zusammen hat, die verschenkt sie an die Kinder, bevor sie weitergeht, ihren Hippolit suchen.

4

Vom alten Kulla und was er mit ein paar zahmen Mäusen in der Grube erlebt hat.

Mit dem schönen Herbstwetter ist es endgültig vorbei und damit haben auch die Nachmittage in der Wiescher-mühle ein Ende. Die Hippen bleiben jetzt im Stall, bis das Frühjahr kommt. Plascha hofft, dass die Heuvorräte bis dahin reichen.

Sie und Lisbeth gehen jetzt nachmittags los und sammeln die letzten Kastanien, die der Herbststurm von den alten Bäumen bläst, und trockene Äste und Zweige, denn Brennmaterial ist knapp. Die besten Kastanienbäume stehen rund um den alten Marktplatz. Und dort in der Nähe, gleich am Anfang der Wilhelmstraße, wohnt Lisbeths Großonkel, der alte Kulla.

Eigentlich hat er Schuster gelernt, aber er war viele Jahre auf dem Pütt als Hauer und Sprengmeister. Der Steinstaub hat sich in seine Lungen gefressen, das hört man bei jedem Atemzug. Obwohl der alte Kulla Vollinvalide ist, muss er immer was zu tun haben. Er sagt, dass er nicht einfach so rumsitzen kann, das macht ihn verrückt. Seine Frau ist vor zwei Jahren an Typhus gestorben, und seitdem redet der alte Kulla manchmal mit sich selbst, obwohl er viel lieber Gesellschaft hat, jemanden, mit dem er reden kann.

Seine Kinder sind beide aus dem Haus. Sein Sohn Kaspar ist in Russland im Krieg. Und die Tochter Marie arbeitet im Waisenhaus in der Stadt, da hat sie ein winziges Zimmer und kommt nur selten nach Hause, weil sie abends so lange arbeiten muss und an den Wochenenden auch. Das Waisenhaus ist überfüllt, weil es immer mehr Kriegswaisen gibt.

»Die armen Würmer«, sagt der alte Kulla. »Ein Segen, dass die Marie für sie sorgt, die hat ein goldenes Herz.«

Der alte Kulla hat das Schustern in all den Jahren auf dem Pütt nicht verlernt, er hat immer nebenher für seine Familie und die Nachbarn geschustert und das macht er heute noch. Nur an manchen Tagen, da kriegt er so schlecht Luft, dass er nicht arbeiten kann. Dann lässt er auch keinen Menschen zu sich rein. Aber sobald es ihm besser geht, arbeitet er wieder und freut sich über jeden Besuch. Plascha und Lisbeth wissen das und gehen ihn gern besuchen.

Felix ist der Liebling vom alten Kulla. So einen Enkel wünscht er sich. Felix darf sogar mit in Kullas Heiligtum, den Taubenschlag. Da hocken die beiden manchmal stundenlang und Felix weiß schon eine Menge über Taubenzucht.

Der alte Kulla zeigt Felix auch, wie man Schuhe flickt und besohlt. Und wenn jemand Felix fragt, was er denn später mal werden will, dann sagt er, ohne eine Sekunde nachzudenken: »Schuster wie der alte Kulla, das werd ich, wenn ich groß bin.«

Heute haben Plascha und Lisbeth erst wenig Holz gesammelt, als der Himmel immer dunkler wird. Sie schaffen es gerade noch, zum alten Kulla zu rennen, als ein richtiges Unwetter losgeht.

»Ihr seid nicht mein erster Besuch heute.« Der alte Kulla lächelt verschmitzt, als er ihnen die Tür aufmacht.

Natürlich sitzt Felix wieder mal auf dem Schemelchen neben dem Arbeitsplatz vom alten Kulla, er hat eine viel zu große Schürze umgebunden. »Ich bin Onkel Kullas Lehrjunge.« Stolz hämmert er auf einem schiefen Absatz herum.

»Jetzt machen wir erst mal ’ne Pause und stärken uns.« Der alte Kulla zieht seine Schürze aus und hängt sie an einen der dicken Wandhaken. Nachdem er seine Hände mit Schmierseife und viel Wasser bearbeitet hat, holt er vier große Tassen aus dem Küchenschrank, echte Porzellantassen mit Glockenblumen drauf, die hat seine Frau zur Kommunion bekommen, und sie sind alle noch heil, obwohl sie oft benutzt worden sind.

Mit großen Augen gucken die Kinder zu, wie der alte Kulla ein frisches Brot aus dem Brotkasten nimmt, das riecht ganz anders als das Brot, das es gegen Bezugsscheine gibt. Wo hat er das bloß wieder her?

»Das hat mir der Sippel heute früh gebracht«, sagt der alte Kulla zufrieden. »Dafür hab ich ihm seine Winterschuhe repariert, die kann er mindestens noch zehn Jahre tragen!«

Er schneidet für jeden eine Scheibe Brot ab und streicht ordentlich Kunsthonig drauf. Im Küchenherd brennt schon ein gutes Feuer. Der alte Kulla setzt einen Topf mit Milch auf, und als sie heiß ist, gießt er allen davon in die Glockenblumentassen.

Die Milch dampft, der Honig glänzt und warm ist es in der Küche.

Plascha fühlt sich wohl. Sie merkt erst jetzt, wie sehr sie gefroren hat in dem kalten Wind, und von dem Regenguss haben sie und Lisbeth auch noch was abgekriegt, obwohl sie so schnell gelaufen sind. Aber jetzt trocknen sie in der warmen Küche.

»Onkel Kulla, bitte erzähl vom Pütt«, bettelt Felix, denn der alte Kulla hat auf der Zeche viel erlebt, Grubenunfälle, Streiks und eine Menge aufregender Sachen. Davon hat er den Kindern schon manches Mal erzählt, aber sie kriegen nie genug von seinen Geschichten.

»Was soll's denn heute sein?«, fragt er bereitwillig. »Vom großen Streik 1912, vom Grubenbrand oder wie ich verschüttet war?«

»Du hast doch mal von den zahmen Mäusen erzählen wollen«, schlägt Felix vor und steckt sich den letzten Bissen Honigbrot in den Mund.

Der alte Kulla lacht und fährt sich mit der Hand ein paar Mal über die Glatze wie immer, wenn er überlegt, wie er anfangen soll. Aber dann schneidet er erst noch drei Scheiben Brot ab für die Kinder, genauso dicke wie vorhin, und den Kunsthonig streicht er auch diesmal kein bisschen dünner. »Auf einem Bein kann man nicht stehen«, sagt er, »und wer noch wächst, muss tüchtig essen.« Auch von der Milch gießt er nach.

Einen Moment lang ist es ganz still, nur das Feuer knistert und die Lunge vom alten Kulla rasselt beim Atmen. Dann fängt er langsam an zu erzählen: »Das ist lange her, ich war Hauer auf der Zeche Heinrich-Gustav, hatte mich langsam an die schwere Arbeit unter Tage gewöhnt, an den ewigen Staub und die Dunkelheit, an Hitze und Kälte, an den Durst, den Schweiß und den Muskelkater von der Maloche in engen Strebs, und in meiner Kameradschaft fühlte ich mich wohl.

Der Ede Knepper war dabei, dem Jahre später ein Steinschlag beide Beine abgerissen hat, und der krumme Michalski, der ging so gebückt, als müsste er ständig was auf dem Boden suchen. Der war schon damals nicht mehr ganz jung und ist inzwischen längst übern Jordan.« Der alte Kulla macht eine Pause und seufzt. »Unser Pferdejunge hieß Hänschen und war ein lieber Kerl. Der konnte prima mit Pferden umgehn, hat sie nie geschlagen und ihnen nie mehr zugemutet, als sie schaffen konnten, auch wenn wir deshalb manchmal etwas langsamer waren als andere Kumpel.«

»Onkel Kulla, warum sind die Grubenpferde blind?«, fragt Felix dazwischen.

Plascha ärgert sich, sie mag es nicht, wenn jemand beim Erzählen unterbricht.

Aber der alte Kulla ist geduldig. »Von der Dunkelheit und vom Staub«, erklärt er ruhig. »Ich hab oft gedacht, ich werd auch noch blind bei dem Maulwurfsleben da unten.« Er lacht. »Dabei brauch ich bis heute nicht mal 'ne Brille.« Wieder fährt er sich mit der Hand über die Glatze. »Aber mit den Mäusen, das war damals so: Ihr wisst, ich hab Tiere gern, nicht bloß meine Tauben. Und da unten in der Grube gab es eben die Gäule, die vor die Kohlewagen gespannt werden, aber Mäuse gab es auch und manchmal sogar Ratten, weiß der Kuckuck, wie die dahingekommen sind. Ich hab oft geholfen, die Grubenpferde zu versorgen, obwohl das nie meine Aufgabe war, einfach weil es mir Spaß gemacht hat. Und die kleinen Mäuse, die gefielen mir auch. Es war lustig, wenn sie um die Brotkrümel stritten, die uns Kumpeln beim Buttern runterfielen. Ich hab manchmal absichtlich nachgeholfen, hab die armen Viecher ein bisschen gefüttert. So wurden einige Mäuse mit der Zeit richtig zahm und verloren jede Angst vor uns. Eines Tages in der Essenspause hab ich wieder mit den Viechern gespielt, meine Kumpel waren schon fertig zum Weiterarbeiten, der Ede fing an, mit mir zu schimpfen und rief: ›Mensch, Kulla, nu lass man die Mäuse, sonst kriegen wir heute nichts mehr getan!‹«

Plascha, Lisbeth und Felix hören gespannt zu. Felix rückt immer näher an den alten Kulla heran und hat einen Daumen im Mund. Das macht er nur, wenn er müde oder aufgeregt ist.

»Ich wollte gerade hinter den anderen her, die schon auf mich gewartet haben, da fing der Berg mit einem Mal schrecklich zu arbeiten an, ein Ächzen und Stöhnen zuerst, und dann krachte und splitterte es um mich herum, als ob die Welt unterginge. Ich hab sie verschwinden sehen, den Ede, der zum Glück noch beide Beine hatte, den krummen Michalski und Hänschen, der vergebens den Gaul zu beruhigen suchte. Sie sind um ihr Leben gerannt und ich auch. Es ging ja alles so schnell, nur Sekunden, in denen das passierte, und ich war fast bei ihnen angelangt, da gab es einen furchtbaren Knall. Gestein stürzte neben mir nieder, mein Mund war voller Staub und meine Augen brannten. Eine Zeit lang konnte ich nichts mehr sehen. Ich drückte mich gegen die Wand aus Kohle und hielt mir die Hände schützend vors Gesicht.

Nach einer Weile beruhigte sich das Gestein. Ich wischte mir die Augen, so gut es ging. Meine Grubenlampe brannte noch. Und dann begriff ich langsam, dass ich in der Falle saß, abgeschnitten von den Kameraden, von der ganzen Welt. Nur die Mäuse waren noch da. Aber mir war nicht mehr nach Spielen zumute. Ich bin fast verrückt geworden vor Angst, hab geschrien und geklopft und mit den Fäusten gegen die raue Streckenwand geschlagen, bis meine Knöchel bluteten. Die Gesteinsmassen hatten mich wie durch ein Wunder verschont, aber wenn nicht bald Hilfe käme, müsste ich ersticken in dem engen Loch, das mir geblieben war.

Die Kameraden würden mich nicht im Stich lassen, das wusste ich, sie würden sofort Hilfe holen, Rettungsmannschaften würden nach mir suchen. Aber wie oft hatte ich bei Unfällen schon erlebt, dass sie zu spät kamen, dass der Tod schneller war als sie! Jeder Bergmann weiß das: Da unten ist man nie sicher, nie, man kann von herabstürzendem Gestein erschlagen werden, an giftigen Gasen ersticken oder verdursten, verhungern, wenn die Rettungsmannschaften zu lange brauchen bei einer Explosion, einem Brand – und ertrinken kann man auch, wenn es einen Wassereinbruch gibt.

Das alles ging mir wild durch den Kopf. Ich hab abwechselnd gebetet und geschrien. Ich wollte nicht sterben da unten!

Ich hab an meine Frau gedacht, an Kaspar und die kleine Marie, was für Sorgen würden sie sich machen! Ich hab geweint wie ein Kind. Bergmannshemd ist Totenhemd, heißt es, aber ich wollte noch leben mit denen da oben, die brauchten mich doch, und ich hatte Marie und Kaspar versprochen, am Abend ein Kartoffelfeuer mit ihnen zu machen.

Ob es schon Abend war? Ich hatte keine Uhr, und wenn man da unten allein ist, verliert man schnell jedes Zeitgefühl. Irgendwann hörte ich auf zu schreien oder zu klopfen, ich starrte nur noch vor mich hin, hatte keine Kraft mehr, mich zu wehren, Zeichen zu geben. Ich fühlte mich völlig erschöpft.

Wenn ich wenigstens nicht allein gewesen wäre, wenn ich meine Kameraden gehabt hätte! Aber die waren vermutlich längst in Sicherheit, und ich zweifelte immer mehr daran, dass sie mir helfen konnten. Nicht einmal Werkzeug hatte ich, das lag irgendwo unter dem herabgestürzten Gestein. Wie sollte ich mit bloßen Händen jemals ein Loch durch die Massen von Gestein und Schutt wühlen können?

Obwohl ich so müde war, ließen meine Gedanken mich nicht einschlafen. Durst hatte ich auch. Aber ich zwang mich, den letzten Rest Kaffee aufzuheben, der noch in meiner Flasche war. Wer weiß, ob ich noch einmal im Leben etwas zu trinken kriegen würde?

Still war es jetzt im Berg, unheimlich still. Nur ab und zu fielen Wassertropfen auf den Boden, wo sich kleine und größere Pfützen gebildet hatten. Das Gestein schien sich ganz und gar beruhigt zu haben.

Da fiel mir etwas Seltsames auf: Die Mäuse waren nicht mehr da!

So sehr ich mit meiner Grubenlampe den Boden absuchte, da war keine einzige Maus. Ich leuchtete jedes Stückchen Boden in meinem Gefängnis ab. Da huschte eine Maus aus einer dunklen Ecke und war gleich darauf wieder verschwunden. Ich stellte meine Grubenlampe vorsichtig ab und kroch auf allen vieren vorwärts. Das war gar nicht so einfach, überall lagen einzelne Gesteinsbrocken herum und ich wunderte mich wieder, dass mich tatsächlich keiner getroffen hatte. Ich kroch zurück und holte meine Lampe, denn ich musste unbedingt sehen, wohin meine Mäuse verschwunden waren. Vielleicht gab es ja auch für mich einen Weg, aus dieser Falle herauszukommen? Mit einem Mal war ich wieder hellwach.« Der alte Kulla räuspert sich.

Nicht jetzt aufhören, erzähl weiter, denkt Plascha. Sie will den alten Mann nicht drängen, denn jetzt muss er auch noch husten, das kommt wohl vom vielen Reden. Bestimmt ist das nicht gut für seine kranke Lunge.

»Und dann?«, fragt Felix. »Bist du rausgekommen, hast ausfahren können?«

»Nein.« Der alte Kulla erzählt weiter. »Nein«, sagt er noch einmal, »aber ich fand etwas sehr Wichtiges: Eine Schaufel, die wahrscheinlich ein Kumpel von der letzten Schicht liegen lassen hatte. Und ich entdeckte, dass die Mäuse ein Loch im Schutt als Durchgang benutzten. Dahinter lag der Streb, in dem ich vor der Pause mit meinen Kumpeln gearbeitet hatte. Bei diesem kleinen Durchschlupf fing ich an zu graben. Endlich konnte ich etwas tun!

Wie lange ich geschaufelt habe, weiß ich nicht, es kam mir jedenfalls vor wie eine Ewigkeit. Geschwitzt hab ich, denn ich hab geschuftet, als wär der Teufel hinter mir her.« Der alte Kulla kichert in sich hinein. »Und vielleicht war er das ja auch, hat schon einen Braten gerochen.«

Plascha schüttelt den Kopf. Der gute alte Kulla kommt bestimmt in den Himmel, wenn der mal stirbt. Jetzt legt er einen Arm um den kleinen Felix, der noch näher an ihn herangerückt ist, und erzählt weiter: »Ich hab geschaufelt, bis ich dicke Blasen an den Händen hatte, und das will was heißen, denn Bergleute haben sowieso Schwielen an den Händen von der harten Arbeit.

Ich kam nur mühsam voran. Immer wieder rutschten Gesteinsbrocken nach und ich musste aufpassen, dass die mich nicht doch noch erwischten. Aber ich gab nicht auf, ich wollte unbedingt weiter in Richtung Förderschacht. Ich hab geschaufelt und dann wieder geschrien und geklopft. Vielleicht war die Rettungsmannschaft unterwegs, vielleicht schon ganz nah? Da! Was war das? Das konnten Klopfzeichen gewesen sein. Oder doch nicht? Ich lauschte angestrengt, aber nur die Wassertropfen machten neue Geräusche. Ich klopfte und rief und schrie. Es kam keine Antwort, ich blieb allein. Und ich erinnerte mich an das, was Bergleute manchmal erzählt hatten, Bergleute, die eingeschlossen gewesen waren und dann doch noch gerettet worden sind. Dass es ihnen ähnlich erging wie Menschen, die sich in der Wüste verirren. Sie sahen Trugbilder und hörten Stimmen oder Klopfzeichen, die es in Wirklichkeit gar nicht gab. Ich musste aufpassen, dass ich einen klaren Kopf behielt trotz aller Angst, und ich musste mich immer wieder selbst zur Arbeit antreiben, wenn ich müde wurde, wenn meine schmerzenden Knochen nicht mehr wollten.

Ich hab mir meine Frau vorgestellt, den Kaspar und die kleine Marie – oder die Sonne und den Himmel im Sommer. Dann ging es wieder eine Weile besser mit dem Schaufeln. Auf was man nicht alles kommt in so einer Not! Und ich hab mir mein Unterhemd ausgezogen, Stücke Stoff davon abgerissen und um meine Hände gewickelt, von denen die Haut in Fetzen hing.«

Der alte Kulla muss wieder husten und einen Moment verschnaufen, und Plascha versucht ihn sich vorzustellen damals, stellt sich vor, wie es sein muss, wenn einem unten im Berg so ein Unglück passiert. Und ausnahmsweise ist sie froh, ein Mädchen zu sein und schon deshalb nicht unter Tage arbeiten zu können, obwohl sie sich sonst oft ärgert, weil Mädchen so vieles nicht dürfen, was Männer tun. Soldat sein oder Bergmann, das wollte Plascha beides niemals, da hätte sie viel zu viel Angst!

Und dann denkt sie an die Frauen, die auch Angst haben und warten wie Mama. Oder wie damals die Frau vom alten Kulla voller Angst gewartet haben muss und die Mutter von Hänschen. Solche Angst ist genauso schlimm!

Der alte Kulla hat sich ein Glas Wasser geholt und trinkt in kleinen Schlucken. »Das hätte ich damals da unten haben sollen«, sagt er, »mein Gott! Aber ich hab verbissen weitergegraben und irgendwann, nach einer Zeit, die mir endlos vorkam, hab ich mich durch das Gestein und den Schutt hindurchgearbeitet. Das Loch war noch zu klein, um durchklettern zu können, aber ein Anfang war es immerhin. Jetzt trieb ich mich zur Eile an, vergrößerte das Loch, bis ich mit meiner Lampe hineinleuchten konnte.

Hatte ich da nicht ein Stöhnen gehört?

Oder war es wieder nur eine Täuschung wie vorhin mit den Klopfzeichen?

›Hallo, ist da jemand?‹, schrie ich.

Ganz schwach, nur geflüstert kam eine Stimme herüber, doch was sie sagte, verstand ich nicht.

Nun schaufelte ich wieder wie verrückt, bis die Öffnung groß genug war, um die Grubenlampe ganz hindurchzubekommen, um endlich etwas sehen zu können, denn auf der anderen Seite war es dunkel.

Jetzt, im Schein meiner Grubenlampe, erkannte ich drei Männer, die am Boden lagen: Ede Knepper, den krummen Michalski und Hänschen. Alle drei lagen nebeneinander und rührten sich nicht.

Ich nahm meine Lampe zurück und steckte stattdessen den Kopf durch die Öffnung. Ich hörte das Stöhnen ganz deutlich, das musste Hänschen sein.

›Luft‹, flüsterte Ede heiser.

›Ich bin's, der Kulla‹, rief ich. ›Gleich ist das Loch größer, dann komm ich rüber zu euch.‹

Sie waren also doch nicht gerettet, meine Kameraden. Es ging ihnen sogar schlechter als mir, denn sie schienen verletzt zu sein. Ede und der krumme Michalski rappelten sich hoch. Hänschen blieb liegen.

Bald hatte ich die Öffnung so groß, dass ich mich hindurchwinden konnte. Da entdeckte ich am Boden auch den Gaul, der mühsam versuchte, wieder auf die Beine zu kommen. Er leckte Hänschen das Gesicht. Hänschen stöhnte. Sein rechter Arm lag seltsam abgeknickt von seinem Körper und die Hand war unförmig angeschwollen. Etwas Schweres musste draufgefallen sein. Ich beugte mich über ihn. ›Hast du schlimme Schmerzen?‹

Er nickte. ›Und Durst‹, klagte er leise.

Ich schraubte meine Kaffeeflasche auf und flößte ihm vorsichtig die letzten Schlucke ein. ›Sie werden uns bald hier herausholen‹, versuchte ich ihn zu trösten und zwang mich, ganz fest an unsere Rettung zu glauben.

›Die da oben müssen uns längst vermissen‹, sagte Ede. ›Die nächste Schicht ist ja schon bald rum.‹ Er hatte als Einziger von uns eine Uhr.

›Die nächste Schicht ist ja schon bald rum?‹ Verwundert sagte ich den Satz noch einmal vor mich hin.

Dann waren seit der Explosion erst zwölf oder dreizehn Stunden vergangen, und mir kam es vor, als wären es Tage gewesen.

Wie lange mussten wir hier unten wohl noch warten, bis Hilfe kam?

Untätig warten wäre das Schlimmste, wir mussten unbedingt selbst etwas tun, statt nur auf Hilfe zu hoffen. Ich wischte mir den Schweiß vom Gesicht. ›Wir müssen weitergraben‹, schlug ich vor, obwohl ich hundemüde war. ›Wir müssen uns durcharbeiten zum Förderschacht.‹

›Wer weiß, wie viel Gestein da noch runtergekommen ist‹, sagte der krumme Michalski. Seiner Stimme hörte man an, wie erschöpft und verzweifelt er war. ›Ob es Sinn hat, sich so abzurackern?‹

Er war älter als wir anderen und hatte weniger Kraft. Er und Ede hatten, genau wie ich, so lange geklopft und geschrien, bis sie nicht mehr konnten. Und es hatte ja auch nichts genützt, nicht einmal ich hatte sie gehört und war doch gar nicht so weit entfernt gewesen. Der krumme Michalski hatte schon recht mit seinen Zweifeln, er war mutlos geworden. Doch wir durften jetzt einfach nicht aufgeben.

›Wir müssen es wenigstens versuchen‹, stimmte Ede mir zu. ›Je mehr wir der Rettungsmannschaft entgegenarbeiten, umso eher kommen wir hier raus. Und für Hänschen wird es höchste Zeit.‹

Ja, Hänschen schien Fieber zu haben, er murmelte vor sich hin, aber das hatte nichts mit uns zu tun. Er redete mit seiner Mutter. Dann stöhnte er wieder.

›Wir bringen dich hier raus, so schnell es geht‹, versprach Ede entschieden und fing an zu schaufeln. Wir wechselten uns ab. Auch der krumme Michalski machte mit, trotz seiner Zweifel und so kaputt, wie er war. Plötzlich ließ er die Schaufel fallen und blieb regungslos stehen, noch stärker vornübergebeugt als sonst.

›Ruh dich aus‹, sagte Ede freundlich und hob die Schaufel auf.

Aber der krumme Michalski winkte ab. ›Seid still‹, flüsterte er. ›Ich glaub, ich hab was gehört!‹

Jetzt pressten wir alle drei unsere Köpfe gegen das Gestein.

Mein Herz klopfte so laut, dass ich zuerst gar nichts anderes hörte. Dann war es auf einmal ganz deutlich: Klopfzeichen, diesmal waren es wirklich Klopfzeichen. Und ganz sicher kamen sie von Leuten, die nach uns suchten.

Sofort machten wir uns wieder an die Arbeit. Schneller, immer schneller schaufelten wir, woher auf einmal die Kraft kam, weiß ich nicht. Wir rissen uns die Schaufel gegenseitig aus den Händen, hätten gut jeder eine brauchen können.

Nach einer Weile hörten wir auch von der anderen Seite ganz deutlich Schaufelgeräusche. Wir arbeiteten aufeinander zu, die Kumpel von der Rettungsmannschaft und wir drei.

Endlich, endlich war auch dieser Durchbruch geschafft.

Für Hänschen wurde es höchste Zeit, er schwitzte und atmete schwer.

Der Erste, der von der Rettungsmannschaft zu uns rüberstieg, war der Wawciniak. Ich werd nie vergessen, wie sein Gesicht in der Öffnung auftauchte und dann der ganze Kerl.« Der alte Kulla holt tief Luft. »Ich glaub, in dem Moment hab ich den Wawciniak lieb gewonnen für den Rest meines Lebens.«

Die Kinder atmen auf.

»Und dann haben sie euch sofort nach über Tage gebracht?«, fragt Lisbeth.

»Ja«, sagt der alte Kulla. »Zuerst wurde Hänschen vorsichtig auf eine Trage gelegt, und dann sind wir gemeinsam ausgefahren. Hänschen kam sofort ins Bergmannsheil. Die Ärzte dort haben gedacht, sie müssten ihm den verletzten Arm abnehmen, so schlimm sah der aus. Aber dann haben sie ihm die Hand und den Arm doch irgendwie zusammengeflickt, so dass er später wieder in unserer Kameradschaft arbeiten konnte, ganz normal wie früher. Nur jeden Wetterwechsel, den hat er in seinem Arm gespürt.«

»Und du und Ede und der krumme Michalski?«, fragt Plascha. »Wie war das, als ihr wieder ans Tageslicht gekommen seid?«

Der alte Kulla guckt vor sich hin, als hätte er das noch deutlich vor Augen. »Das werd ich auch nie vergessen«, sagt er. »Massen von Menschen warteten auf dem Zechenvorplatz, nicht nur unsere Angehörigen, beinah der ganze Ort, jedenfalls die Leute, die irgendwas mit der Zeche zu tun hatten. Und ihr wisst ja, wie viele das hier sind. Alle hatten sie Angst um uns gehabt, und jetzt freuten sie sich mit über unsere Rettung.

Und meine Frau, Kaspar und Marie – mein Gott, war das ein Glück! Sie haben mich alle umarmt, so dreckig, wie ich war, und dann waren sie auch alle schwarz und wir haben gelacht und geweint, alles durcheinander.

Es wurde gerade hell, als der Zechenarzt uns Verunglückte untersucht hatte und wir nach Hause gehen konnten. Dass das so schön ist, wenn es Tag wird, heller und immer heller, das hatte ich noch nie so erlebt.« Dem alten Kulla stehen Tränen in den Augen.

»Und die Mäuse?«, fragt Felix.

»Die hatten bei uns ein Leben wie im Schlaraffenland. Denn wenn ich nicht mit den Mäusen gespielt hätte und wir wären schon weiter hinten bei der Arbeit gewesen, viel wär von uns vieren wahrscheinlich nicht übriggeblieben. Und wenn die Mäuse mir nicht den Durchschlupf gezeigt hätten, vielleicht wären wir erstickt, bevor die Rettungsmannschaft zu uns vorgedrungen war. Ja, wir haben die Mäuse von da an ganz besonders verwöhnt.«

»Und bist du immer wieder eingefahren?«, fragt Lisbeth. »Hattest du denn keine Angst, dass so was noch mal passiert?«

Plascha denkt an ihren Papa, an den Wawciniak und alle Nachbarn, die Bergleute sind.

»Mit der Angst muss man leben«, sagt der alte Kulla. »Da unten kann's einen jederzeit erwischen. Und wenn man's überlebt, erwischt's einen später.« Er zeigt auf seine Brust und die Kinder wissen, dass er seine kaputte Lunge meint.

In der Küche ist es dunkel geworden. Nur vom Herd kommt ein bisschen Licht. Der alte Kulla zündet die Petroleumlampe an und kramt im Küchenschrank. »Ich hab doch wieder ein paar Kaffeebohnen geschenkt gekriegt«, sagt er und packt zwei kleine Zeitungspäckchen, die stecken Lisbeth und Plascha in ihre Schürzentaschen.

Dann schickt der alte Kulla die Kinder heim, damit ihre Mütter sich keine Sorgen machen müssen.

In dieser Nacht schläft Plascha besonders unruhig. Sie fährt mit dem alten Kulla tief in die Grube ein, obwohl Frauen und Kinder gar nicht unter Tage dürfen. Aber Plascha sieht erwachsen aus in Kullas Arbeitshose und Jacke, ihr Haar ist unter einer Kappe versteckt und niemand merkt, dass sie ein Mädchen ist. Sie füttert den Gaul und spielt mit den Mäusen.

Da hört sie das Krachen. Genau neben sich. Sie weiß, was das zu bedeuten hat. Wegrennen will sie, ganz schnell wegrennen. Aber sie kommt nicht vom Fleck, und als sie schreien will, kriegt sie keinen Ton heraus.

Jemand beugt sich über sie. Er riecht gut, er riecht nach frisch gepflückten Äpfeln und hat einen Kaiser-Wilhelm-Bart. Es ist der Zweite von links auf dem Foto, das auf der Kommode steht. Aber er trägt nicht Kaisers Rock, die feldgraue Uniform, sondern grobe Arbeitshosen und ein Unterhemd wie der alte Kulla.

»Papa!«, sagt Plascha und wacht auf.

Noch immer hat sie den Apfelgeruch in der Nase, obwohl sie mit Mama im Bett in der Schlafkammer liegt und sie gar keine Äpfel haben.

»Papa«, sagt sie noch einmal leise in die Dunkelheit hinein.

Um sie herum schlafen alle. Mama seufzt manchmal im Schlaf. Von den großen Schwestern dreht sich ab und zu eine um und auch Felix liegt nicht ganz still.

Am liebsten würde Plascha jemanden wecken.

Es dauert lange, bis sie wieder einschlafen kann.

5

Von einer schlimmen Operation und vom Pferdedoktor, der tot umfällt, wenigstens im Spiel.

Als Plascha am nächsten Morgen aufwacht, hat sie Halsschmerzen. Sie sitzt am Küchentisch und fühlt sich lange nicht so wach wie sonst morgens nach dem Waschen. Jeder Schluck tut ihr weh im Hals und das Herz-Jesu-Bild über der Küchentür schwankt. Aber sie sagt Mama nichts davon. Sie will nicht krank werden. Sie liegt sowieso nicht gern im Bett. Und vielleicht darf sie heute wieder für Fräulein Hölter das Pausenbrot holen und kriegt ein Heiligenbild geschenkt?

Auf dem Schulweg friert Plascha mehr als sonst und Lisbeth fragt verwundert: »Warum sagst du denn heute nichts?«

Es lohnt sich, dass Plascha in die Schule geht. Sie darf das Pausenbrot für Fräulein Hölter holen.

Aber als sie in dem schönen Wohnzimmer steht mit den Blumenstöcken auf den Fensterbänken und den Bildern an den Wänden, da muss sie sich auf einmal an einem Stuhl festhalten, weil ihr schwarz wird vor Augen, und es sticht fürchterlich in ihrem rechten Ohr.

Die Mutter von Fräulein Hölter kommt mit dem Brotpäckchen und dem Heiligenbild, sieht Plascha und fragt erschrocken: »Was hast du, Kind, ist dir nicht gut?«

Plascha muss sich auf den Stuhl setzen, Fräulein Hölters Mutter fühlt ihre Stirn und sagt: »Die ist ja ganz heiß, und du hast auch fiebrige Augen!«

Sie öffnet das Fenster und ruft etwas hinaus in den Hof, wovon Plascha nur versteht, dass irgendjemand Fräulein Hölter holen soll.

Als die kommt, ist sie genauso erschrocken wie ihre Mutter. »Du musst sofort ins Bett«, sagt sie. »Deine Schwester Lodja soll dich nach Hause bringen.«

Obwohl Fräulein Hölter jetzt selbst ihr Pausenbrot mitnimmt, darf Plascha das Heiligenbild behalten und Lodja kriegt auch noch eins.

Die Mutter von Fräulein Hölter muss ganze Stapel von Heiligenbildchen in ihrer Schublade haben. Aber Plascha kann jetzt nicht darüber nachdenken, sie muss sich zusammenreißen und mit Lodja nach Hause gehen.

»Fräulein Hölter hat gesagt, dass sie unbedingt einen Arzt braucht«, berichtet Lodja der Mama, aber die schüttelt den Kopf. »Wir haben kein Geld für den Arzt«, sagt sie traurig. Sie steckt Plascha sofort ins Bett, macht Wadenwickel und kocht Kartoffeln, die zerdrückt sie zu Brei. Den Brei füllt sie in ein Tuch, das legt sie Plascha ganz vorsichtig aufs Ohr. Die Schmerzen hören trotzdem nicht auf, den ganzen Nachmittag nicht und auch nicht in der Nacht.

Mama kocht immer wieder Tee und macht Wadenwickel, bis Plascha sich nicht mehr so heiß anfühlt. Doch das Halsweh geht nicht weg und der Schmerz im Ohr wird noch schlimmer.

Plascha versucht die ganze Nacht, die Zähne zusammenzubeißen und nicht zu jammern, damit sie die Geschwister nicht aufweckt. Aber morgens kann sie nicht mehr. Sie wimmert nur noch und stöhnt und Mama sagt schließlich: »Es bleibt uns nichts anderes übrig, wir müssen zum Amtsarzt gehen.«

Da kriegt Plascha einen Riesenschreck. Der Amtsarzt kostet nichts, er ist zuständig für die armen Leute, die sich sonst keinen Doktor leisten können. Der frühere Amtsarzt war beliebt, sagen die Leute, zu dem sind sie gern gegangen. Aber er ist vor ein paar Jahren gestorben. Und sein Nachfolger heißt nur der Pferdedoktor, weil er die Leute behandelt wie der Pferdedoktor seine Gäule.

»Es muss sein«, sagt Mama entschlossen. »Mit den Hausmitteln komme ich nicht weiter.«

Sie schleppt Plascha, die kaum gehen kann, zum Amt.

Zwei Stunden müssen sie warten. Wie im Traum sieht Plascha die anderen Kranken, undeutlich nur. Sie fühlt sich elend und ihre Angst vor dem Pferdedoktor wird immer größer.

Dann ist Plascha an der Reihe. Sie fühlt ihr Herz überall schlagen, bis in ihr krankes Ohr hinein. Die Krankenschwester setzt sie in einen quietschenden Korbsessel und der Doktor hat riesige rote Hände. Sehr schnell untersucht er Plaschas Hals und Ohren und horcht ihre Brust ab.

»Warum sind Sie nicht früher gekommen!«, schreit er Mama an.

Die wird rot im Gesicht, sagt aber nichts.

Und der Pferdedoktor wartet nicht auf eine Antwort.

Plascha wird's wieder schwarz vor Augen, aus ihrem Ohr tropft eine Flüssigkeit. Da hört der stechende Schmerz endlich auf und der Doktor sagt zu der Schwester: »Sehn Sie, das Trommelfell ist geplatzt, jetzt fließt eine Menge Eiter ab.«

Und dann sagt er noch etwas und Plascha denkt, ihr Herz bleibt stehen. »Wir müssen die Mandeln rausnehmen, die sind total vereitert.«

Der Satz sickert langsam in Plaschas heißen Kopf. Sie sitzt wie erstarrt, aber dann begreift sie auf einmal, was das bedeutet. Sie hat von der Pina Strelcyk gehört, dass der Amtsarzt den Leuten bei vollem Verstand die Mandeln wegoperiert, ohne Betäubung. Und da versucht sie mit aller Kraft, aus dem quietschenden Sessel aufzustehen, weil sie weglaufen will.

Aber der Pferdedoktor drückt sie grob in den Sessel zurück, die Schwester hält Plascha wie im Schraubstock fest und der Doktor reißt ihr Ober- und Unterkiefer auseinander und geht mit einer Zange in ihren Hals.

Es tut höllisch weh.

Plascha will sich losreißen und versucht zu schreien.

Da haut ihr der Amtsarzt mit seiner riesigen roten Hand eine Backpfeife, und Plascha hat das Gefühl, gleich fliegt ihr der Kopf vom Hals.

Wie Mama sie heimgebracht hat, erinnert sie sich später nur wenig. Aber sie weiß, dass sie unterwegs immer wieder dicke Stücke geronnenes Blut ausgespuckt hat und dass sie beide geweint haben, Mama und sie.

Ein paar Tage lang muss sie im Bett bleiben, und sie ist so müde, dass es ihr zum ersten Mal in ihrem Leben nichts ausmacht.

Mama sitzt oft an ihrem Bett und stopft und strickt und erzählt dabei von früher. Plascha hört zu, und manchmal schläft sie ein und träumt die Geschichten weiter, und nachher weiß sie nicht mehr, wo Mamas Geschichten aufgehört und ihre Träume angefangen haben. Aber sie fragt nicht, weil sie es gar nicht wissen will. Geschichten und Träume gehören ja doch zusammen.

So langsam werden die Schmerzen im Hals weniger. Nur richtig essen mag Plascha nicht, das tut noch lange weh.

Franja bringt extra Haferflocken mit und Kuhmilch von Kolpes Hof. Doch als keiner guckt, da schiebt Plascha ihren Brei Felix zu und der isst ihn ganz schnell auf. Es bleibt ihr Geheimnis, sie erzählen Mama nichts davon.

Felix schenkt Plascha zwei von seinen schönsten Schneckenhäusern, er sammelt Schneckenhäuser und bunte Steine.

Plascha will die Schneckenhäuser zuerst nicht nehmen, sie hätte den Brei ja sowieso nicht gegessen. Aber Felix besteht darauf, weil Plascha Schmerzen im Hals hat, und vielleicht gehen die schneller weg, wenn sie sich freut.

Felix weiß, dass Plascha Perlmutt so gerne mag, und genauso schimmern die Schneckenhäuser.

Lisbeth darf oft am Nachmittag kommen. Dann bringt sie ihre Puppe mit, Plascha hat ihre Maupa im Bett und sie spielen zusammen. Manchmal ist Lodja auch dabei.

Sie spielen alles, was Plascha beim Amtsarzt erlebt hat, mal ist Lisbeth der Doktor, mal Lodja. Aber als Plascha wieder besser sprechen kann, weil es nicht mehr so wehtut, da spielt sie den Pferdedoktor selbst, und sie kann das auch am besten, weil es ja ihr passiert ist.

Maupa wird operiert, und Felix guckt voller Angst zu, wie der Amtsarzt immer schlimmer wird in Plaschas Spiel.

»Wenn ich groß bin, mach ich ihn tot«, sagt er, als er sieht, wie Maupa ohne Betäubung die Mandeln rausgenommen kriegt. Aber Maupa lässt sich nicht alles gefallen, sie wehrt sich und wehrt sich, der Amtsarzt regt sich fürchterlich auf, ihn trifft der Schlag und er bleibt mausetot neben Maupa liegen.

Da ist Felix zufrieden. Und nachdem die Mädchen das Spiel oft genug gespielt haben, verlieren sie langsam die Lust daran.

Als Plascha wieder zur Schule gehen kann, ist sie nicht nur dünn, sondern richtig abgemagert. August Barken und Heini Sippel sagen eine Zeit lang Suppenkaspar zu ihr, und auf dem rechten Ohr kann Plascha nie mehr richtig hören seit dieser Zeit.

6

Von Wünschen, von Weihnachten und von der Tröte, die jault.

Weihnachten rückt immer näher. Plascha freut sich darauf. Auch wenn Weihnachten nicht so ein Fest ist wie vor dem Krieg, als Papa noch bei ihnen war. Als es genug zu essen gab und schöne Geschenke. Zur letzten Friedensweihnacht hatten die Mädchen eine Puppenstube bekommen, alle zusammen.

Von den Puppenmöbeln hatte Franja den Schrank gekriegt, Lischa das breite Bett mit der Strohmatratze, Lodja den runden Tisch samt Häkeldecke und Plascha zwei Stühle mit richtigen Stuhlkissen drauf. So gehörte ihnen alles gemeinsam, die Stube und die Einrichtung.

Inzwischen spielt Franja längst nicht mehr mit der Puppenstube und Plascha glaubt nicht mehr ans Christkind, das Geschenke bringt. Denn dass ein Christkind plötzlich arm wird, weil Krieg ist – das kann sie sich nicht vorstellen.

Plascha hat Franja gefragt, und seitdem weiß sie, dass Mama und Papa die Stube gebastelt haben, aus Mutterklötzchen und anderem Abfallholz vom Pütt.

Trotzdem freut sie sich auf Weihnachten. Mama macht aus jedem Geburtstag und jedem Weihnachten ein Fest, auch mit dem Wenigen, was sie haben.

Und Plascha will sich gar nichts wünschen, nur dass Papa endlich nach Hause kommt und alles so wird wie früher. Jeden Abend und in jeder Adventsandacht betet Plascha: Heilige Maria, mach, dass er kommt! Ich will auch kein einziges Geschenk zu Weihnachten!

Dabei hofft sie, dass Maria nur auf die Gebete hört und keine Gedanken lesen kann, weil Plascha doch so gerne ein neues Kleid für ihre Maupa gehabt hätte oder ein dickes Märchenbuch mit bunten Bildern drin wie das, aus dem Fräulein Hölter in der Schule manchmal vorliest.

Warum hören sie vom Papa denn gar nichts mehr?

In den letzten Wochen sind so viele Soldaten ringsum nach Hause gekommen, auf Urlaub oder wegen einer Verletzung. Und Mama, die sonst nicht so einfach jemanden besuchen geht, Mama geht überall hin und fragt nach Papa.

Aber niemand weiß etwas von ihm.

Jedes Mal kommt Mama blass und müde nach Hause und tagelang redet sie kaum ein Wort. Plascha betet dann abends mindestens ein Vaterunser mehr als sonst, auch wenn sie noch so müde ist. Aber vielleicht beten so viele Kinder jeden Abend für ihre Soldatenväter in Deutsch, Polnisch, Französisch und Russisch, wie soll Gott da allen zuhören können?

Einmal bin ich dran, denkt Plascha, dann hört er mich, erinnert sich und schickt Papa nach Hause.

Sie sieht ihren Vater vor sich, an dem Tag, an dem er in den Krieg gezogen ist. Einen Karton voller Äpfel hat er mitgenommen, Plascha hat sie alle blitzblank poliert und vorsichtig in den Karton gelegt, damit sie ja keine Druckstellen kriegten. Und wie die Äpfel gerochen haben, das weiß Plascha noch ganz genau.

Sie sind alle mit Papa zum Bahnhof gezogen: Mama hatte Felix auf dem Arm, der war ja noch fast ein Baby, und Plascha und ihre drei Schwestern stritten darum, wer an Papas Hand gehen durfte, wo er doch nur zwei Hände hatte für seine vier Mädchen.

Aus allen Richtungen kamen Soldaten, die Angehörigen liefen mit und redeten und lachten. Manche sangen auch: »Muss i denn, muss i denn, zum Städtele hinaus«, und jemand rief übermütig: »Wir kloppen die Franzosen auf ihre roten Hosen!«

Die meisten Männer waren sehr zuversichtlich gewesen und hatten versprochen: »Wir kommen bald als Sieger zurück!« Überall war eine Aufregung, als wäre der Krieg schon gewonnen.

Papa hatte nicht ausgesehen wie ein Sieger. Und an der letzten Ecke vor dem Bahnhof hatten Mama und Papa sich umarmt und geküsst, als ob sie sich nie mehr loslassen wollten.

Und Papa hatte sich von jedem Kind einzeln verabschiedet, der Reihe nach, bis der kleine Felix fürchterlich zu brüllen anfing, denn es war das erste Mal, dass er seine ganze Familie gleichzeitig weinen sah.

Dann kamen immer wieder Briefe und Karten vom Papa in seiner schönen Schrift, wegen der er Schriftführer vom Polenverein gewesen war. Er schrieb vom Krieg. Von Angst und Dreck und Verletzten. Und wie er sie alle vermisste, Mama und die Kinder.

Aber vom Sieg und wann er wieder nach Hause käme, stand nichts in den Briefen. Überhaupt hatte bald kein Mensch mehr geglaubt, der Krieg würde bald zu Ende sein.

»Ehe das Laub von den Bäumen fällt, sind meine Soldaten zurück von der Front«, hatte der Kaiser versprochen. Aber das Laub war schon ein paar Mal von den Bäumen gefallen und Plascha glaubt dem Kaiser nie wieder ein Wort.

Vor der letzten Schulfeier zu Kaisers Geburtstag hatte Fräulein Hölter die Kinder wieder einmal das Gedicht aufsagen lassen, das Plascha sich nie richtig gemerkt hat: Der Kaiser ist ein lieber Mann, er wohnet in Berlin, und wär es nicht so weit dahin, ich ginge heut noch hin und brächt die schönsten Blümlein ihm ...

Plascha hatte sich nicht gemeldet und böse auf das Bild vom Kaiser geguckt, das an der Wand hing. Dem wollte sie keine Blumen bringen! Ein lieber Mann hält doch wohl, was er verspricht!

Und als Fräulein Hölter sie drannehmen wollte, da hatte Plascha den Kopf geschüttelt und gesagt: »Ich will nicht.«

Zum Glück hatte Fräulein Hölter nichts gefragt, nur erstaunt geguckt und Plascha in Ruhe gelassen.

Ob er verwundet ist, ihr großer Papa mit den lustigen Augen und dem Kaiser-Wilhelm-Bart?

Vielleicht liegt er schon lange irgendwo in Frankreich in einem Lazarett, und er kann nicht schreiben, weil seine Hände oder Arme verletzt sind? Oder er hat sein Gedächtnis verloren? Plascha hat voll Staunen gehört, dass es so was geben soll!

Oder man lässt ihn einfach nicht schreiben in Feindesland?

Aber wenn der Krieg aus ist, dann steht Papa plötzlich vor der Tür, er hebt Plascha hoch, wirbelt sie durch die Luft und gibt ihr viele, viele Küsse.

Wenn es Weihnachten doch so sein könnte! Plascha versucht, nicht mehr zu pfeifen und nicht wild zu sein. Und wenn August hinter ihr her schreit: »Rot und blau, Pollacksfrau«, dann tut sie so, als hätte sie nichts gehört, obwohl sie es dem August schrecklich gern heimzahlen würde.

Mama sitzt jeden Abend so lange in der Küche, dass Plascha immer schon schläft, wenn sie ins Bett kommt.

Die Jacke für Papa aus Franeks aufgeribbeltem Pullover ist längst fertig. Mama hat sie zusammengefaltet und mit dem letzten Rest Wolle zu einem kleinen Paket verschnürt.

Lisa Komorek kommt jetzt fast jeden Abend und bleibt ziemlich lange. Plascha hört, wie Mama und Lisa leise miteinander reden, und überlegt, was die beiden da drüben wohl so lange machen.

Manchmal klettert sie vorsichtig aus dem Bett und guckt durchs Schlüsselloch, aber sie kann nichts sehen als die gebeugten Rücken von Mama und Lisa.

Der kleine Felix, der sonst immer sofort einschläft, wenn er ins Bett kommt, ist jetzt auch oft noch lange wach, vor lauter Aufregung wegen Weihnachten.

Felix wartet nicht so auf Papa wie seine Schwestern, er kann sich nicht an Papa erinnern. Aber er wünscht sich sehnlichst eine Tröte. Eine, die er bei Kinneke im Schaukasten gesehen hat. Sie ist aus Blech und sieht aus wie Gold, und wenn man feste reinbläst, kommt ein ganz lauter Ton heraus, hat Willi Wawciniak erzählt.

Felix ist schon seit zwei Wochen immerzu brav wegen der Tröte und sagt jeden Tag ein paar Mal: »Wenn das Christkind bloß meine Tröte nicht vergisst!«

Er hat sich aus Zeitungspapier eine Rolle gedreht und sagt, dass er damit schon mal das Tröten übt, aber es wird immer nur ein Gejaule. Plascha hofft, dass die Tröte ein bisschen schöner klingt, und sie hofft vor allem, dass Mama das Geld für die Tröte übrig hat. Felix ist noch zu klein, um zu verstehen, dass im Krieg alles anders und schäbiger ist, auch Weihnachten.

Am Heiligen Abend geht ein eisiger Wind. Plascha läuft raus in den Hof und sucht den Himmel nach Schneewolken ab, doch sie kann keine entdecken.

Und es kommt keine Post und Papa kommt auch nicht.

Lisa arbeitet bis mittags um zwei auf der Zeche.

Franja kriegt den Nachmittag frei, weil sie die ganze Woche vor dem Fest länger bleiben musste als sonst. Die Kolpes sind reiche Bauern, die haben viel vorzubereiten für Weihnachten. Was alles geputzt und abgestaubt werden muss! Und der Köchin hat Franja alle Tage beim Backen und Kochen helfen müssen. Wenn sie abends nach Hause kam, hat sie gestöhnt. Das Kreuz hat ihr weh getan von der vielen Arbeit. Aber als sie heute Mittag nach Hause kommt, strahlt sie übers ganze Gesicht. Sie bringt eine schwere Tasche mit, in die niemand reingucken darf, auch Mama nicht.

Lisa und Mama bohren Löcher in den Besenstiel, da stecken sie die Tannenzweige rein, die ihnen der Wawciniak geschenkt hat, Abfall vom Weihnachtsschmuck auf der Zeche. Sie behängen den Baum mit Lametta und Kugeln, als ob es ein richtiger wär. Lisa hat sogar ein paar bunte Kerzen aufgetrieben.

Als es anfängt dämmrig zu werden, schickt Mama die Kinder raus, nur Franja bleibt mit Mama und Lisa im Haus.

Die Kinder spielen Verstecken. Plascha hat sich so gut versteckt, dass die anderen lange nach ihr suchen müssen. Sie hockt bei der Hippe im Stall, da ist es schön warm.

Plascha denkt an das Jesuskind, das im Stall in Bethlehem geboren ist, vor so vielen Jahren. Sie erzählt der Hippe die Weihnachtsgeschichte und gibt ihr eine besonders große Portion Heu. Die Hippe guckt, als würde sie alles verstehen.

Aber dann findet Lischa endlich das Versteck. Es ist inzwischen richtig dunkel geworden und Mama ruft die Kinder herein.

Zuerst sieht Plascha die Tröte. Sie liegt unterm Weihnachtsbaum und glänzt, als wär sie aus echtem Gold. Und Maupa sitzt da, wunderschön, ein himmelblaues Kleid hat sie an mit einem weißen Krägelchen drauf.

Blau ist Plaschas Lieblingsfarbe.

Mama und Lisa haben viel genäht und gestrickt in den Wochen vor Weihnachten, als Plascha vergeblich durchs

Schlüsselloch geguckt hat: Franja kriegt einen Rock, Lischa einen Schal, Mütze und Handschuhe, damit sie es beim Zeitungsaustragen warm hat. Und Plascha, Lodja und Felix kriegen warme Socken, Lodja noch Fäustlinge dazu, alles in Norwegermuster.

Und jetzt liegt auch unterm Weihnachtsbaum, was Franja in der Tasche heimgeschleppt hat, lauter gute Sachen: eine luftgetrocknete Mettwurst und ein Stück fetter Speck, ein Säckchen Nüsse – sogar ein kleiner Christstollen ist dabei!

»Du bist unser Christkind«, sagt Mama und guckt Franja dankbar an.

Sie singen Weihnachtslieder, probieren Christstollen und spielen Nüsseraten. Und Felix hört gar nicht mehr auf zu tröten, bis alle sich die Ohren zuhalten. Mama schickt ihn für ein Weilchen raus in den Hof.

Morgens zur Christmette stehen alle früh auf.

Nur Felix bleibt zu Hause. Er rollt sich behaglich in Lodjas Bett zurecht, ohne richtig aufzuwachen. Er hält seine Tröte im Arm und lächelt im Schlaf. In seinem weißen Nachthemd und mit den braunen Locken sieht er aus wie ein dunkler Weihnachtsengel, denkt Plascha.

Sie ist froh, dass er die Tröte bekommen hat, nicht bloß, weil er jetzt nicht mehr mit der Papierrolle jault. Sie freut sich über die Tröte genauso wie über Maupas neues Kleid. Sie deckt die Puppe fürsorglich zu. Schade, dass sie die nicht mitnehmen kann in die Kirche, so schön sieht sie aus.

Eisblumen blühen am Fenster, doch geschneit hat es immer noch nicht. Plascha geht als Letzte aus dem Haus und zieht die Tür hinter sich zu. Die Kälte tut ihr weh im Gesicht. Sie ist froh über den Mantel, den Lisa ihr zum Geburtstag aus Franeks altem Überzieher genäht hat. Er ist grau und noch zu groß, aber er ist aus richtigem Stoff von vor dem Krieg und hält warm, nicht wie die Stoffe aus Papier, die es jetzt nur noch gibt.

Später will Plascha sich einmal einen leuchtend blauen Mantel wünschen mit echten Perlmuttknöpfen dran, irgendwann später, wenn der Krieg endlich aus ist.

Ein schmaler Mond hängt am Himmel.

Vielleicht sieht Papa den jetzt auch, denkt Plascha und geht ein bisschen schneller, um die anderen nicht zu verlieren.

Aus allen Häusern kommen Menschen, die zur Christmette wollen. Ihre Schritte trappeln auf der hart gefrorenen Erde. Mama geht neben Lisa Komorek, die Mädchen sind dicht hinter ihnen. Nur Lodja geht neben Ötte.

Plascha hält Ausschau nach Lisbeth, die wartet schon vor der Kirche. Und sogar die alte Oma Doppka kommt in den frühen Gottesdienst, Plascha erkennt sie schon von Weitem an ihrem wippenden Zöpfchen.

Mit wem wird sie wohl Weihnachten feiern? Ihr Mann ist tot, drei Kinder sind ihr vor vielen Jahren an Diphtherie gestorben und ihr Jüngster, der Hippolit, ist gleich zu Anfang des Krieges gefallen. Aber sie sucht ihn immerzu, sie sucht ihn bestimmt noch bis an ihr Lebensende, weil sie nicht glauben kann, dass er tot ist.

Die Glocken beginnen feierlich zu läuten. Plascha staunt, dass die Kirche schon fast voll ist, obwohl sie so früh gekommen sind. Die Leute rücken in den Bänken eng zusammen. Es sind überwiegend Frauen, Kinder und alte Männer. Fast aus jeder Familie ist einer an der Front.

Der Pfarrer hält einen festlichen Gottesdienst. Plascha findet das schön, sie mag die Lieder und die Orgelmusik. Nur bei der Predigt muss sie sich wieder ärgern. »Auch im Krieg vernehmen die Menschen überall auf der Welt die Friedensbotschaft Jesu Christi«, sagt der Pfarrer. »Und wir alle sind Brüder.«

Warum machen sie dann überhaupt Krieg, wenn sie Brüder sind? Und was ist mit den Schwestern? Sie guckt vorwurfsvoll zum Altar und hat wieder ähnliche Gedanken wie bei der Grabrede für Hermine.

Warum hast du die Menschen nicht ein bisschen friedlicher gemacht, lieber Gott, denkt sie, du könntest es doch so leicht. Aber heute ist Weihnachten, da will sie dem lieben Gott keine Vorwürfe machen. Und Mama sagt, der Wille des Herrn ist unerforschlich. Plascha seufzt. Der Pfarrer spricht jetzt von den Gefallenen, von den Opfern, die sie für das Vaterland gebracht haben, und dass es ihnen in einem anderen Leben bessergehen wird.

Plascha guckt in Lisas blasses Gesicht. Der Pfarrer meint schon wieder die Ewigkeit. Als ob das ein Trost wär für Lisa, die wollte jetzt mit dem Franek leben und nicht in der Ewigkeit.

Nachher beruhigt Plascha sich wieder. Es kommen noch viele schöne Lieder. Und auf dem Heimweg gehen sie in einer fröhlichen Menge, alle wünschen sich frohe Weihnachten und sind guter Stimmung, sogar Lisa guckt nicht mehr so traurig wie vorhin, als der Pfarrer gepredigt hat.

Sie kommen nach Hause und Felix sitzt auf den Steinstufen im Flur. Er friert in seinem weißen Nachthemd und sein Gesicht ist verweint. Die Tröte liegt neben ihm auf der Treppe. »Sie geht nicht mehr«, schluchzt er unaufhörlich. »Sie geht nicht mehr!«

Plascha hebt die Tröte auf und bläst hinein. Sie geht wirklich nicht mehr. Sie glänzt noch immer, als wär sie aus Gold, doch kein einziger Ton kommt heraus.

Plascha wünscht sich, sie könnte zaubern. Oder sie könnte versprechen: Wir kaufen dir nach Weihnachten eine bessere, die länger hält. Aber sie kann nicht zaubern und für eine teurere Tröte hat Mama bestimmt kein Geld.

Und doch fällt Plascha plötzlich etwas ein: »Wenn Papa kommt«, sagt sie, »der schenkt dir eine neue Tröte und vielleicht sogar eine Trommel dazu.«

»Bestimmt?«, fragt Felix und weiß noch nicht, ob er das glauben soll.

»Bestimmt«, sagen alle wie aus einem Mund, Mama und Lisa, Franja und Lischa, Lodja und Plascha.

Da lacht er wieder, der kleine Bruder, nimmt seine Tröte und jault fröhlich hinein, wie er es mit der Zeitungsrolle gemacht hat. Und Plascha findet das Jaulen gar nicht mehr schlimm.

Mama wickelt Felix in eine Decke, schürt das Feuer im Herd und sie setzen sich alle um den Küchentisch, zu heißem Pfefferminztee und Brot mit Mettwurst.

Plascha kaut und schluckt und fühlt eine Wärme, die kommt nicht bloß vom heißen Tee und vom glühenden Kohleherd.

7

Vom strengen Winter und vom Sommerland, irgendwo weit hinter den Fördertürmen und Stahlfabriken.

Am zweiten Weihnachtstag ist endlich der Schnee gefallen, den Plascha sich schon Heiligabend gewünscht hat. Sie holen den Schlitten aus dem Keller und ziehen damit auf den Hang hinter Kolpes Feldern, wo man gut rodeln kann, steil oder flacher, wie man gerade Lust hat. Sogar Mama und Lisa gehen mit und fahren ein paar Mal den Hang hinunter, abwechselnd mit Felix und Plascha.

Später bauen sie alle zusammen im Hof einen Schneemann, die anderen Kinder aus dem Haus machen auch mit. Weil niemand eine Mohrrübe hat für die Nase vom Schneemann, kriegt er Augen, Nase und Mund aus Kohlen und auch drei Kohlenknöpfe auf den dicken Bauch. Als Hut setzen sie ihm eine verbeulte Dose auf, die Felix auf der Müllkippe gefunden hat und eigentlich dem Klüngelskerl verkaufen wollte, der immer wieder vorbeikommt und Lumpen, Eisen und Papier sammelt.

Am anderen Morgen fehlen dem Schneemann Augen, Nase, Mund und Knöpfe. Jemand hat die Kohlen geklaut.

Im Januar und Februar gibt es immer wieder Schnee und Frost, so viel, dass Plascha anfängt, auf den Frühling zu warten. Der alte Kulla erzählt den Kindern, wie schlimm der Winter für die Soldaten ist, in Frankreich und noch mehr im weiten Russland. Er hat in der Zeitung davon gelesen.

Überall im Reich sterben Menschen an Hungertyphus.

»Kein Wunder«, sagt Mama. »Hunger und Kälte und

schwere Arbeit, da wird der Körper anfällig für solche Krankheiten.«

Felix bringt erfrorene Vögel nach Hause und will sie im Garten begraben, aber das geht nicht, der Boden ist knochenhart vom Frost.

Einmal sieht Plascha von weitem, wie Felix mit Kalla Bonnenkamp irgendwohin verschwindet. Zuerst will sie den beiden nachlaufen, sie muss Felix doch beschützen, weil sie seine große Schwester ist. Aber sie traut sich nicht, und Felix sieht auch gar nicht so aus, als ob sie ihn vor Kalla beschützen müsste. Er hüpft fröhlich neben ihm her. Kalla hat eine dicke blaue Bommelmütze auf, die macht seinen Kopf noch größer, und auf dem verschneiten Weg geht er noch unbeholfener als sonst.

»Wo warst du denn mit dem Kalla?«, fragt Plascha, als Felix nach Hause kommt. »Hast du vor dem denn gar keine Angst?«

»Warum soll ich denn Angst vor ihm haben?«, fragt Felix erstaunt zurück. »Wir bringen die toten Vögel alle hinter die Friedhofshecke, und wenn es Frühling wird, begraben wir sie.«

Vielleicht hat Mama recht mit dem, was sie über Kalla gesagt hat, denkt Plascha.

In der Schule wollen alle Kinder nicht zu weit vom alten Kanonenofen sitzen, weil man dann friert, aber auch nicht nah dran, da wird es zu heiß.

Fräulein Hölter hat sich für den Winter eine besondere Sitzordnung ausgedacht, um möglichst allen Kindern gerecht zu werden. Sie müssen die Plätze auch immer wieder untereinander tauschen. Aber der Graute setzt die, die er nicht leiden kann wie Ötte, absichtlich nah an den Ofen und sagt: »Da könnt ihr schon mal ein bisschen schmoren, damit ihr Übung habt für die Hölle.«

Lodja erzählt das zu Hause und Ötte wohl auch, denn einen Tag später hat Lodja noch mehr zu erzählen, als sie mittags aus der Schule kommt. »Der Wawciniak war heute beim Graute«, sagt sie. »Da hättet ihr mal dabei sein sollen.«

Alle gucken Lodja erwartungsvoll an, sie soll weitererzählen, alles, denn dass ein Vater oder eine Mutter zum Lehrer geht, das kommt so gut wie niemals vor in der Deutsches-Reich-Schule.

»Hat der Graute ihn denn hinbestellt?«, fragte Plascha erstaunt.

»Ach was, der hatte keine Ahnung, der war richtig von den Socken, als der Wawciniak gleich am Anfang der ersten Stunde geklopft hat und hereingekommen ist, eh der Graute überhaupt was gesagt hat.«

Lodja muss kichern. »Wir haben den Wawciniak ja schon vorher gesehen, der ist nach der Nachtschicht gar nicht erst nach Hause gegangen, sondern gleich zur Schule, hat sich hinten auf das Mäuerchen gesetzt und gewartet, bis der Unterricht anfing. Sein Bündel mit der Kaffeepulle hing ihm über der Schulter und die schwarzen Ränder um die Augen hat er wohl nicht ganz weggekriegt beim Duschen. Er sah genauso aus, wie er immer nach Hause kommt. ›Guten Morgen, Herr Graute‹, hat er gesagt. ›Ich bin der Wawciniak und der Ötte ist mein Sohn.‹«

»›So‹, hat der Graute gemurmelt«, erzählt Lodja weiter, »das war ja wirklich nicht viel, und nachher hat er auch nur wenig gesagt, denn der Wawciniak hat ihn kaum noch zu Wort kommen lassen, der hat geredet, als ob er Bier getrunken hätte.«

»Hat er ja vielleicht«, sagt Plascha. »An der Bude gibt's doch frühmorgens schon Bier.«

»Ist auch egal«, sagt Lodja. »Jedenfalls ist er immer näher auf den Graute zugegangen, ganz langsam, mit kleinen Schritten, und hat den Graute immerzu angeguckt aus seinen Augen mit den schwarzen Rändern. Ich glaub, der Graute hat Angst gekriegt, der ist immer weiter rückwärts gegangen, mit jedem Schritt, den der Wawciniak auf ihn zu gemacht hat, bis er mit dem Rücken gegen die Fensterbank gestoßen ist und alle Kinder grinsen mussten. Aber das hat der Graute zum Glück nicht gemerkt, er hat den Wawciniak nicht aus den Augen gelassen und der ist ihm immer näher auf den Pelz gerückt. ›Herr Graute‹, hat der Wawciniak gesagt und auf einmal gesprochen wie der Pfarrer. ›Herr Graute, jetzt hören Sie mir bitte einmal ganz genau zu. Ich misch mich sonst nicht in Schulangelegenheiten, aber was zu viel ist, ist zu viel. Erstens ist mein Sohn kein dreckiger Pollack, und zweitens wird ein anderer als Sie entscheiden, ob er in die Hölle kommt oder nicht. Ich wehre mich dagegen, dass Sie meinen Sohn noch länger so behandeln.‹

Ganz streng hat er auf den Graute runtergeguckt, als er das gesagt hat, er ist ja ein ganzes Stück größer.

Aber da hat der Graute endlich wieder reden können, wenn auch nicht so laut wie sonst, und er hat gesagt: ›Wollen Sie mir etwa drohen? Wissen Sie nicht, dass ich ein Beamter des preußischen Staates bin?‹

›Das kann schon sein‹, hat der Wawciniak geantwortet. ›Aber dass Beamte des preußischen Staates den Teufel spielen dürfen, ist mir neu.‹

Ihr hättet den Graute sehen sollen! Knallrot ist er geworden und hat gesagt: ›Machen Sie, dass Sie rauskommen, sofort!‹ Aber seine Stimme hat ein bisschen gezittert, er hat überhaupt nicht geschrien wie sonst immer.

›Ich geh, wenn ich fertig bin‹, hat dafür der Wawciniak gebrüllt. ›Und ich bin gleich fertig. Aber eins sage ich Ihnen, Sie lassen meinen Sohn in Frieden, sonst geh ich bis zur obersten Instanz, und dann werden wir schon sehen, ob Beamte des preußischen Staates alles dürfen. Und außerdem‹, hat er auf einmal ganz leise gesagt, und ich hab schon gedacht, gleich packt er den Graute am Schlafittchen, ›außerdem gibt es noch andere Mittel und Wege, glauben Sie mir. Auf Wiedersehen, Herr Graute.‹ Dann ist er rausgegangen.

Der Graute war immer noch rot im Gesicht und hat ängstlich auf die Tür geguckt, als ob der Wawciniak gleich wieder reinkommen könnte. Und dann mussten wir unsere Lesebücher vornehmen und den Rest der Stunde laut lesen, aber Ötte hat er nicht ein einziges Mal drangenommen.«

Plascha denkt nach.

Was der Wawciniak mit den anderen Mitteln und Wegen meint, kann sie sich schon vorstellen, wenn sie an seine starken Fäuste denkt. Aber die oberste Instanz? Das kann bestimmt nur der Kaiser sein. Und der Wawciniak müsste inzwischen doch auch wissen, dass man von dem nichts erwarten kann.

»Hoffentlich geht das gut aus«, sagt Mama. »Hoffentlich kriegt Ötte jetzt nicht noch mehr Schwierigkeiten, und der Wawciniak dazu.«

Plascha ärgert sich, dass Mama gleich Angst hat. Dabei ist es doch gut, dass die Wawciniaks sich wehren, Ötte und sein Vater. Lodja findet das auch. »Man kann sich nicht alles gefallen lassen«, sagt sie. »Ich glaub wirklich, dass der Graute heute Angst gekriegt hat, und das geschieht ihm ganz recht.«

Es bleibt kalt in den nächsten Wochen, aber der Graute setzt niemanden mehr direkt neben den heißen Kanonenofen und schlägt Ötte nicht, er behandelt ihn wie Luft.

Bei Plascha zu Hause haben sie Schwierigkeiten wegen der Kälte. Sie müssen sparsam heizen, weil Mama heimlich Deputatkohle verkauft hat, um an ein bisschen Geld zu kommen. Sosehr der alte Kulla sich auch bemüht hat, Schuhe zu flicken, Lischa hat unbedingt neue gebraucht. Und Arznei muss Mama kaufen, weil ihr Asthma so schlimm ist.

Abends gehen sie früh ins Bett, selbst Mama. Sie legen heiße Ziegelsteine in die Betten, um es ein bisschen wärmer zu haben. Und obwohl sie die Tür zwischen den Zimmern offenlassen, ist manchmal morgens das Bettzeug an manchen Stellen steifgefroren, wenn der Frost durch die Fensterritzen kriecht.

Früher haben sie das Feuer im Ofen bei solcher Kälte die Nacht über durchbrennen lassen, aber das können sie sich jetzt nicht mehr leisten.

Plascha denkt sich ein Spiel aus, das heißt Sommerland. Sie spielt es am liebsten mit Felix.

»Ich geh jetzt nach Sommerland«, ruft Plascha. »Willst du mit?«

»Was ist denn das für ein Land?«, fragt Felix.

»Das schönste Land der Welt!« Plascha macht ein geheimnisvolles Gesicht. »Man braucht keine Schuhe und keine Mäntel, weil es das ganze Jahr über warm ist. Krank wird man dort nie. In den Gärten wachsen Obstbäume, die hängen voller Kirschen, Äpfel, Birnen und Pflaumen. Man braucht sich nur auf die Zehenspitzen zu stellen und zu pflücken.«

»Ja, darf man denn das?«, fragt Felix. »Kommt niemand und jagt einen weg?«

»Niemand«, sagt Plascha. »Die Bäume gehören allen.«

»Allen?« Felix staunt. »Auch den Armen?«

»Arme gibt es in Sommerland nicht«, sagt Plascha, »keinen einzigen, und Reiche gibt es auch nicht. Alle Leute in Sommerland haben immer genug zu essen. Auf den

Feldern wächst Gemüse, sämtliche Sorten, die man sich denken kann, und Getreide, so viel man braucht.«

»Und das Brot schmeckt so gut wie beim alten Kulla?«, fragt Felix neugierig.

»Genauso gut«, sagt Plascha. »Und stell dir vor, auch für Blumen ist ganz viel Platz in den Gärten, sie werden groß und bunt in der Sonne.«

»Und wie kommt man dahin, nach Sommerland?«, will Felix wissen.

»Der Weg nach Sommerland ist weit und gefährlich«, flüstert Plascha, als ob es sonst keiner hören dürfte, »denn Sommerland liegt weit, weit hinter den Fördertürmen der Zechen und weit hinter den Schornsteinen der Stahlfabriken. Kleine Kinder verlaufen sich leicht.«

Felix macht ein ängstliches Gesicht.

»Soll ich dir den einfachsten Weg verraten?«, fragt Plascha.

»Sag schon«, drängt Felix. »Ich möchte so gerne dahin.«

»Mach die Augen zu«, sagt Plascha. »Mach sie ganz fest zu.« Sie steckt Felix etwas in die linke Hosentasche.

»Was ist das?« Er fühlt.

»Kohle«, sagt Plascha. »Ein kleines glänzendes Stück Kohle, du musst es in der linken Hosentasche tragen und lass ja die Augen zu!«

»Warum in der linken Tasche?«, fragt Felix.

»Weil's sonst nicht gilt.« Plascha nimmt Felix fest an die Hand. Und dann kommen sie nach Sommerland, die Bäume hängen voller Obst und Felix staunt und steckt sich sofort eine Handvoll süßer Kirschen auf einmal in den Mund. Der Saft läuft ihm am Kinn runter und er spuckt die Kerne alle in die Wiese. »Da wachsen neue Bäume«, sagt er.

Plascha pflückt sich einen Apfel, der wiegt bestimmt ein halbes Pfund, und Felix probiert eine gelbe Birne.

Sie legen sich nebeneinander ins Gras und lassen sich die Sonne einmal auf den Rücken scheinen und einmal auf den Bauch.

»In Sommerland gibt's keine armen Leute«, sagt Plascha noch einmal zufrieden, während sie kaut. »Und in Sommerland gibt es erst recht keinen Krieg.«

8

Von Charly und Rumba und warum Plascha sich auf einmal von zu Hause wegsehnt.

Endlich, endlich wird es Frühling. Am liebsten würde Plascha ausgelassen um die ersten Huflattiche herumtanzen, die gelb an den Straßenrändern blühen. Morgens beim Aufstehen ist es schon richtig hell und draußen singen die Amseln. Wenn Plascha abends zu Kolpes geht, um Franja abzuholen, dann kann sie sehen, dass die Fliederbüsche dicke Knospen haben.

Auf der Straße und in den Höfen spielen die Kinder Fangen, Verstecken und Blindekuh. Noch gibt es in den Gärten und auf den gepachteten Feldern nicht so viel Arbeit, da bleibt mehr Zeit zum Spielen als im Sommer und im Herbst.

Plascha und Lisbeth malen im Hof Kästchen auf für Himmel und Hölle. Und Felix und Willi schießen sich gegenseitig den Ball zu, den Mama aus bunten Stoffresten genäht und mit kaputten Socken ausgestopft hat.

»Frühling«, sagt Oma Doppka bedächtig, steckt schnuppernd ihre Nase in die Luft und nickt zufrieden. »Im Frühling kommt er bestimmt zurück.« Sie sagt es allen, denen sie begegnet. Ihr Zöpfchen hüpft munter bei jedem Schritt, wenn sie schon früh am Morgen zum Bahnhof geht. Dort setzt sie sich auf eine Bank, und wenn ein Zug kommt, springt sie auf und wartet darauf, dass der Hippolit aussteigt.

Die Leute reden darüber und machen sich Gedanken, aber helfen kann Oma Doppka keiner.

Mittags geht sie nach Hause, nickt den Leuten unterwegs freundlich zu oder erzählt ihnen, dass sie gleich zwei Pellkartoffeln isst oder Steckrüben, sie kocht immer einen Topf voll für die ganze Woche, wenn sie welche hat. Dann wischt sie Staub in der Kammer vom Hippolit, sagt sie, damit auch alles in Ordnung ist, wenn er kommt. Und sie flicht sich noch einmal ihr Zöpfchen und läuft zum Bahnhof und zurück, um den Hippolit ja nicht zu verpassen. Am Bahnhof wartet sie bis abends, Tag für Tag.

Klärchen Wischnewski bringt ein dickes Kissen auf die Steinstufen vor der Haustür und setzt sich drauf. Sie ist stolz, weil sie im Winter Häkeln gelernt hat. Sogar einen Topflappen hat sie geschafft, einen blauen mit weißen Mäusezacken. Jetzt müht sie sich mit dem zweiten ab, ihre bunten Schnüre mag sie nicht mehr.

Felix und Kalla graben Huflattiche mit der Wurzel aus und pflanzen sie auf die Gräber der Vögel, die im Winter erfroren sind. Sie haben sie hinter der Friedhofshecke begraben, sobald die Erde frei war von Frost.

Und mit dem Frühling kommt auch Charly endlich wieder.

Eines Mittags sitzt Plascha über ihren Rechenaufgaben, da hört sie Charlys Flöte. Schon ist sie aus der Tür und läuft ihm entgegen, seit letzten Herbst hat sie ihn nicht mehr gesehen. Jetzt fällt ihr auf, dass sie Charly vermisst hat wie die Helligkeit am Morgen und das Singen der Vögel.

»Lumpen, Eisen, Knochen und Papier«, ruft Charly. »Ich zahle den höchsten Preis dafür.«

Es ist mehr ein Singen als ein Rufen und Charly ist schon ganz nah.

Außer Atem biegt Plascha in die Germaniastraße ein, Lisbeth kommt ihr von der anderen Seite entgegen.

Charly spielt noch einen verrückten Triller, dann bringt er seinen Wagen neben den Kindern zum Stehen, springt vom Kutschbock herunter und zieht seinen schwarzen Zylinderhut. Ein kleiner strubbeliger Hund streckt seinen Kopf hinten unter der Plane hervor, lässt ein fröhliches Gebell hören und springt mit einem Satz aus dem Wagen.

Die Mädchen wissen nicht, wen sie zuerst begrüßen sollen, Charly oder seinen strubbeligen Rumba.

»Guten Tag, meine Schönen!« Charly hebt die Mädchen nacheinander auf den Kutschbock und Rumba hinterher, der macht es sich auf Plaschas Schoß gemütlich.

Bevor Charly selbst wieder hinaufklettert und die Zügel in die Hand nimmt, greift er in eine seiner Jackentaschen und sucht ein Stück Zucker für seinen Braunen.

»Charly, wo bist du so lange gewesen?« Plascha sieht ihn mit leuchtenden Augen an.

»Ich bin ein Zugvogel, das weißt du doch«, sagt Charly.

»Ich weiß, und Flötenspieler, Schrotthändler, Einmannzirkusdirektor und ...« Plascha zögert.

»Und was ist er noch?«, fragt Lisbeth.

Plascha schluckt. »Ein verzauberter Prinz.«

»Ein verzauberter Prinz?«, fragt Charly. »Bist du sicher?«

Nein, ganz sicher ist sie nicht. Aber Fräulein Hölter hat von einem erzählt, der hatte auch so blitzende weiße Zähne und schwarzes lockiges Haar. Mit seinem Flötenspiel hat er die schlimmsten Drachen gezähmt, aber verzaubert ist er gewesen, bis ...

Plascha wird rot. Nein, davon sagt sie nichts.

Ob Charly über sie lacht?

Ach was, Charly zählt gerade die Namen der Städte und Gegenden auf, durch die er im letzten Jahr gekommen ist, und die Flüsse und Berge, die er gesehen hat, und Plascha denkt, dass es ein Wunder ist, dass Charly noch nicht im Morgenland war.

Aber er fährt selten weiter als bis Süddeutschland, sagt er, nur in der Schweiz und in Österreich ist er manchmal gewesen und mehrmals in Holland. Für Plascha ist das alles sehr weit weg. Wenn Charly von seinen Fahrten und Wanderungen erzählt, dann begreift Plascha auf einmal, dass die Welt so viel größer und bunter ist als ihre Stadt und die paar Nachbargemeinden, die sie kennt, viel bunter auch als das Dorf aus Mamas Kindheit mit seinen Feldern, Wäldern und Wiesen.

Wenn Charly von breiten Flüssen erzählt, auf denen große Schiffe fahren, und von Bergen, auf deren Gipfeln der Schnee das ganze Jahr nicht schmilzt, wenn er glitzernde Seen beschreibt oder Hänge voller Weinreben, wenn er sagt Zell am See oder Zwingenberg, dann klingt das in Plaschas Ohren nach und sie möchte am liebsten auf dem Kutschbock von Charlys Wagen sitzen bleiben, mit ihm durch die Lande ziehen und das alles auch einmal sehen. Sie kennt sonst keinen wie Charly. Er hat keinen festen Beruf und keinen Ort, wo er wohnt, er zieht mit seinem Wagen durch die Lande und handelt mit Schrott. Er hat seinen Hund, der eine Menge Kunststücke kann, mit dem gibt Charly manchmal Zirkusvorstellungen auf Marktplätzen und Schulhöfen, und er schluckt Feuer, fährt Einrad und zaubern kann er auch.

Von alledem lebt er, meistens mehr schlecht als recht.

Ein paar Mal hat Charly versucht, auf der Zeche zu arbeiten, und einmal auch in der Stahlfabrik. Aber das ist nichts für ihn, das ist die Hölle, sagt er, wenn er darauf zu sprechen kommt. Kaspar Kulla ist sein Freund, den kennt er vom Pütt, beim großen Streik 1912 sind sie beide rausgeflogen und auf die schwarze Liste gekommen. Kaspar hat dann auf einer anderen Zeche angefangen, aber Charly hatte die Nase voll, er ist lieber wieder mit seinem Wagen rumgezogen. Und auf dem Stahlwerk hat er es sowieso nur zwei Tage lang ausgehalten, da hat er gesehen, wie einer, der eine Sekunde zu langsam war, mit dem glühenden Stahl beide Beine verbrannt hat, und ist auf der Stelle davongelaufen.

Nie wieder will Charly solche Arbeiten machen. Er will auch nirgendwo bleiben, ist gern unterwegs und hat überall Freunde.

Plascha und Lisbeth kennen Charly schon lange, noch von vor dem Krieg. Einmal war was an seinem Wagen kaputt und Papa, der gerade von der Zeche kam, hat Charly beim Reparieren geholfen. Damals sind Plascha und Lisbeth zum ersten Mal vorn bei Charly auf dem Kutschbock durch den Ort gefahren und Plascha hat allen Leute zugewinkt.

Nein, so einen wie Charly gibt es sonst nicht. Es gibt noch andere Klüngelskerls, aber die wohnen in der Gegend und kommen regelmäßig vorbei, wenn auch in letzter Zeit seltener, denn die Leute haben kaum noch was übrig. Und so schön wie Charly kann kein anderer Flöte spielen, keiner trägt einen Zylinderhut und keiner lässt jemals Kinder auf dem Kutschbock mitfahren.

»Charly, wie geht's deinem Bruder in Amerika?«, fragt Lisbeth.

Charlys Bruder ist nämlich vor etlichen Jahren nach Amerika ausgewandert, da hieß der Charly noch Karl. Und sein Bruder, der Hans hieß, hat ihm nach einiger Zeit einen Brief geschrieben, der fing an mit »Lieber Charly« und hat aufgehört mit »Dein John«.

Seitdem heißen sie Charly und John oder Johnny, und sie schreiben sich jedes Jahr zwei lange Briefe, einen zu Weihnachten und einen im Juli, weil sie beide im Juli Geburtstag haben, einer am Anfang vom Monat und einer mittendrin.

Charly ist aber noch nie in Amerika gewesen, obwohl sein Bruder ihn schon oft eingeladen hat und sogar das Geld für die Reise schicken wollte. Übers große Wasser traut er sich nicht, der Charly, und die Sprache kann er nicht und sein Pferd und den Wagen will er nicht hergeben.

»Ich hab lange nichts mehr von Johnny gehört«, erzählt Charly. »Diesmal hab ich keinen Weihnachtsbrief von ihm gekriegt, zum ersten Mal in den vielen Jahren, die er jetzt drüben ist. Das muss was mit dem verdammten Krieg zu tun haben und mit der Seeblockade. Vor ungefähr einem Jahr haben die Deutschen den uneingeschränkten Unterseebootkrieg erklärt, deshalb sind die Amerikaner gegen uns in den Krieg eingetreten. Mein Bruder hat mir in seinem letzten Julibrief geschrieben, dass er Angst hat, eingezogen zu werden, weil er inzwischen Amerikaner ist. Er hält sowieso nichts von Krieg, genau wie ich, und jetzt müsste er auch noch gegen seine eigenen Landsleute kämpfen, denn Deutscher bleibt er doch, auch mit amerikanischer Staatsangehörigkeit. Vielleicht ist er untergetaucht, oder vielleicht ist sein Weihnachtsbrief verloren gegangen in dem Durcheinander, das der Krieg mit sich bringt. Hoffentlich haben sie ihn nicht noch zu den Soldaten geholt. Lange halten die Deutschen den Krieg sowieso nicht mehr durch. Sie müssen wohl oder übel in Friedensverhandlungen einwilligen.«

Plascha kriegt vor Freude einen Schreck. Sie weiß vom Wawciniak und vom alten Kulla, dass es schon seit Jahresbeginn immer wieder Streiks gibt auf den Zechen und in den Fabriken, weil die Leute endlich Frieden wollen, die Heimkehr der Soldaten und wieder genug zu essen.

»Aber die da oben sind nicht gescheit«, hat der alte Kulla zornig gesagt. »Sie opfern immer mehr Menschenleben, schicken die jungen Männer als Kanonenfutter an die Front und wollen uns weismachen, sie könnten den Krieg gewinnen und neue Kolonien erwerben. Sie scheren sich einen Deubel darum, dass die Leute hungern und kaum ihre Arbeit schaffen bei den mickrigen Lebensmittelrationen. Die da oben, die hören einfach nicht auf mit ihrem verdammten Krieg.«

Aber wenn sie aufhören müssen? Das will Plascha der Mama erzählen, sobald sie nach Hause kommt.

»Vielleicht hat dein Bruder es genauso schlau angestellt wie du bei der Musterung und er braucht kein Soldat zu werden«, sagt Lisbeth. Da müssen sie alle drei lachen.

Charly hat früher einmal erzählt, dass er kriegsuntauglich gestempelt worden ist, weil er Anfälle kriegt von Zeit zu Zeit, und er hat ihnen sogar den Stempel in seinen Papieren gezeigt.

Plascha und Lisbeth haben es trotzdem nicht glauben können, weil Charly doch so gesund aussah.

Da lag er plötzlich neben ihnen am Boden, hat mit dem ganzen Körper gezuckt, hatte Spucke vor dem Mund und gab keine Antwort auf ihre Fragen.

Plascha und Lisbeth haben es mit der Angst gekriegt, aber Charly ist lachend aufgestanden und hat gesagt: »Mir geht's schon wieder gut.«

Da haben Plascha und Lisbeth gewusst, was das für Anfälle sind, und sie haben sich gewünscht, dass ihre Väter so was auch könnten.

»Warum bist du diesmal so lange weggeblieben?«, fragt Plascha.

»Was krieg ich hier schon bei Schnee und Eis«, sagt Charly. »Die Lumpen hängen sich die Leute um oder machen noch irgendwas daraus, seit es keine ordentlichen Stoffe mehr gibt. Das Eisen und andere Metalle sind längst für Waffen verbraucht. Jetzt schmelzen sie sogar Kirchenglocken ein, hab ich gehört, und Dachrinnen,

Blitzableiter, Türklinken, ich weiß nicht, was sie alles sammeln für die Rüstungsindustrie, da bleibt für die Klüngelskerls kaum noch was übrig. Und das bisschen, was wir sammeln können, ist ja auch wieder für die Rüstung. So ist das im Krieg. Aber da mach ich nicht mit. Und wenn ich an mein Sprüchlein denke, Lumpen, Eisen – dann wären noch die Knochen und das Papier, und den Kram verheizen die Leute inzwischen lieber, statt ihn für ein paar Pfennige oder eine Schüssel an mich zu verhökern. Wozu brauchen sie Schüsseln, wenn sie nichts zu beißen haben?«

»Wir mahlen die Knochen in der Knochenmühle für die Hühner«, sagt Lisbeth.

»Das ist gescheit«, sagt Charly. »Und jetzt wisst ihr, warum ich so lange weggeblieben bin, denn Zirkusvorstellungen kann ich bei Eis und Schnee ja auch nicht geben ohne Zelt.«

»Und was hast du im Winter gemacht?«, fragt Plascha.

»Ich bin in Holland bei einem kleinen Zirkus gewesen. Tam-ta-dam. Amsterdam und Rotterdam und viele kleinere Orte, Häfen vor allem. Rumba und ich hatten unseren Spaß dabei, reich sind wir nicht geworden, aber immer satt, und das ist doch was wert, oder? Als der Frühling kam, haben wir's nicht mehr ausgehalten und sind wieder auf Wanderschaft gegangen. Ich wollte mit eigenen Augen sehen, wie's in Deutschland inzwischen aussieht.«

»Und was meinst du, wie sieht es aus?«, fragte Lisbeth.

»Nicht gut«, sagt Charly bekümmert. »Gar nicht gut.«

»Hast du neue Kunststücke gelernt?«, fragt Plascha.

»Ein paar. Wir haben einige Sachen ausprobiert, Rumba und ich.«

»Kannst du nicht eine Vorstellung geben, gleich jetzt, auf dem nächsten größeren Platz, bitte!«, sagt Plascha. »Lisbeth und ich könnten nachher mit deinem Zylinderhut rumgehen und Geld einsammeln.«

Charly guckt zweifelnd zur Sonne. »Ich weiß nicht«, sagt er. »Ist es heute nicht schon ein bisschen spät dafür? Ich könnte in den nächsten Tagen auf dem Marktplatz ...«

»Nein«, betteln Plascha und Lisbeth. »So spät ist es doch noch nicht!« Sie möchten die neuen Kunststücke am liebsten sofort sehen, und mit dem Hut rumgehen und Geld einsammeln würden sie auch lieber hier als auf dem Marktplatz, denn ihre Mütter sind vielleicht nicht so begeistert davon.

»Rumba, magst du deinen Freundinnen eine kleine Vorstellung geben, mal zeigen, was wir in Holland ausprobiert haben?« Charly zwinkert dem Hund auffordernd zu. Der bellt. »Also bist du einverstanden«, sagt Charly.

Als sie einen geeigneten Platz gefunden haben, bringt Charly Pferd und Wagen in den Schatten, holt sein Einrad heraus und fährt kreuz und quer über den Platz, in Achten und Schleifen, immer schneller, und Rumba läuft hinter ihm her, schlägt Purzelbäume und versucht vergebens, den Charly einzuholen. Die Leute bleiben mit offenem Mund stehen und staunen über Charly oder lachen über Rumba.

»Aufgepasst, aufgepasst«, schreit Charly. »Sie sehen heute den berühmtesten Ein-Mann-und-ein-Hund-Zirkus Europas. Bleiben Sie und überzeugen Sie sich selbst!«

Von allen Seiten kommen Neugierige gelaufen, es ist ein Geschiebe und Gedränge und Charly kommt mit seinem Einrad kaum noch von der Stelle. Aber jetzt hat er anderes vor.

Er verschwindet mit Rumba in seinem Planwagen, kehrt als rot-weiß gestreifter Clown zurück und auch sein Strubbelhund sieht auf einmal aus wie ein Clown mit der Halskrause und dem winzigen Hütchen auf dem rechten Ohr.

Die beiden müssen sich erst einmal Platz schaffen.

Und dann geht es auch schon los: Charly spielt einen Walzer auf seiner Flöte und Rumba will dazu tanzen, doch er kommt immer wieder aus dem Takt und ganz durcheinander. Dann spielt Charly falsch, weil er Rumba die Tanzschritte vormachen muss, und sie stolpern über ihre eigenen Beine und einer über den anderen und überbieten sich gegenseitig an Tollpatschigkeit.

Die Leute auf dem Platz johlen vor Vergnügen.

»Und jetzt sehen Sie unsere besten Zauberkunststücke«, ruft Charly in die Menge, nachdem die Clownsnummer beendet ist. »Monatelang haben wir dafür trainiert.« Sie zaubern mit Spielkarten und Zeitungen, mit dicken und dünnen Schnüren, die sie verkürzen und verlängern, bis sie auf einmal wieder alle gleich lang sind – und keiner weiß, wie. Aus Rumbas Nase wächst eine purpurrote Papierblume, wächst und wächst auf unerklärliche Weise.

»Halten Sie Ihre Geldbeutel ganz fest, wenn Sie welche dabeihaben«, ruft Charly. »Unbedingt festhalten, sonst …«

Plascha sieht, wie manche Leute schnell in ihre Taschen greifen, aber inzwischen hat Charly den Rumba dreimal mit seinem blau-silbern glänzenden Zauberstab berührt und eine Zauberformel gemurmelt, die Plascha leider nicht richtig verstanden hat, und Rumba macht die Schnauze auf und hat einen Geldbeutel zwischen den Zähnen.

»Das ist meiner«, schreit ein Mann aus der ersten Zuschauerreihe. »Das ist meiner, ganz bestimmt!«

»Keine Sorge.« Charly versucht, den aufgeregten Mann zu beruhigen. »Rumba ist ein ehrlicher Hund, Sie kriegen ihr Geld sofort zurück!«

Und Rumba legt dem verdatterten Mann das Portemonnaie genau vor die Füße.

»Hab ich's Ihnen nicht gesagt?«, ruft Charly vergnügt. »Halten Sie Ihre Geldbeutel fest, mein Zauberstab bringt unglaubliche Dinge zustande. Aber wenn Ihnen unsere Vorstellung gefallen hat, vielleicht halten Sie Ihren Geldbeutel nicht nur fest, vielleicht machen Sie ihn auch auf und greifen gleich einmal hinein für uns Artisten, bevor wir zum Höhepunkt unserer Vorstellung kommen!«

Charly und Rumba verbeugen sich tief vor dem Publikum, dann wirft Charly seinen Zylinderhut Plascha zu. Sie geht mit Lisbeth durch die Reihen und die beiden Mädchen freuen sich, weil die Leute so freigebig sind. Manche laufen extra nach Hause und holen einen Groschen oder zwei und der Metzger bringt eine Wurst für Charly und einen Fleischknochen für Rumba.

Die Vorstellung scheint den Leuten genauso gut zu gefallen wie Plascha und Lisbeth, jetzt warten alle gespannt auf den angekündigten Höhepunkt.

Charly wird zum furchtlosen Dompteur und der kleine strubbelige Hund verwandelt sich mit einem Mal in ein wildes Tier, er knurrt und brüllt und sein Fell sträubt sich, drohend fletscht er die Zähne. Erschrocken weichen die Leute zurück, so gefährlich sieht Rumba aus.

Mit sanfter Stimme redet der Dompteur auf ihn ein, wagt sich schrittchenweise an ihn heran, immer näher, bis das Raubtier allmählich friedlicher wird. Der Dompteur darf es sogar streicheln, lässt es über einen schmalen Steg balancieren und einen Ball hoch aus der Luft mit der Schnauze auffangen. Und zum Schluss, ja zum Schluss springt der wilde Rumba dreimal hintereinander durch einen brennenden Reifen und kriegt donnernden Applaus.

Plascha drückt mit der einen Hand den Zylinderhut fest an sich und mit der anderen Lisbeths Arm, sie hat sich so aufgeregt, als Rumba durch den brennenden Reifen gesprungen ist.

Im Nu sind die beiden Artisten von begeisterten Zuschauern umringt. Plascha und Lisbeth versuchen mühsam, sich zu ihnen durchzukämpfen.

Plascha hat Angst, jemand könnte ihr den Zylinderhut mit dem Geld aus der Hand reißen und damit im Gedränge verschwinden.

»Auseinander!«, schreit eine Stimme aufgebracht. »Sofort alle auseinander gehen, was ist denn das hier für ein Volksauflauf?«

Ein Polizist ist auf den Platz gestürmt. Er ist groß und durch den hohen, schwarz lackierten Tschako auf seinem Kopf ragt er über alle anderen Köpfe hinweg. Er versucht, die Leute zu verscheuchen, aber die wollen nicht gehen. »Hau ab, Tschako!«, ruft eine alte Frau. »Gönn uns ruhig ein bisschen Spaß, ist doch sonst ein Hundeleben.«

Der wütende Tschako beschimpft Charly, dass er im Krieg, wo doch *unsere Männer an der Front* ihr Bestes freudig für das Vaterland geben, dass er da so unernste Sachen machen und die Leute mitten am Nachmittag von der Arbeit abhalten kann. Angemeldet wäre die Vorstellung wohl auch nicht gewesen, und ob er nicht wüsste, dass während des Krieges ...

Plascha und Lisbeth verstecken sich mit dem Zylinderhut in einem Hauseingang, der Tschako hat sie wohl nicht bemerkt. Ängstlich beobachten sie, was er mit Charly macht.

Aber Charly ist wirklich ein Zauberer, auch mit Menschen.

Sie können nicht verstehen, was er sagt, aber sie sehen, dass er auf den Polizisten einredet, langsam beruhigt sich das aufgeregte Polizistengesicht, auf einmal lächelt der Tschako, dann lacht er laut und dröhnend, und zum Schluss hilft er dem Charly sogar, seine Sachen zusammenzupacken.

Plascha und Lisbeth bleiben trotzdem in ihrem Versteck, bis der Polizist endlich weg ist, sicher ist sicher.

Jetzt guckt Plascha auch zur Sonne wie Charly vorhin und kriegt einen Schreck. Es ist spät geworden. Bis sie mit dem Wagen zu Hause sind, das kann eine ganze Weile dauern. Hoffentlich macht Mama sich keine Sorgen. Plascha hofft, dass Mama sich schon denkt, dass Charly sie wieder einmal mitgenommen hat und der Ausflug ein bisschen länger dauert.

Jetzt muss Charly erst mal sein Geld kriegen, und sie will ihm gratulieren und ihm sagen, dass er einmalig gewesen ist.

Charly strahlt und teilt das Geld sofort in fünf gleiche Teile: für Plascha und Lisbeth, für den Braunen, für Rumba und für sich. »Da kriegen wir alle fünf was Gutes zu beißen«, sagt er fröhlich.

So viel Geld haben Plascha und Lisbeth noch nie für sich allein gehabt. Plascha würde für Mama und die Geschwister gern etwas einkaufen, aber sie dürfen jetzt keine Zeit mehr verlieren. Lisbeth hat auch Angst, dass ihre Mutter schimpft. Bestimmt warten die Hühner schon auf Futter, und das ist Lisbeths Arbeit.

In Eile fahren sie los, Charly nimmt den kürzesten Weg zurück. Während der Fahrt muss er ganz genau erzählen, wie es im Winter in Holland war, Amsterdam und Rotterdam, den Zirkus und die großen Schiffe in den Häfen, alles muss er den Mädchen beschreiben.

Zuerst setzt Charly Lisbeth zu Hause ab und anschließend Plascha. Dann fährt er zum alten Kulla, um zu fragen, ob es neue Nachrichten von Kaspar gibt.

Zu Hause sieht Plascha heute alles mit anderen Augen.

Dreck, denkt sie und guckt sich den Ruß auf der Fensterbank an. Der ist eigentlich immer da, denn wenn man ihn eben weggewischt hat, bildet sich sofort wieder eine dünne schwarze Schicht, die langsam dicker wird.

Manchmal malt Plascha Männchen rein oder schreibt: Du bist doof. Dann mag sie den Kohlenstaub.

Berge, Seen, Flüsse, und die Bäume leuchten grün in der Sonne, hat Charly vom Süden erzählt. Da liegt kein schwarzer Staub auf den Blättern, da nicht.

Und wie eng hier alles ist! In der Schlafkammer kommt man kaum zwischen den Betten durch, dabei sind sie doch alle so dünn.

Die vielen abgestoßenen Stellen am Emaillegeschirr fallen Plascha auf.

»Du trocknest immerzu denselben Teller ab«, sagt Lodja vorwurfsvoll.

Plascha merkt, dass sie wieder geträumt hat.

Und dann ist Mama auch noch richtig böse. »Du tust, was du willst«, schimpft sie. »Es ist dir egal, ob ich mir Sorgen mache.«

Das ist so ungerecht. Plascha hat einfach die Zeit vergessen. Bestimmt hat Mama Charlys Flöte gehört. Sie kennt ihn doch. Sie muss einfach verstehen, wie schön es ist, mit Charly durch die Gegend zu fahren, ihm zuzuhören und seine Vorstellung zu sehen.

Heute rückt Plascha im Bett ganz weit von Mama weg.

Am anderen Morgen auf dem Schulweg reden Plascha und Lisbeth nur von Charly, der Schulweg ist viel zu kurz.

Lisbeths Mutter hat wirklich geschimpft und die Hühner waren auch schon gefüttert. Aber wenn Lisbeths Mutter schimpft, dann ist es nachher wieder gut. Plascha wünscht sich, Mama wäre auch so und würde nicht immer so lange ein trauriges Gesicht machen.

»Wo bist du denn heute mit deinen Gedanken, Kind?«, fragt Fräulein Hölter in der Religionsstunde, mitten in der Bibelgeschichte vom Jonas, der im Walfischbauch verschwindet.

Verwirrt guckt Plascha Fräulein Hölter an, wird rot und ärgert sich. Sie muss aufhören, immerzu an das zu denken, was Charly ihr in den Kopf gesetzt hat.

Denn bei der Geschichte von Jonas, da hat Plascha plötzlich die großen Pötte im Hafen von Rotterdam gesehen, die Charly so genau beschreiben kann. Dam. Ta-dam. Ta-dam. Amsterdam und Rotterdam. Und der Walfisch taucht unter den dicken Pötten hindurch mitsamt dem Jonas in seinem Bauch. Eine Schiffssirene tutet. Jonas erschrickt fürchterlich im Walfischbauch. Nein, Plascha muss jetzt ganz genau aufpassen auf das, was Fräulein Hölter erzählt.

Mittags will Felix mit Plascha spielen. »Komm, wir gehen mal wieder nach Sommerland«, schlägt er vor.

»Lass mich in Ruh«, sagt Plascha.

Nach einer Weile kommt Felix wieder zu ihr. Er hat beide Hände auf dem Rücken versteckt. »Welche Hand willst du?«

»Keine.« Plascha will seine Überraschung nicht. Sie will sich neue Länder ausdenken und dabei kann sie ihren kleinen Bruder nicht gebrauchen.

Dam. Ta-dam.

Felix nimmt beide Hände nach vorn und öffnet sie langsam. In der linken Hand liegt ein Schneckenhaus und glänzt. Es hätte gut zu den beiden anderen gepasst.

Plascha macht den Abwasch und ihre Schulaufgaben. Sie mistet den Hippenstall aus. Aber in ihren Gedanken ist sie mit Charly unterwegs. Und sie mag Mama gar nicht ansehen, die guckt immer noch traurig und enttäuscht. Es ist so schwierig geworden mit Mama, man muss sie behandeln wie ein rohes Ei.

Abends geht Plascha zu Kolpes und holt Franja ab. Franja ist noch nicht fertig mit dem vielen Geschirr vom Abendessen. Plascha hilft ihr abtrocknen und wegräumen, und Frau Kolpe kommt dazu und fragt Plascha, ob sie nicht manchmal für ein paar Stunden aushelfen kann, wenn besonders viel zu tun ist. Sie könnte Lebensmittel dafür bekommen, Mehl, Eier und Speck.

Ja, das würde Plascha gerne tun, dann könnte sie auch ein bisschen mithelfen, die Familie zu versorgen, solange Papa im Krieg ist.

Auf dem Heimweg redet sie mit Franja über Mama. »Warum ist sie denn so empfindlich geworden?«, fragt Plascha. »Ich weiß, dass sie Sorgen hat wegen Papa, aber wir sind doch auch noch da.«

»Du hättest gestern nicht einfach weggehen und so spät nach Hause kommen sollen«, sagt Franja. »Mama hat es schon schwer genug. Sie hört nichts von Papa, sie weiß manchmal kaum noch, wo sie Essen und Kleidung für uns hernehmen soll, und gesund ist sie auch nicht.«

»Aber ich kann doch nichts dafür«, schreit Plascha. »Immer sollen wir brav sein und Rücksicht nehmen auf Mama, ich kann doch nichts dafür, dass der Krieg so lange dauert.«

»Du brauchst nicht zu schreien«, sagt Franja. »Ich versteh dich auch so.«

Fräulein Hölter hat eine Geschichte vorgelesen, da kam das Wort Sehnsucht drin vor. Sich sehnen. Plascha sehnt sich nach Papa und nach Frieden. Und heute sehnt sie sich ganz weit weg, nach Holland oder in den Süden, wo kein Ruß auf den Blättern liegt.

9

Vom Kinderkrieg Blücherstraße gegen Sedanstraße und vom Felix, der mitten am Tag ins Bett geht und sich die Schwarzmännchen wünscht.

Es ist ein heißer Tag im September. Nach dem Mittagessen, als Plascha und Lodja ihre Schulaufgaben machen, geht Mama in die Schlafkammer. Und als sie wieder rauskommt, hat sie ihr Sonntagskleid an und den Strohhut mit dem blauen Band auf.

»Es sind wieder Soldaten auf Urlaub gekommen«, sagt sie so leise, als spräche sie nur zu sich selbst. Sie sieht auch niemanden dabei an. »Bis nachher.« Sie geht. Und Plascha verrechnet sich dauernd, weil sie darüber nachdenken muss, wie Mama wohl heute Abend wiederkommt.

Dieser Krieg muss doch endlich mal aufhören, Charly hat es schon im Frühling gesagt. Angeblich hat es längst Waffenstillstands- und Friedensverhandlungen gegeben. Aber sie kämpfen immer noch, jedenfalls an der Westfront in Frankreich.

Mit einem Ruck wird die Küchentür aufgerissen und der kleine Willi von nebenan stürzt rein, einfach so, sein linker Hemdsärmel ist ein Stück eingerissen und er sieht aus, als hätte er gerade eine Klopperei hinter sich.

»Was ist los?«, fragt Plascha. »Wie siehst du denn aus?«

»Der Felix sitzt in der Blücherstraße auf einem Mäuerchen und heult. Er blutet am Kopf und will nicht mit mir nach Hause kommen«, stößt Willi hervor, noch ganz außer Atem vom Laufen.

Plascha und Lodja springen auf und rennen gleichzeitig los, an Willi vorbei und ohne anzuhalten bis in die Blücherstraße.

Da sitzt Felix noch immer auf dem Mäuerchen und weint und weint, sein Gesicht ist blutverschmiert und überhaupt sieht er böse zugerichtet aus.

»Wie ist das passiert?«, fragt Lodja erschrocken und Plascha fügt zornig hinzu: »Wer ist das gewesen?«

»Da, da«, brabbelt Kalla und hebt einen Stein vom Boden auf, wobei er fast aus dem Gleichgewicht kommt.

Felix versucht, mit dem Weinen aufzuhören, aber das geht nicht so schnell. »Krieg«, schluchzt er. »Zuerst haben sie uns immer nur beschimpft, und jetzt haben sie uns den Krieg erklärt, die von der Blücherstraße. ›Deutsche gegen Pollacken‹, haben sie gesagt. Wir wollten nicht, die waren viel mehr Jungs als wir und größer. Aber sie haben geschrien: ›Angsthasen, Pfeffernasen‹, und Steine haben sie geschmissen, die sind richtig gemein.«

»Komm erst mal nach Hause«, sagt Lodja. Sie nimmt ein sauberes Taschentuch aus der Schürzentasche und wischt dem Felix vorsichtig das Gesicht ab. Dann nehmen die Schwestern ihn in die Mitte und gehen mit ihm nach Hause.

Kalla bleibt am selben Fleck stehen und guckt hinter ihnen her. Das blöde Grinsen ist aus seinem Gesicht verschwunden. Plascha möchte ihm winken oder irgendwas zu ihm sagen, weil er Felix getröstet hat. Aber ihr ist noch immer nicht wohl in seiner Nähe, auch wenn sie bald nicht mehr weiß, warum. Kalla scheint Felix wirklich gern zu haben.

Felix kommen immer wieder die Tränen, doch Plascha sieht ihm an, dass er auch aus Zorn weint und nicht nur wegen der Wunde an der Stirn, die sicher wehtut.

»Kennst du welche von den Jungs aus der Blücherstraße, die vorhin dabei gewesen sind?«, fragt Plascha.

»August und Heini aus deiner Klasse und noch 'n paar Große, aber wie die heißen, weiß ich nicht.«

Plascha weiß auch so schon genug. Sie ist so wütend, dass sie am liebsten schnurstracks hingehen und denen die Meinung sagen würde. Kleinen Kindern den Krieg erklären und sie mit Steinen beschmeißen, so eine Gemeinheit!

Inzwischen ist Felix gewaschen und Lodja hat ihn in sein Nachthemd gesteckt. Er beruhigt sich langsam, und zum Glück sieht er nicht mehr so schlimm aus, seit das verkrustete Blut abgewaschen ist.

Wieder etwas, was Mama nicht wissen soll, weil sie doch schon genug Sorgen hat, denkt Plascha.

Felix ist ins Bett gekrochen und sie setzt sich neben ihn. Sie beguckt noch einmal die Wunde und sagt: »Jetzt ruhst du dich ein bisschen aus, und dann geht's dir bestimmt wieder besser.«

Felix nickt und dann sagt er: »Ich hab mir so gewünscht, dass die Schwarzmännchen kommen und uns helfen gegen die aus der Blücherstraße.«

»Die Schwarzmännchen?«, fragt Plascha verdutzt. »Aber die hat doch schon lange kein Mensch mehr gesehen.«

»Es hätte doch sein können«, meint Felix. »Der alte Kulla hat gesagt, unten im Berg müsste es noch welche geben, das glaubt er ganz sicher. Und er hat auch gesagt, solange Kohle gefördert wird, solange werden die Schwarzmännchen darauf aufpassen, die lassen ihren Schatz bestimmt nicht im Stich. Mensch, wenn die uns geholfen hätten, stell dir das mal vor!« Felix lächelt zum ersten Mal, seit die Schwestern ihn aus der Blücherstraße geholt haben. »Glaubst du, dass die Schwarzmännchen auch Kindern helfen?«

Plascha muss nachdenken, sie hat davon noch nichts gehört.

Aber Felix gibt sich selbst eine Antwort. »Bestimmt, wo sie doch so klein sind. Die müssen wissen, wie das ist, wenn man sich nicht wehren kann.«

»Vielleicht«, sagt Plascha. »Ich hab zwar noch nie gehört, dass sie sich in Kinderstreit eingemischt haben. Aber es könnte schon sein. Ungerechtigkeit und Gemeinheit konnten sie jedenfalls nicht leiden. Soll ich dir noch mal erzählen, was ich über die Schwarzmännchen weiß?«

Felix strahlt.

Plascha mag die Geschichte von den Schwarzmännchen auch gerne, Fräulein Hölter hat sie schon oft erzählt. Ob Plascha sie genauso gut erzählen kann?

»Es ist schon lange her, dass sie bei uns lebten, die Schwarzmännchen. Sie heißen so, weil sie sehr klein waren, Zwerge, und ihre Haut war kohlrabenschwarz. Wenn im Winter die Leute mit ihren Spinnrädern am Herdfeuer saßen und sich Geschichten erzählten, dann hat bestimmt irgendwann einer gesagt: ›Ich hab letztens die Schwarzmännchen gesehen.‹

Da wurden alle ganz still. Und dann beschrieb er genau, wo er das Feuer gesehen hat, wie viele Männchen es ungefähr waren und wie sie ausgesehen haben – besonders in nebligen Nächten sah man sie manchmal um ein Feuerchen tanzen. Und immer wieder gab es Leute, die davon berichteten, wie die Schwarzmännchen ihnen geholfen haben. Denn die Schwarzmännchen waren bekannt dafür, dass sie halfen, wo die Not am größten war.

Damals gab es hier noch keine Zechen und keine Fabriken. Alles Land gehörte den Grundherren. Und die Bauern und kleinen Kötter mussten für die Grundherren arbeiten. Für das Land, das sie von ihnen gepachtet hatten, mussten sie Zins bezahlen, den Rodezehent.

Für alles mussten sie an die Grundherren zahlen: für das Land, das sie rodeten und bebauten, für die Fische, die sie in den Bächen, Flüssen und Teichen fingen, für das Holz, das sie aus den Wäldern holten, und für die Pilze und Beeren, die sie dort sammelten. Und auf den Feldern der Grundherren schufteten sie sowieso. Es war ein elendes Leben. Die kleinen Bauern und Kötter, die konnten in schlechten Jahren den Rodezehent oft nicht aufbringen, selbst wenn sie noch so viel arbeiteten. Auch damals gab es schlechte Ernten, Krankheiten und Kriege.

Viele Grundherren waren sehr harte Menschen, sie kannten Armut und Elend nicht. Sie jagten die armen Leute, die den Rodezehent nicht aufbringen konnten, einfach weg von ihrem Hof oder Kotten und die hatten dann nicht mal mehr ein Dach überm Kopf.«

»Dann kamen die Schwarzmännchen«, ruft Felix dazwischen.

»Ja«, sagt Plascha, »dann kamen die Schwarzmännchen und halfen. Sie hatten ein Geheimnis, aber niemand wusste Genaues darüber. Vor vielen Jahrtausenden war ihr Schatz vergraben worden und seitdem hüteten sie ihn. Sie mochten die Grundherren nicht, das war bekannt. Die Zwerge hielten zu den armen Leuten, die sich von morgens früh bis abends spät abrackern mussten, um ihr Brot zu verdienen.

Und wenn nun einer so in Not geriet, dass er davongejagt werden sollte, dann gingen die Schwarzmännchen, als Bettelkinder verkleidet, zum Haus des hartherzigen Grundherren und baten um Almosen. Und wenn der Grundherr nur ein bisschen gescheit war, dann ließ er ihnen ein paar Goldmünzen geben.

Die brachten die Schwarzmännchen heimlich in der Nacht zu den armen Leuten, damit sie ihre Schulden doch noch bezahlen konnten. Doch wehe dem Grundherrn, der den Bettelkindern nichts gab und sie abweisen ließ. Zu dem kamen die Schwarzmännchen noch einmal in der

Nacht, so kohlrabenschwarz, wie sie waren, und piesackten ihn so lange, bis er endlich etwas von seinem Reichtum herausrückte und die Männchen helfen konnten. Darum waren die Schwarzmännchen so beliebt bei den Armen und verhasst bei den Reichen.

Man wusste, dass sie in Höhlen lebten, die kleinen Kerle. Und man erzählte sich, dass sie manchmal, wenn sie Goldmünzen übrig behielten, welche davon in ihre Feuerchen warfen, die in der Nacht bis ganz weit leuchteten. Deshalb nannte man die Feuer Goldfeuerchen.

Niemand kam ganz in die Nähe der Schwarzmännchen, und niemand wagte sich in ihre Höhlen, um sie zu beobachten oder gar nach ihrem Schatz zu suchen. Die einen taten es aus Dankbarkeit nicht oder weil sie früher oder später die Hilfe der Schwarzmännchen brauchen würden, und die anderen taten es nicht aus Angst vor der Rache der schwarzen Zwerge.«

Plascha macht eine Pause. Felix lutscht am Daumen und guckt sie erwartungsvoll an.

»Aber eines Tages kam ein Mann aus dem fernen Schwabenland«, erzählt Plascha weiter, »der hörte von den Schwarzmännchen und ihren Goldfeuern, als man ihn abends in die Spinnstuben einlud. Er saß am Feuer und erfuhr vom jahrtausendealten Schatz der Zwerge. Da glaubte er, dass er vielleicht reich werden könnte, ohne sich abplagen zu müssen.

Tag und Nacht dachte er nur noch an die Schwarzmännchen, sie ließen ihm keine Ruhe, er fand kaum Schlaf. Nachts irrte er auf den Feldern und Wiesen umher und hielt Ausschau nach Goldfeuerchen.

Und einmal hatte er Glück. Zur Mitternacht sah er von fern ein Feuer durch die Sträucher schimmern und ging vorsichtig darauf zu, immer näher zu dem seltsam leuchtenden Feuer. Als er nahe genug herangekommen war, sah er eine Menge kohlrabenschwarzer kleiner Männer um das Feuer herumspringen. Das müssen sie sein, dachte er und versteckte sich hinter einem Strauch.

Die Zwerge warfen schwarze Steine ins Feuer, immer wieder schwarze Steine und ab und zu auch ein kleines Goldstück. Die Goldstücke verbrannten und blinkten dabei, es blieb nichts übrig von ihnen. Die schwarzen Steine verbrannten auch, doch von ihnen blieb graue Asche zurück. Neugierig kam der Schwabe hinter dem Strauch hervor.

Da bemerkte ihn eins der kleinen Männchen. ›Komm näher‹, sagte es freundlich. ›Du kannst bei uns bleiben, wenn du willst. Wir zeigen dir, wie man die schwarzen Steine gewinnt, du kannst ein reicher Mann damit werden.‹

Der Schwabe aber lachte nur. Er wollte keine schwarzen Steine, er wollte Gold. Und vor allem musste er die kleinen Kerle loswerden und in aller Ruhe ihre Höhlen durchsuchen.

Der Zauberspruch fiel ihm wieder ein, der Zauberspruch, den er an den Herdfeuern gehört hatte. Es hieß, damit könne man die Schwarzmännchen vertreiben. Schnell sagte er den Spruch, und die Zwerge waren fort, als hätte der Erdboden sie verschluckt. Niemand hat sie jemals wiedergesehen.

Das war schlimm für die armen Leute.

Der Mann aus Schwaben durchsuchte die Höhlen der Schwarzmännchen, doch so gründlich er suchte, er fand kein Gold, nur schwarze Steine, und wusste nicht, was er damit anfangen sollte. Denn dass man damit reich werden konnte, das war wohl nichts als dummes Geschwätz der Schwarzmännchen gewesen.« Plascha lacht. »Der Dummkopf«, sagt sie, »wenn der gewusst hätte, dass er das schwarze Gold gefunden hat und dass einmal von überallher Männer kommen würden, um die Kohle zu fördern, er wäre bestimmt nicht einfach so auf und davon gegangen.«

Plascha guckt auf Felix. Ja, was denn, der schläft?

Sie war so beschäftigt gewesen, ihre Geschichte zu erzählen wie Fräulein Hölter, dass sie gar nicht gemerkt hat, wie ihr Bruder eingeschlafen ist. Ob er von den Schwarzmännchen träumt? Er sieht nicht mehr zornig aus. Aber Plascha wird wieder ganz wütend, wenn sie nur daran denkt, was heute in der Blücherstraße passiert ist. Über den Schwarzmännchen hat sie es eine Weile vergessen.

Mama kommt heute sicher nicht früh nach Hause, da kann Plascha noch einmal losgehen und sich die Kerle vornehmen, die so gemein mit ihrem Bruder umgegangen sind.

»Bleib lieber hier«, sagt Lodja. »Guck mal raus und den Himmel an, es gibt bestimmt noch ein Gewitter. Und außerdem, die Kerle sind hinterhältig, sonst würden sie nicht so kleine Jungs mit Steinen beschmeißen.«

»Gerade deswegen«, sagt Plascha. »Ich muss einfach hin.«

Ja, sie musste hingehen, jetzt sofort. Und sie würde ihnen den Marsch blasen, dem August, dem Heini und den anderen auch. Krieg. So was Blödes! War es nicht schlimm genug, dass die Männer in den Krieg ziehen mussten, ob sie wollten oder nicht?

Plascha will den Jungen aus der Blücherstraße sagen, dass sie sofort mit dem Kinderkrieg aufhören müssen! »Hoffentlich sind welche von denen draußen, dann bin ich schnell zurück«, sagt sie zu Lodja.

»Beeil dich bloß, Mama kann auch mal früher nach Hause kommen, und sie regt sich nur auf, wenn sie das alles erfährt«, antwortet ihre Schwester.

»Sie wird schon nichts merken, sie sieht uns doch kaum.« Plascha ist schon unterwegs zur Blücherstraße.

10

Von Plascha, die sich blaue Flecken holt, und vom August, der als Erster sein Fett abkriegt.

Ja, es sind etliche Jungen auf der Straße. August, Heini und noch ein paar andere, die Plascha aus der Schule vom Sehen kennt.

»Rot und blau, Pollacksfrau«, brüllt August ihr entgegen, sobald er sie sieht. »Was machst du denn hier bei uns?«

»Frag nicht so doof«, sagt Plascha. »Warum macht ihr Krieg gegen die kleinen Jungs aus unserer Straße?«

»Halt dich da raus, du Hippe!«, ruft einer, den Plascha nicht mit Namen kennt. August grinst über sein ganzes blödes Gesicht und sagt: »Spiel ist Spiel.«

»Das ist doch kein Spiel«, schreit Plascha wütend. »Kleinen Kindern den Krieg erklären und Steine schmeißen. Mein Bruder sieht vielleicht aus!«

»Wie das Gesocks zusammenhält«, sagt August spöttisch. »Hat deine Mama dich geschickt?«

Und Heini macht ausnahmsweise auch mal den Mund auf und sagt: »Die hätten sich ja besser verteidigen können.« Stolz guckt er den August an.

Der nickt.

»Verteidigen?« Plascha wird immer zorniger. »Wisst ihr, wie alt die sind? Die sind erst fünf.« Sie streckt eine Hand in die Luft, spreizt die Finger auseinander und sagt noch einmal: »Die sind erst fünf.«

Sie guckt die Jungen der Reihe nach an, jetzt grinsen sie alle.

»Die sind lange nicht so groß und stark wie ihr. Und ihr seid auch noch in der Mehrzahl gewesen. Aber Grips habt ihr ganz bestimmt nicht mehr als die Kleinen.«

Sofort zieht August wie wild an Plaschas Zöpfen, und als sie ihm eine runterhauen will, hat schon einer der Jungen ihren rechten Arm gepackt und hart nach hinten gedreht.

Plascha presst die Lippen zusammen.

»Blöde alte Ziege, Pollackenziege«, sagt August, und Plascha denkt, gleich reißt er ihr alle Haare raus.

»Halt bloß deine Schnauze und lass dich hier nicht mehr blicken.« Die Jungen haben einen Kreis um Plascha gebildet, wie sie es manchmal tun, um den Kalla zu verspotten. Plascha kriegt Angst. Von allen Seiten wird sie beschimpft, geboxt und geschubst, sogar Heini Sippel zerrt an ihrem Arm.

»Lasst mich!« Plascha versucht, sich loszureißen.

»So'n blödes Weib«, sagt einer der Jungen schließlich. »Ich würde sie laufen lassen. Weiber haben im Krieg sowieso nichts zu suchen. Und wegen der Ziege werd ich doch nicht nass.« Er zeigt auf den dunklen Gewitterhimmel und macht sich aus dem Staub.

Die Jungen lassen Plascha los, laufen aber nicht weg.

Die ersten dicken Tropfen fallen. Plascha ist das gleichgültig. Sie ist so böse. Böse auf sich selbst und böse auf die Jungen. Blamiert hat sie sich vor denen, und wie. Dabei hat sie ihnen nur die Meinung sagen wollen. Und jetzt? Sie sieht nicht viel anders aus als vorhin der kleine Willi. Ein Ärmel ist kaputt, die Unterlippe aufgeplatzt, und am Hinterkopf, das fühlt sie schon, das wird bestimmt eine Beule.

Mistkerle. Plascha ballt die Hände zu Fäusten. Sie dreht sich im Gehen noch einmal um. Die Jungen gucken ihr nach. »Ich erwisch euch noch mal jeden einzeln!«, schreit sie. »Und dann mach ich Panhas aus euch.«

Der erste Stein kommt geflogen. Noch einer. Plascha duckt sich, dann rennt sie los. Gut, dass sie so schnell rennen kann. Immer mehr Steine fliegen, aber keiner trifft. Sie rennt wie der Teufel. Der Abstand wird größer. Steine fliegen immer noch. Hinter ihr klirrt irgendwo eine Fensterscheibe. Die haben die Blödmänner kaputtgeschmissen. Blöd sind die, ja. Aber sie hat sich auch nicht gerade gescheit angestellt. War sie schon mal so böse auf sich wie heute?

Jetzt fällt der Regen ganz dicht. Plascha geht trotzdem nicht schneller. Ob sie auch noch nass wird oder nicht, macht keinen großen Unterschied, so, wie sie aussieht. Falls Mama schon zurück ist, wird es sowieso eine Katastrophe.

Plascha hält ihren Kopf in den Regen, das kühlt. Der Regen vermischt sich mit den Tränen, die ihr übers Gesicht laufen, aus Zorn, wie vorhin dem Felix. Und Plascha guckt in den dunklen Gewitterhimmel, der langsam ein bisschen heller wird, und denkt, wir beide passen zusammen.

»Ja, bist du denn verrückt geworden?«, fragt Lodja, als Plascha heimkommt und das Wasser von ihr runtertropft auf den Fußboden und viele kleine Pfützen macht. Sie beguckt ihre Schwester von oben bis unten. »Vielleicht wärst du doch besser hier geblieben.«

»Vielleicht«, stimmt Plascha ihr zu und weiß doch, dass man manchmal nicht das tun kann, was besser ist, nicht einmal vielleicht. Und schon gar nicht, wenn man so eine Wut im Bauch hat.

Ein Glück, dass Mama noch nicht zurück ist. Bei dem Regen wird sie wohl auch so schnell nicht kommen.

»Was haben wir bloß zum Anziehen für dich?« Lodja überlegt.

»Ich zieh einfach mein Sonntagskleid an«, sagt Plascha. »Und wenn Mama kommt, bevor ich ins Bett geh, dann sag ich, dass ich zu Lisbeth wollte und in den Regen gekommen bin.«

Lodja guckt wenig überzeugt. »Und deine Lippe?«, fragt sie. »Und die blauen Flecken am rechten Arm? So was kommt nicht vom Regen.«

»Mama guckt uns doch gar nicht mehr so genau an«, sagt Plascha.

Lodja nickt. »Stimmt«, sagt sie traurig. »Manchmal denk ich, sie mag uns nicht mehr, aber das ist sicher nicht wahr.«

»Hilfst du mir morgen früh beim Kämmen?«, fragt Plascha. »Sonst sieht Mama die Beule.«

Vorsichtig befühlt Lodja Plaschas Hinterkopf. »Die ist wirklich nicht klein«, sagt sie und holt das Brotmesser aus der Schublade, um es an die Beule zu halten.

»Das nützt jetzt nichts mehr«, sagt Plascha. Sie geht in die Schlafkammer zu Felix. Der schläft noch immer. Ja, vorhin hätte sie die Hilfe der Schwarzmännchen auch gut gebrauchen können. Aber sie muss schon selbst sehen, wie sie mit den Jungen aus der Blücherstraße fertig wird!

Mama kommt erst spätabends zurück, als Plascha und ihre Schwestern längst im Bett liegen. Alle haben geholfen, Plaschas Kleid und Schürze wieder in Ordnung zu bringen, und Franja hat beides glatt und trocken gebügelt, ohne zu schimpfen.

Felix ist noch einmal aufgewacht, aber bald wieder eingeschlafen.

Plascha horcht. Was macht Mama so lange in der Küche?

Es ist still nebenan. Plascha möchte rübergehen und Mama so über den Kopf streichen, wie Kalla das heute beim Felix gemacht hat. Oder sie in den Arm nehmen. Aber es würde nichts nützen, Mama ist so weit weg in ihrem Kummer.

Und wenn Papa nie mehr wiederkommt?

Plascha will nicht daran denken.

»Bleib doch noch liegen«, sagt Lodja am nächsten Morgen zu Mama. »Du hast so wenig geschlafen, wir kommen auch mal allein zurecht.«

Mama muss sehr müde sein, sie bleibt tatsächlich liegen. Und Plascha ist erleichtert, dass Mama vom Kinderkrieg nichts erfährt, wenigstens nicht schon heute Morgen. Dem Felix versuchen die Schwestern beizubringen, dass er nichts verraten darf, weil Mama sonst noch trauriger wird. Seine Haare fallen so über die Stirn, dass man die Platzwunde nicht gleich sieht. Und wenn Mama sie doch bemerkt und danach fragt, soll er sagen, dass er hingefallen ist.

»Aber das stimmt nicht«, sagt Felix. »Das ist doch gelogen.«

»Es ist höchstens eine Notlüge. Und Notlügen sind erlaubt«, sagt Plascha, »im Krieg sowieso.« Obwohl sie sich gar nicht sicher ist. Aber der liebe Gott wird schon ein Auge zudrücken, wenn er sieht, wie es Mama geht.

Plaschas Unterlippe ist noch geschwollen, aber nicht mehr so dick wie gestern Abend. Dafür sind die blauen Flecken am Arm jetzt deutlicher zu sehen. Gut, dass es sich nach dem Gewitter abgekühlt hat, da kann Plascha ihre Strickjacke überziehen und man sieht die Flecken nicht. Ihr rechter Arm tut bei jeder Bewegung weh.

Wenn sie bloß August und Heini nicht in der Schule sehen müsste! Die beiden wäre sie gern mal für ein paar Tage los. Aber natürlich sind sie schon auf dem Schulhof, als Plascha und Lisbeth kommen, streichen um sie herum und grinsen. Und noch ehe es zur ersten Unterrichtsstunde klingelt, sagt August spöttisch: »Na, hast wohl gestern 'ne dicke Lippe riskiert, kann man immer noch sehn.«

»Hör bloß auf zu stänkern!«, fährt Lisbeth ihn an. Sie weiß schon alles, was gestern Nachmittag passiert ist.

»Der kriegt noch sein Fett ab«, sagt Plascha zu Lisbeth. »Der als Erster, du wirst schon sehn. Ich muss ihn allein erwischen, dann werd ich mit dem schon fertig. Der reißt immer nur das Maul auf, wenn noch andere Jungs dabei sind, die ihm helfen.«

Heute übertreibt August, das merkt sogar Fräulein Hölter.

»Was ist denn da hinten so interessant, August Barken?«, fragt sie, als er sich in der Rechenstunde wieder einmal nach Plascha umdreht und ihr die Zunge rausstreckt.

Da kommt August ins Stottern. Plascha gönnt ihm das von Herzen. Und als er an der Tafel vorrechnen soll, kriegt er die Lösung nicht raus und Lisbeth muss die Aufgabe zu Ende rechnen.

Eigentlich darf man nicht schadenfroh sein, denkt Plascha, aber was mach ich nur dagegen? Heilige sind nicht schadenfroh, Heilige kloppen sich nie, höchstens für den lieben Gott. Und sie lügen nicht, wahrscheinlich nicht einmal Notlügen. Ob Plascha jemals eine Heilige wird?

»Sollen wir heute mal einen anderen Heimweg gehen?«, fragt Lisbeth mittags. »Ich meine, mal nicht durch die Blücherstraße? Es kann ja sein, dass die Blödmänner schon auf dich warten.«

»Nein«, sagt Plascha. »Feige bin ich nicht, ich geh genauso nach Hause wie immer.«

»Dann geh ich eben genauso mit«, sagt Lisbeth.

Plascha ist froh über ihre Freundin, auf die kann sie sich verlassen. Ob August und Heini sich auch so aufeinander verlassen können? Die beiden sind nirgends zu sehen, sie müssen ganz schnell losgegangen sein. Ob sie wirklich was vorhaben?

Als Plascha und Lisbeth in die Blücherstraße kommen, steht August nicht weit von Sippels Bäckerladen entfernt auf dem Bürgersteig, doch keiner der anderen Jungen ist weit und breit zu sehen.

Das hab ich mir gewünscht, denkt Plascha, lieber Gott, guck nicht hin!

»Und jetzt?«, fragt Lisbeth erwartungsvoll.

»Halt mal meinen Schulranzen!« Plascha zieht ihre Strickjacke aus. Sie geht auf den August zu, ganz langsam, Auge in Auge. August rührt sich nicht vom Fleck.

»Na, Pollackenziege«, sagt er. »Ich denk, du willst Panhas aus mir machen.«

»Will ich auch.« Schon hat Plascha den verdutzten August zu Boden geworfen und setzt sich auf ihn drauf.

»Du, gib nicht so an«, keucht August. »Was soll denn der Quatsch?«

Da zieht Plascha ihn kräftig an dem Haarbüschel, das über seiner Stirn in die Höhe steht, und sagt: »Spiel ist Spiel.«

August will darauf antworten, aber dann schluckt er es doch lieber runter. Er versucht mit aller Kraft, Plascha abzuschütteln, aber er hat kein Glück. »Hör auf«, droht er, »sonst schrei ich nach den anderen.«

»Ja, nach den anderen schreien, das kannst du, du Feigling. Und kleine Jungs mit Steinen beschmeißen. Wenn das noch mal passiert, dann geht's dir schlechter als heute, du Miststück.« Plascha lässt ihn nicht los.

»Jetzt ist es genug«, sagt Lisbeth. »Ich muss unbedingt nach Hause, sonst macht meine Mutter Theater.«

»Dann stell meinen Schulranzen einfach hin«, sagt Plascha. »Ich bin mit dem August noch nicht ganz fertig.«

Lisbeth stellt den Schulranzen neben Plascha und August ab und saust los.

»Also, was ist, lässt du die Kleinen nächstens in Frieden?«, fragt Plascha.

Da gibt August ihrem Schulranzen einen Tritt, dass er umfällt und aufgeht. Der Griffelkasten fällt polternd raus und die Hefte und das Lesebuch liegen auch auf der Straße.

»Ha«, lacht August, »siehste, das haste davon!«

Aber da zieht Plascha wieder kräftig an seinem Haarbüschel und August schreit: »Bist du verrückt, meinst du, das tut nicht weh?«

»Das soll auch wehtun«, sagt Plascha. »Glaubst du vielleicht, das hat gestern nicht weh getan, als du mir fast die Zöpfe ausgerissen hast?«

»Pollackenziege!« August versucht, Plascha zu kneifen, ausgerechnet in den rechten Arm, der so wehtut.

Da kriegt Plascha die Wut. Sie schnappt nach ihrem Griffelkasten, springt auf und haut dem August, der nicht weiß, wie ihm geschieht, ein paar Mal feste mit dem Griffelkasten auf den Hintern, und August brüllt wie am Spieß.

»Wir sind Polen und keine Pollacken, merk dir das!« Plascha sammelt ihre Sachen ein. »Und wenn du deine Freunde siehst, kannst du ihnen ja deinen Hintern zeigen, dann wissen sie, was ihnen blüht.« Schon ist sie auf dem Heimweg und hört den August immer noch hinter sich jammern. Vielleicht hätte sie ihn nicht ganz so feste hauen sollen?

Quatsch, der ist selber schuld.

Obwohl sie rennt, kommt Plascha zu spät nach Hause. Mama sagt nichts, sie ist mit ihren Gedanken wieder anderswo, vielleicht in Frankreich an der Front oder bei den Soldaten, die sie besucht hat. Aber sie spricht nicht darüber.

11

***Von Franja, die sich in Bolesch verliebt,
und vom Bolesch,
der ein richtiges Geschenk ist.***

Ein Segen, der nächste Tag ist ein Sonntag, da braucht Plascha weder in die Schule noch durch die Blücherstraße und hat mal einen Tag lang ihre Ruhe.

»Merkt ihr denn alle gar nichts?«, fragt Lisa am Sonntagabend, als Franja nicht wie sonst pünktlich um sieben nach Hause kommt.

Plascha weiß noch nicht, worauf Lisa hinauswill, und Mama fragt: »Was hätten wir denn merken sollen?«

»Dass Franja verliebt ist, sie geht wie auf Wolken und immer mit einem Lächeln im Gesicht«, sagt Lisa.

Mama guckt hoch, als hätte jemand sie eben aus dem Schlaf gerissen.

»Ja, eure Franja ist verliebt«, sagt Lisa noch einmal. »Sie ist erwachsen geworden, sie wird jeden Tag schöner. Der Bolesch hat ihr gründlich den Kopf verdreht, und ihr, ihr merkt überhaupt nichts!«

Dass er Bolesch heißt, das hab ich nicht gewusst, denkt Plascha. Aber dass sie mit einem geht, das weiß ich wohl, ich hab die beiden ja schon ein paar Mal zusammen gesehen. Franja hat nichts erzählt, nur immer neue Ausreden erfunden, wenn Plascha sie mal abends bei Kolpes abholen wollte. Da kommt jetzt wohl ziemlich oft dieser Bolesch, denkt Plascha, viel zu oft. Und darum ist sie gar nicht gut auf ihn zu sprechen, obwohl er ihr eigentlich gefallen könnte, mit seinen blitzblanken Augen und einem ähnlichen Bart, wie Papa ihn hat.

Mama guckt immer noch nachdenklich. »Du hast recht«, sagt sie zu Lisa. »Davon hab ich wirklich nichts gemerkt.«

»Du merkst so wenig in letzter Zeit«, sagt Lisa und Mama wird rot.

»Vielleicht traut Franja sich nicht, es dir zu erzählen oder ihn mit nach Hause zu bringen«, meint Lisa zu Mama. »Du bist in letzter Zeit so weit von uns weg.«

Da fängt Mama an zu weinen und sieht so schmal und hilflos aus wie Lene Wawciniak an Hermines Grab. »Ich find keine Ruhe mehr«, schluchzt sie. »Jede Nacht träum ich von ihm, dass er verwundet ist, dass er Schmerzen hat und nach mir ruft. Und ich kann ihn nicht finden und kann ihm nicht helfen, er ist spurlos in Frankreich verschwunden.«

»Es kann nicht mehr lange dauern, bis alle Soldaten nach Hause kommen«, sagt Lisa tröstend. »Seit dem schwarzen Tag bei Amiens letzten Monat, bei den Verlusten, pfeifen die Spatzen von den Dächern, dass bald alles vorbei ist. Das weißt du doch. Vielleicht kommt er dann endlich zurück, oder du erfährst wenigstens, ob er in ein Gefangenenlager geraten ist.«

»Oder ...«, sagt Mama und fängt wieder an zu weinen.

Lisa legt einfach einen Arm um Mama und lässt sie weinen, bis sie sich von selbst beruhigt hat und aufsteht, um ihr Gesicht zu waschen.

»Komm, der Abend ist so schön, wir gehen noch ein Stück vor die Tür«, schlägt Lisa vor.

Mama ist einverstanden. Aber nach ein paar Minuten sind die beiden schon wieder zurück. Sie haben Franja und Bolesch unterwegs getroffen und mit nach Hause gebracht. Jetzt sitzen alle in der Küche um den Tisch, Plascha dem Bolesch gegenüber, da kann sie ihn ganz genau ansehen.

Seine Augen sind fast schwarz, aber wenn er lacht, sieht es aus, als würden helle Punkte darin tanzen. Und er lacht oft und hat eine Stimme, die Plascha sofort gefällt. Vielleicht ist er gar nicht so übel, auch wenn er jetzt Franja von Kolpes abholt?

Felix zeigt Bolesch gleich seine bunten Steine, die Schneckenhäuser und das Holzpferd mit den drei Beinen.

»Soll ich morgen nach der Schicht vorbeikommen und dein Pferdchen reparieren?«, fragt Bolesch. Felix ist begeistert. Bolesch guckt Mama fragend an.

»Ja, sicher«, sagt sie nur und macht ein frohes Gesicht dabei.

Bolesch muss man wahrscheinlich mögen, denkt Plascha.

Dann sagt Mama, dass es für die Kinder Zeit ist schlafen zu gehen. Und Bolesch verabschiedet sich auch, er hat morgen Frühschicht.

Franja bringt ihn noch ein Stück auf den Weg zu der Familie, bei der er wohnt, und Plascha hört, wie Lisa zu Mama sagt: »Bolesch ist ein prima Kerl, ich kenn ihn, seit ich auf dem Pütt bin. Der ist ein richtiges Geschenk, das kannst du mir glauben!«

Ein Geschenk? Bolesch? Das kommt Plascha zum Lachen vor.

Am nächsten Tag in der Schule guckt August so böse wie noch nie. Er grinst nicht und dreht sich kein einziges Mal nach Plascha um. Er sitzt so komisch in der Bank, sein Hintern muss wohl ziemlich wehtun. Vielleicht hätte ich ihn nicht mit dem Griffelkasten hauen sollen, denkt Plascha. Aber warum muss er sie auch immer verspotten, warum hat er den Krieg gegen die kleinen Jungs aus der Sedanstraße angefangen? Und warum hetzt er überhaupt immer gegen die polnischen Kinder?

»Heute geh ich ganz bestimmt nicht durch die Blücherstraße nach Hause, das kannst du nicht von mir verlangen«, sagt Lisbeth mittags. »Ich möchte nicht wissen, was August den anderen Jungs erzählt hat.«

Plascha weiß nicht, was sie tun soll. Allein durch die Blücherstraße gehen? Und wenn die Jungen schon alle auf sie warten? Da kann sie noch so mutig sein, gegen so viele kommt sie nie im Leben an. Wahrscheinlich hat Lisbeth recht. Plascha denkt an die Blicke, die August ihr heute Morgen zugeworfen hat, und an den Kreis, den die Jungen neulich um sie gebildet haben. Und da erinnert sie sich auch an die Angst, die sie gehabt hat. »Ich geh mit dir«, sagt sie zu Lisbeth. »Ich hab drüber nachgedacht, kann gut sein, dass er die anderen gegen mich aufgehetzt hat.«

Sie gehen heute ganz außen herum nach Hause, über den Marktplatz und von da in die Sedanstraße, und es passiert ihnen nichts.

Als Plascha nach Hause kommt, sitzt Bolesch am Küchentisch, hat ein viertes Bein für das Pferdchen geschnitzt und leimt es gerade an. Felix hockt ganz nah neben ihm wie sonst nur neben Opa Kulla. Er hat wohl einen neuen Freund gefunden.

Mama lächelt.

»Wie geht's deiner Lippe?«, fragt Bolesch und Plascha zuckt zusammen, aber ehe sie sich ärgern kann, sagt er noch: »Franja hat mir erzählt, dass du dich beim Stallausmisten gestoßen hast.«

Plascha guckt ungläubig. Ob Bolesch auch glaubt, dass Notlügen erlaubt sind? Lodja kneift Plascha ein Auge zu.

»Sie müssen die Suppe mit uns essen.« Mama stellt den Topf mit Porreesuppe auf den Tisch.

»Gerne«, sagt Bolesch. »Hunger hab ich immer.«

Sie sitzen um den Tisch und essen und reden, endlich geht es nicht mehr so schweigsam zu wie in letzter Zeit, als Mama so traurig geguckt hat. Bolesch erzählt vom Pütt und warum er nicht in den Krieg ziehen musste. Zuerst war er noch zu jung. Und später, als er doch noch eingezogen werden sollte, hat er eine Bescheinigung von der Zeche bekommen, dass er wichtig ist für die Kohleförderung auf Heinrich-Gustav. »Unabkömmlich für den Kriegsdienst nennen sie das«, erklärt Bolesch. Und dass er diese Bescheinigung seinem Reviersteiger verdankt, der sehr menschlich ist. Bei dem hat er einen Stein im Brett.

Bei wem hat er wohl keinen Stein im Brett?, denkt Plascha. Aber Bolesch gibt nicht damit an.

»Ein Glück, dass Sie nicht an die Front mussten«, sagt Mama und fragt Bolesch, ob er weiß, wie viele der Hiesigen von seinem Jahrgang schon gefallen sind.

»Ich weiß es nicht so genau«, sagt Bolesch ausweichend. Und Plascha sieht ihm an, dass das auch wieder eine Notlüge ist. Bolesch will mit Mama lieber von was anderem reden.

Da klopft es. Alle gucken von der Suppe hoch, und als Mama »Herein!« sagt und die Tür aufgeht, wird Plascha blass vor Schreck.

Gustav Barken kommt in die Küche und hinter ihm August.

Mama ist erstaunt, sie hat ja keine Ahnung.

Lodja und Felix gucken ängstlich. Nur Bolesch tut so, als wäre es ganz normal, dass Gustav Barken mit seinem Sohn in der Küche steht, obwohl Bolesch doch von Franja wissen muss, was in den letzten Tagen passiert ist. Sonst hätte er bestimmt nichts über Plaschas Lippe gesagt. Plascha möchte vom Erdboden verschluckt werden wie die Schwarzmännchen.

Mama fragt Gustav Barken, ob er sich nicht auch an den Tisch setzen will, aber der will nicht. Als er reingekommen ist, hat er ziemlich wütend ausgesehen, aber jetzt starrt er verdattert auf Bolesch. Mit ihm hat er wohl nicht gerechnet, das merkt man. Er guckt unsicher in die Runde.

»Warum sind Sie zu uns gekommen?«, fragt Mama.

»Weil ich mich bei Ihnen beschweren muss«, antwortet Gustav Barken. Er sieht erst seinen August an und dann Plascha.

»Beschweren?«, fragt Mama. »Ja, aber warum denn?«

»Ihre Paula«, sagt Gustav Barken grimmig, »die ist ein ganz schönes Luder, wissen Sie das überhaupt? Schlägt meinen August grün und blau.«

Mamas Augen werden groß vor Staunen.

Plascha ist verzweifelt, jetzt kommt doch noch alles raus.

Und Bolesch? Ja, der fängt doch tatsächlich laut an zu lachen, lacht, bis er kaum noch Luft kriegt.

Gustav Barken sagt gar nichts mehr, und dass August nicht wohl ist in seiner Haut, das sieht man ihm an.

»So«, sagt Bolesch zu Gustav Barken, »du willst dich beschweren, aha! Dann kann dir dein Sohn aber höchstens die Hälfte erzählt haben, sonst wärst du bestimmt nicht hier. Du hättest ihn eher noch grüner und blauer gehauen.«

»Wieso?«, fragt Gustav Barken verwirrt.

»Gustav«, sagt Bolesch, »ich kenn dich seit Jahren vom Pütt. Wir haben doch auch schon zusammen gearbeitet und sind immer gut miteinander ausgekommen, oder?«

»Ja, sicher«, sagt Gustav Barken. »Aber was hat das mit meinem August zu tun?«

»Das will ich dich ja gerade fragen«, sagt Bolesch. »Seit wann hast du was gegen uns Polen? Im Pütt habe ich nichts davon gemerkt.«

»Ich?«, fragt Gustav. »Ich soll was gegen euch Polen haben? Sag das noch mal!«

»Hab ich ja gar nicht gesagt«, meint Bolesch beschwichtigend. »Ich will dich nur fragen, woher das wohl kommt, dass dein August uns Pollacken nennt und hinter der Plascha herruft: ›Rot und Blau, Pollacksfrau!‹ Und warum er kleinen polnischen Jungs den Krieg erklärt hat.« Bolesch erzählt alles von Anfang an, er weiß gut Bescheid, Franja hat nichts ausgelassen.

Gustav guckt jetzt abwechselnd von Bolesch auf seinen Sohn und wieder auf Bolesch.

Mama sieht erschrocken aus und so, als könnte sie das Ganze nicht glauben. Plascha muss immerzu Bolesch anstaunen. Mensch, der hört ja gar nicht mehr auf! »Ich würde mich schämen, wenn ich mal so einen Sohn hätte«, sagt er jetzt. »Und ich wäre stolz, wenn meine Tochter so mutig wäre wie Plascha.«

»Entschuldigung.« Gustav kann Mama kaum in die Augen sehen. »Das hab ich alles nicht gewusst.« Und zu August sagt er: »Komm, du Lump!« Er zieht ihn unsanft zur Tür. Die beiden gehen.

Mama starrt hinter ihnen her. »Mein Gott«, sagt sie. »Was ist bloß alles passiert in den letzten Tagen. Ich muss wirklich besser auf euch aufpassen, das sehe ich ein.« Ihr Blick bleibt an Plaschas Lippe hängen.

»Notlügen sind erlaubt«, sagt Felix.

Und Plascha fügt stockend hinzu: »Wo du doch immer so traurig bist.«

Da streicht Mama Plascha übers Haar und lächelt.

Plascha ist ganz durcheinander. Sie würde sich gerne bei Bolesch bedanken, aber sie weiß nicht, wie. »Hast du noch Hunger?«, fragt sie ihn schließlich. »Magst du noch Porreesuppe?«

»Gerne.« Bolesch hält ihr seinen Teller hin. In seinen Augen tanzen helle Pünktchen. Bolesch ist wirklich ein Geschenk.

12

Von den Kartoffeln auf dem Bürgersteig und von der Sau, die heimlich geschlachtet wird.

Die Woche verläuft friedlich. August tut in der Schule so, als ob es Plascha überhaupt nicht gäbe. Aber ein paar Mal ertappt sie ihn dabei, wie er sie böse anstarrt, und da weiß sie, die Sache mit der Blücherstraße ist noch nicht zu Ende. Deshalb geht sie mit Lisbeth immer den Umweg über den Markt. Gut, dass es bald ein paar Tage Ferien gibt.

»Morgen müssen wir raus zu Kolpes, Kartoffeln ausmachen«, sagt Mama abends, als sie die Kinder früher als sonst schlafen schickt. Und Plascha schiebt alle Gedanken an den August weit weg, denn morgen fangen die Kartoffelferien an. Wenn man Geld dafür bezahlt, kann man beim Bauern Kartoffeln ausmachen. Mama hat wieder mal Kleider und Wäsche für die Kolpes geflickt und braucht deshalb nicht zu bezahlen wie die anderen.

Beim Bauern Kartoffeln ausmachen, das bedeutet ständige Bückerei, rasche Arbeit und schwere Säcke schleppen. Trotzdem ist es immer ein ganz besonderer Tag.

Von allen vier Familien aus dem Haus gehen die Frauen und etliche Kinder mit: Lene Wawciniak mit Ötte, Karl, Fine und Willi, Meta Strelcyk mit Pina, Hannchen, Fritz und Jupp, Ziska Wischnewski mit Klärchen und Josefa und Mama mit Lodja, Plascha und Felix.

Früh am Morgen geht es los. Die großen Kinder ziehen die Bollerwagen, da sind die leeren Kartoffelsäcke drin verstaut und Muckefuck und Tee, etwas Brot und Kartoffeln vom Vortag. Plascha freut sich jetzt schon, wenn sie an das Buttern auf dem Kartoffelfeld denkt.

Die kleinen Kinder dürfen in die Bollerwagen klettern und werden gezogen, die vier Frauen gehen hinterher, reden und lachen miteinander.

Trotz der frühen Stunde ist schon Betrieb auf der Straße. Männer ziehen mit ihren Bündeln über der Schulter zur Morgenschicht, ihre eisenbeschlagenen Arbeitsschuhe klappern laut auf dem Kopfsteinpflaster. Fenster werden geöffnet und Sätze über die Straße gerufen. Von der Zeche hört man Schachtsirenen und das Knarren der Seilscheiben des Förderturms, dazwischen bimmelt die Straßenbahn. Und überall wird gearbeitet. Da geht der Tag in die Nacht über und die Nacht in den Tag, es gibt keine Grenze dazwischen. Über der Stahlfabrik lodert der Feuerschein bis in den Himmel.

»Unser wilder Westen«, sagt Lene Wawciniak nachdenklich. »Guckt euch bloß mal um, und das soll alles erst vor fünfzig, sechzig Jahren angefangen haben, vielleicht auch ein bisschen früher?« Sie schüttelt den Kopf. »Könnt ihr euch vorstellen, dass es hier überall so ausgesehen hat wie auf Kolpes Hof?«

Lene hat recht, es ist schon zum Staunen.

Draußen bei Kolpes hat Plascha auf einmal das Gefühl, auf dem Land zu sein, so viel ruhiger ist es, obwohl die Schachtanlage der Zeche nur wenige hundert Meter entfernt liegt.

Frau Kolpe und Franja, die heute früher als sonst mit der Arbeit angefangen hat, teilen jeder Familie ein Stück Feld zu. Viele Leute sind gekommen, auch Lisbeth und ihre Mama. Die Nachbarn bleiben jeweils nah beisammen.

Dann ruft Ötte fröhlich: »Zicke, zacke, Hühnerkacke, und schon schnapp ich mir die Hacke.«

Unter Gelächter fangen sie an zu arbeiten, die Frauen und größeren Kinder mit der Hacke, die jüngeren Kinder sammeln die Kartoffeln vom Boden auf und werfen sie in die mitgebrachten Säcke. Das Laub kommt auf einen Haufen für ein schönes großes Kartoffelfeuer.

Beim Verladen der Säcke auf die Bollerwagen helfen sich die Frauen und größeren Kinder gegenseitig.

Nach ungefähr drei Stunden wird gebuttert. Die Kleinen spielen längst irgendwo neben den Müttern und Geschwistern, sie halten die Arbeit nicht so lange durch.

»Buttern«, sagt Ziska Wischnewski, »ist ja ein Witz, dass wir es immer noch so nennen bei dem bisschen Fett, das wir dann und wann kriegen.«

Lisbeth und ihre Mutter haben auch Pause gemacht und kommen für ein paar Minuten. »Wir schlachten am Freitag schwarz, du darfst es keiner Menschenseele verraten außer deiner Mutter«, flüstert Lisbeth Plascha ins Ohr, ehe sie wieder zu ihrem Feldstück geht. »Meine Mama hat gesagt, dass ihr am Abend kommen sollt, du und deine Mutter.«

Nein, Plascha wird bestimmt keiner Menschenseele außer Mama was davon sagen, nicht einmal ihren Geschwistern, oder jedenfalls nicht vor Freitag. Sie weiß, dass auf Schwarzschlachten Gefängnisstrafe steht, seit die Lebensmittel rationiert worden sind. Und es haben wirklich schon Leute gesessen deswegen.

»Los!«, sagt Ötte. »Nicht träumen, bis Mittag wollen wir fertig sein.«

Die Arbeit geht nicht mehr ganz so schnell voran wie früh am Morgen, aber mittags sind sie alle fertig und ziehen mit den vollen Bollerwagen heim. Jetzt müssen auch die Kleinen laufen. Zu Hause werden die Kartoffeln aus den Säcken gekippt und zum Trocknen draußen im Hof ausgelegt, und weil der Platz dort nicht reicht, auch vor dem Haus auf dem Bürgersteig. Die Leute, die vorbeikommen, müssen auf die Straße ausweichen.

Es ist lustig, wie alles voller Kartoffeln liegt, große und kleine durcheinander. Nach dem Trocknen sollen sie sortiert und in den Keller gebracht werden. Plascha, Lodja und Ötte halten Wache auf dem Bürgersteig. In diesen Hungerzeiten wird mehr gestohlen als sonst, selbst am helllichten Tag.

»Guck mal«, sagt Ötte plötzlich und stößt Plascha mit dem Ellbogen an. »Guck mal, wer da hinten kommt!«

Plascha erschrickt. Ein ganzer Trupp Jungen kommt um die Ecke, Jungen aus der Blücherstraße. Und mittendrin gehen August und Heini.

Plascha hat Angst. Sie stellt sich zwischen Lodja und Ötte, als könnten die beiden sie retten.

Die Jungen kommen langsam näher.

Soll Plascha weglaufen?

»Wir bleiben«, sagt Ötte ruhig. »Wir können nicht abhauen, das nimmt sonst nie ein Ende.«

Natürlich können sie nicht einfach abhauen und die Kartoffeln unbewacht auf dem Bürgersteig liegen lassen. Nach ihrer Mama will Plascha auch nicht rufen. Aber die von der Blücherstraße sind mindestens zehn. Plascha kann sie nicht einmal zählen, sie ist wie gelähmt.

Jetzt steigt Ötte seelenruhig über die Kartoffeln hinweg und geht den Jungen aus der Blücherstraße ein paar Schritte entgegen. »Was wollt ihr?«, fragt er mit ganz normaler Stimme.

»Rache ist süß«, sagt August, und einer der größeren Jungen, der, der sich neulich nicht wegen Plascha nass regnen lassen wollte, fügt hinzu: »Mit den Kartoffeln kann man prima schmeißen.«

»Mensch, Johann«, sagt Ötte. »Wie lange soll das denn noch so weitergehn?«

Johann grinst verlegen.

»Wie geht's deinem Vater?«, fragt Ötte.

»Schlecht, er kriegt kaum Luft. Steinstaub, als ob du das nicht weißt«, sagt Johann leise, und dann laut und trotzig: »Das hat hiermit nichts zu tun.«

»Doch«, sagt Ötte. »Das hat wohl was damit zu tun. Mein Vater hat auch 'ne Steinstaublunge, vielleicht schlimmer, als die Ärzte zugeben wollen, wegen der Rente. Du kennst ja die Zechenärzte. Meinem Vater geht's bald genauso wie deinem. Und wir, wir haben auch nichts Besseres zu erwarten. Oder was machst du, wenn du nächstes Jahr aus der Schule kommst?«

Johann zieht die Schultern hoch. »Pütt, ist doch klar. Als ob es andere Lehrstellen für uns gibt. Aber lass das und quatsch nicht so viel, wir wollen zu der da!« Er zeigt auf Plascha.

»Menschenskind«, sagt Ötte. »Denk doch mal nach! Wir sind alle gleich beschissen dran. Unsere Väter gehn kaputt von der Grube oder der Maloche in der Fabrik. Oder sie sind Kanonenfutter. Plaschas Vater ist in Frankreich vermisst.«

»Meiner ist vor Verdun gefallen«, sagt einer der Jungen aus der Blücherstraße.

»Das ist schlimm«, sagt Ötte. »Und jetzt machen wir auch noch Krieg gegeneinander, bloß, weil die einen aus Polen kommen. Das ist doch der einzige Unterschied. Ich find das Mist, wenn wir kämpfen.«

Die Jungen gucken ratlos.

Johann kratzt sich am Kopf.

Heini glotzt wie meistens mit offenem Mund.

August sagt: »Du kannst gar nicht mitreden, du hast bis jetzt überhaupt nicht gekämpft. Und ich hab immer noch blaue Flecken.«

»Ich auch.« Plascha zeigt ihren Arm.

»August kann seine Flecken nicht zeigen.« Johann grinst und die anderen aus der Blücherstraße lachen. Nur August ist beleidigt und Heini klappt den Mund wieder zu.

»Es ist genug«, sagt Ötte energisch. »Unseren Willi und den Felix Krawczyk habt ihr mit Steinen beschmissen und mit Plascha seid ihr auch ziemlich wüst umgegangen. Kein Wunder, dass sie's dem August zurückgegeben hat. Er braucht ja nicht immer gegen uns Polen zu hetzen. Aber jetzt seid ihr quitt. Jetzt reicht's für beide Seiten.«

Johann weiß nicht, was er machen soll. »Na gut«, sagt er endlich und guckt die Jungen aus der Blücherstraße der Reihe nach an. »Sollen wir Frieden machen mit denen?«

Die Jungen nicken. »Einverstanden«, sagt der, dessen Vater in Verdun gefallen ist. Nur Heini sieht aus, als hätte er nichts kapiert, und August ist immer noch beleidigt.

»Also los«, sagt Johann. »Zurück in die Blücherstraße.«

»Wartet mal!«, ruft Ötte. »Wir haben doch Ferien. Könnten wir nicht mal was zusammen machen?«

Die Jungen bleiben stehen und drehen sich um. Einige gucken verblüfft und einige misstrauisch. Dann reden sie leise miteinander.

»Wie wär's mit einem Kartoffelfeuer?«, schlägt Lodja vor.

Das scheint den Jungen aus der Blücherstraße zu gefallen. Sogar August macht ein zufriedenes Gesicht, und Heini, der immer so verfressen ist, sagt laut: »Jeder muss was zu essen mitbringen.«

»Kartoffeln.« Plascha erholt sich langsam von ihrem Schreck. »Vielleicht könnte jeder eine Kartoffel mitbringen oder auch zwei.«

Die Jungen nicken einander zu. »Und wann und wo machen wir das Feuer?«, fragt Johann.

»Übermorgen bei uns hinter den Ställen, so gegen fünf«, schlägt Ötte vor. »Wir haben heute bei Kolpes eine Menge

Kartoffellaub gesammelt, davon geben die uns bestimmt was ab. Wir können es mit dem Bollerwagen holen. Und bei uns im Garten haben wir auch Kartoffeln ausgemacht, übermorgen müsste das Laub trocken sein bei dem Wetter.«

»Gut«, sagt Johann. »Dann bis übermorgen um fünf.«

»Und bringt eure Schwestern mit!«, schreit Lodja den Jungen aus der Blücherstraße hinterher.

Plascha fällt ein dicker Stein vom Herzen.

»Mensch, Ötte«, sagt sie. »Du kannst vielleicht mit denen umgehn. Du wirst bestimmt Gewerkschafter wie dein Vater und der alte Kulla.«

»Glaub ich auch.« Ötte lacht. »Und jetzt ran an die Kartoffeln!«

Plascha wird heute überhaupt nicht müde. Sie sortiert mit Lodja die Kartoffeln und schleppt die schweren Eimer in den Keller, als würden sie überhaupt nichts wiegen. Und am nächsten Tag hilft sie Mama beim Kraut- und Kappes-Einmachen. Ziska Wischnewski hat eine Kappesschabe im Haushaltswarengeschäft ausgeliehen, die benutzen die Frauen im Haus gemeinsam. Sie haben einen alten Tisch im Hof aufgestellt, an dem arbeiten sie alle. Und wenn ein Fass voll ist, legt Plascha ein paar saubere Kappesblätter obendrauf und Lappen, und Steine zum Beschweren.

»Linsen pupinsen«, sagt Felix, als er die Fässer sieht. »Hüppen in Düppen, kochen vier Wochen und sind noch hart wie 'n Knochen.«

»Nee!« Plascha muss lachen. »Diesmal sind in den Düppen keine Linsen und auch keine Bohnen, da ist überall Kappes drin.«

Und dann kommt der Kartoffelfeuertag. Plascha ist morgens schon aufgeregt. Ob die Kinder aus der Blücherstraße wirklich kommen? Sie könnten es sich ja auch anders überlegt haben. Und ob das anhält mit dem Frieden?

Plascha, Lodja und Ötte gehen zweimal mit dem Bollerwagen zu Kolpes und holen Kartoffellaub, es wird ein riesiger Haufen hinter den Ställen. Die anderen Kinder aus dem Haus wollen auch nachmittags kommen und noch etliche Kinder aus der Sedanstraße.

»Renn doch nicht dauernd in der Gegend rum«, sagt Lodja mittags. »Du machst uns noch alle verrückt.«

Plascha ist so unruhig, weil es ihr auf einmal wie im Märchen vorkommt, dass die Blücherstraßenkinder zum Kartoffelfeuer kommen wollen. Je mehr sie darüber nachdenkt, umso weniger kann sie es glauben.

»Natürlich kommen die«, sagt Lodja. »Es ist doch fest ausgemacht.«

Um kurz vor fünf sind sie alle da.

Johann und August ziehen einen kleinen Bollerwagen, der ist voll mit Kartoffellaub und Reisig.

Die Jungen von neulich sind vollzählig gekommen und noch etliche Mädchen aus der Blücherstraße. Sie haben Kartoffeln mitgebracht und sehen alle nicht so aus, als ob sie einen Streit anfangen wollten.

Zuerst bleiben die Blücherstraßenkinder unter sich und die Sedanstraßenkinder auch. Aber als das Feuer erst einmal richtig brennt, mischen sie sich allmählich. Und als die Glut genau richtig glimmt, um die Kartoffeln hineinzuwerfen, muss Plascha schon genau hingucken, um herauszufinden, welches Kind zu welcher Straße gehört.

Sie gibt sich einen Ruck, geht zu August und setzt sich neben ihn.

Er tut so, als hätte er nichts gemerkt.

»August«, sagt sie leise, so dass er seinen Kopf ein bisschen zu ihr rüberbeugen muss, um sie zu verstehen. »Mit dem Griffelkasten hauen wollte ich dich nicht, das war die Wut wegen dem Schultornister.«

August guckt ins Feuer, er weiß noch nicht, was er sagen soll, aus seinem Gesicht wird Plascha nicht schlau. Er stochert mit einem Stöckchen in der Glut herum und rollt eine Kartoffel hin und her.

»Die ist noch nicht gar«, sagt Plascha.

Jetzt lässt August die Kartoffel bleiben und guckt Plascha ins Gesicht, er ist mit sich ins Reine gekommen. »Wenn ich du gewesen wär«, sagt er bedächtig, »ich hätt es genauso gemacht. Und ...«, er zögert für einen Moment: »Pollack sag ich nicht mehr.«

Plascha ist froh. »Soll ich dir nächstens mal die Rechenaufgaben erklären?«, fragt sie.

»Machst du das?«, fragt August zurück.

Plascha nickt. Und sie bleiben nebeneinander sitzen, auch als die Kartoffeln gar sind. Der Junge, der gesagt hat, dass sein Vater vor Verdun gefallen ist, heißt Rudi. Er setzt sich zu ihnen.

Die Kartoffeln schmecken gut, innen sind sie weich und außen knusprig und fast schwarz wie Kohle. Die Kinder haben schwarz verschmierte Lippen, als die Kartoffeln aufgegessen sind.

Rudi zieht eine Mundharmonika aus seiner Hosentasche. »Die ist von meinem Vater«, sagt er stolz und spielt drauflos.

Es wird still um das Feuer. Felix stellt sich vor den Rudi und hört aufmerksam zu.

»Willst du mal versuchen?«, fragt Rudi, als das Lied zu Ende ist. Er hält Felix die Mundharmonika hin.

Der traut sich nicht.

»Versuch's mal«, sagt Rudi. »Es ist nicht schwer.«

Und Felix probiert, ganz schüchtern zuerst und dann immer mutiger, schließlich hört er gar nicht mehr auf.

Und Plascha erkennt, was er spielt, schon beinah ganz richtig: das Lied von der Bauernhochzeit, das lustige, das sie so gerne mag. Felix kann Mundharmonika spielen!

»Wir machen noch öfter was zusammen«, sagt Johann, als die Kinder von der Blücherstraße nach Hause müssen.

Plascha guckt auf die blauen Flecke an ihrem Arm, sie sind abgeblasst. Und sie denkt an den Gewitternachmittag. War der wirklich erst vor einer Woche?

Und Freitag wird bei Lisbeth geschlachtet.

Schade, dass alles so heimlich vor sich gehen muss, dass man kein richtiges lautes Fest feiern kann. Hermann Klobes ist der lustigste Metzger weit und breit, der kommt schon immer zu den Hönnes zur Hausschlachtung.

Das Schlachten selbst mag Plascha überhaupt nicht. Wenn die arme Sau so quiekt, läuft Plascha weg und hält sich die Ohren zu. Sie will nicht miterleben, wie das Blut in einer Schüssel aufgefangen wird, das will sie nicht sehn. Auch Lisbeth und ihre Mutter drücken sich am liebsten davor.

»Aber nachher feste reinhauen in die Würste, wenn die Arbeit erst einmal getan ist.« Hermann tut so, als wäre er beleidigt. »Das sind mir die Richtigen. Und ich bin der schlimme Metzger, was?«

Hermann meint es nicht so, und er selbst muss auch immer einen Schnaps trinken oder zwei, sobald die Sau tot ist, weil ihm das nahe geht, wie er sagt.

Als Plascha heute mit ihrer Mama zu Hönnes kommt, ist die Sau zum Glück schon geschlachtet. Sie haben es in der Waschküche gemacht, nicht im Hof wie in Friedenszeiten. Lisbeth und ihre großen Geschwister haben draußen an verschiedenen Stellen Schmiere gestanden. Es darf ja nichts rauskommen von der heimlichen Schlachterei.

Die Leute im Haus und die Nachbarn wissen Bescheid, den typischen Schlachtgeruch kann man sowieso nicht verheimlichen. Aber die würden nie was verraten, Familie Hönnes ist nicht die einzige, die ein Schwein schlachtet, ohne das anzumelden. Von den Nachbarn ist wirklich nichts zu befürchten. Aber in letzter Zeit gibt es häufig Straßenkontrollen, weil immer mehr Leute vor Hunger aufs Land gehen und hamstern, das ist genauso verboten wie die heimliche Schlachterei. Es ist schon vorgekommen, dass die Polizisten von der Straßenkontrolle auch Hausdurchsuchungen gemacht haben, und davor fürchten die Hönnes sich.

»Es sind keine Schnüffler vorbeigekommen«, sagt Lisbeth fröhlich zu Plascha. »Jetzt können wir nach und nach in Ruhe wursten.«

»Und heute gibt es erst einmal Panhas und frische Blut- und Leberwurst«, sagt Mimi Hönnes, Lisbeths Mutter. »Nehmt nur tüchtig, für die anderen Kinder pack ich euch was ein.«

»Aber ich weiß gar nicht, wie ich mich revanchieren soll«, sagt Plaschas Mama.

»Unsinn!«, erwidert Mimi Hönnes. »Wie oft haben wir schon von eurer Ziegenmilch abbekommen, unsere Hippe gibt ja nicht so viel Milch. Und Plascha geht immer zusammen mit Lisbeth in die Wirtschaft am Hellweg und hilft den schweren Eimer mit Dröppelbier tragen.«

Das stimmt, Plascha muss lachen. Lisbeth schämt sich, wenn sie von dem Bier, das beim Zapfen daneben tropft, für das Schwein holen soll. Aber Plascha macht das nichts aus, sie geht gerne mit. Und zu zweit können sie einen viel schwereren Eimer tragen.

Das Bier kriegt die Sau schön über die Woche verteilt, jeden Tag einen Napf voll. Es schmeckt ihr, nachher liegt sie friedlich grunzend in der Ecke und setzt schneller Fett an.

Und jetzt lässt Plascha es sich in Hönnes' Küche schmecken. Tut das gut, sich mal so richtig satt zu essen, noch dazu mit was anderem als nur Kartoffeln.

Mama und Mimi Hönnes unterhalten sich – natürlich über die Soldaten.

Lisbeths Papa liegt in einem Rotkreuzlazarett und soll demnächst entlassen werden. Er hat einen Schuss ins linke Bein bekommen, die Wunde eitert und will nicht heilen.

»Mein Gott«, sagt Mimi. »Was sie mit unseren Männern gemacht haben.« Sie legt Mama tröstend eine Hand auf den Arm, sie weiß, wie sehr Plaschas Mama auf Nachricht wartet. »Mein Bruder Paul war verschüttet«, berichtet Mimi. »Meine Mutter hat geschrieben, dass er eine Kopfverletzung hatte, die nicht richtig behandelt worden ist. Und jetzt kriegt er Anfälle, fast jeden Tag einen.«

Plascha und Lisbeth sehen sich fragend an. Ob das solche Anfälle sind, wie Charly sie ihnen vorgespielt hat?

Hoffentlich nicht! Lisbeth guckt ganz erschrocken, sagt aber nichts.

Und Mama wird langsam unruhig. »Wir müssen jetzt gehen«, sagt sie. »Die anderen Kinder wissen nicht, dass wir bei euch sind. Und bis Franja Feierabend hat, wollten wir wieder zurück sein.« Mama steht auf. »Vielen Dank für alles!«

Mimi Hönnes und Lisbeth gehen noch mit bis zur Tür. Mama bekommt eine Tasche mit Panhas und Wurst in die Hand gedrückt.

Es ist dämmrig geworden. Mama geht mit schnellen Schritten, sie hat es sehr eilig, nach Hause zu kommen.

»Mama«, sagt Plascha plötzlich, »guck mal, da hinten an der Ecke sind so viele Leute, hoffentlich ist das keine Straßenkontrolle.«

Mama hat den Menschenauflauf auch schon entdeckt und hält ängstlich ihre Tasche fest. »Sollen wir einen anderen Weg gehen?«, fragt sie schnell.

»Warte hier auf mich«, sagt Plascha. »Ich geh erst mal gucken, was da los ist. Es kann ja auch was ganz Anderes sein.«

Es ist aber nichts Anderes, Plascha kommt sofort wieder zurück. Sie ist nicht allein, August Barken kommt mit ihr.

»Sie kontrollieren seit ungefähr zwei Stunden«, sagt er. »Gerade haben sie unseren Nachbarn alles abgenommen, was die heute Nachmittag gehamstert haben. Die sind im Münsterland gewesen und haben die Uhr vom Opa versetzt. Und jetzt war alles umsonst.« August ist richtig wütend. »Ich wollte sie warnen«, sagt er, »aber es hat nicht geklappt.«

»Und was macht die Polizei mit den Sachen?«, fragt Plascha.

August zuckt die Schultern, dann guckt er auf Mamas Tasche und fragt: »Ihr seid wohl auch irgendwo hamstern gewesen?«

»Ja«, behauptet Plascha. »Und dann haben wir noch die Hönnes besucht.« Sie will nichts verraten.

Im Schein der Straßenlaterne ist Mamas Gesicht blass geworden. »Wir müssen umkehren und über den Markt nach Hause gehen«, sagt sie hastig. »Sie dürfen uns nicht erwischen.«

»Das geht nicht«, sagt August. »Am anderen Ende der Straße stehen auch welche und kontrollieren, die kann man bloß von hier aus nicht sehn.«

Mama fängt fast an zu weinen. »Was machen wir nur? Hier können wir doch nicht bleiben.«

»Ich weiß, wie man hintenrum über die Höfe und durch die Gärten zum Markt kommen kann«, sagt August. »Ich geh mit euch, alleine findet ihr das nicht.«

Die Blücherstraße ist gleich um die Ecke, August kennt sich hier aus.

»Ich muss noch mal eben zu Lisbeth Hönnes«, sagt Plascha mit einem Blick auf Mama. »Ich hab mein Strickzeug da liegen lassen.«

Plascha sieht, dass Mama verstanden hat. Plascha muss die Hönnes warnen, das ist wichtig, denn die Polizisten könnten ja auch Hausdurchsuchungen machen, wenn sie die Straße schon so abgeriegelt haben.

Plascha ist schnell zurück und dann führt August sie und Mama durch fremde Gärten und zwischen Ställen hindurch. Sie müssen über eine Mauer klettern und über Zäune, Mama bleibt mit ihrem Rock hängen und schwitzt vor Aufregung und Angst.

Endlich kommen sie zum Marktplatz.

Mama ist erschöpft und muss dauernd husten.

»Jetzt seid ihr in Sicherheit«, tröstet August.

Plascha hätte nie gedacht, dass er so lieb sein kann. »Das vergess ich dir nie!«, sagt sie dankbar.

»Lass man.« August grinst. »Ich hab ja noch was gutzumachen. Bis morgen.« Er dreht sich um und will gehen.

Da löst sich langsam eine Gestalt aus dem Dunkeln, mein Gott, die hohe Kopfbedeckung, das kann nur ein Tschako sein.

Plascha, Mama und August bleiben stehen wie vom Blitz getroffen.

Mama hält Plaschas Hand ganz fest. Wieder muss sie husten.

Jetzt nehmen sie uns alles weg und wir müssen vielleicht noch Strafe bezahlen, denkt Plascha. Hätte ich doch die Tasche zu Hönnes zurückgebracht!

»Da, da!« Vorsichtig kommt die Gestalt auf sie zu und rudert mit den Armen durch die Luft. Es ist kein Tschako, es ist der Kalla mit dem großen Kopf.

»Hast du uns einen Schreck eingejagt«, stöhnt August.

»Da, da«, brabbelt Kalla freundlich.

Mama zittert am ganzen Körper. Sie gibt August die Hand. »Komm bald mal zu uns«, sagt sie. »Ich will mich noch richtig bei dir bedanken.«

»Ach was!« August verschwindet mit dem Kalla in der Dunkelheit.

»Gut, dass wir nicht mehr verkracht sind«, sagt Plascha. »Das hab ich dem Ötte zu verdanken.«

»Was für ein Segen!« Mamas Stimme klingt nicht mehr so zittrig. Die Tasche hält sie noch immer krampfhaft fest. »Die haben wir gerettet«, murmelt sie, »weil August uns geholfen hat. Ich hab mich nicht getraut, hier auf der Straße auszupacken, ich hätte dem August gerne was abgegeben.«

»Ich will ihm sowieso die Rechenaufgaben erklären, das hab ich beim Kartoffelfeuer versprochen«, sagt Plascha. »Ich bring ihn mit zu uns nach Hause.«

Und dann geht Mama so schnell, dass Plascha sich anstrengen muss um mitzukommen. Sie haben es nicht mehr weit und treffen auf keine Straßenkontrolle und auf keine verdächtige Gestalt. Nur Franja läuft ihnen an der Ecke zur Sedanstraße in die Arme. Sie ist schon zu Hause gewesen und hat sich Sorgen gemacht.

13

Von Oma Doppka, die nicht mehr warten muss, und vom Bahnbeamten, den schier der Schlag trifft.

Der Krieg geht langsam zu Ende. Man merkt es daran, dass nach und nach immer mehr Soldaten nach Hause kommen und nicht mehr an die Front zurückmüssen. Obwohl an manchen Orten in Frankreich noch gekämpft wird, während der Krieg in Russland schon zu Ende ist.

Mit Pferd und Wagen kommen immer wieder Soldaten durch die Stadt, ihre Gesichter sind fast so grau wie die zerschlissenen Uniformen. Müde sehen sie aus und halb verhungert. In ihren Augen ist etwas, was Plascha sich nicht erklären kann.

Sie hat sich das Kriegsende anders vorgestellt, so wie den Anfang mit Pauken und Trompeten, und gleich ist alles wieder normal, das ganze Leben. Aber nichts ist normal geworden, noch immer nicht.

Auch Züge mit Heimkehrern kommen immer häufiger im Bahnhof an. Mama geht jedes Mal hin, wenn Soldatentransporte erwartet werden. Morgens liest sie die Zeitung von vorne bis hinten und hofft, dass wieder was über die Heimkehrer drinsteht. Oft kommt Ziska Wischnewski und Mama liest ihr laut vor, weil Ziska nie Lesen und Schreiben gelernt hat.

Plascha würde die Zeitung manchmal am liebsten verstecken. Ihre Schwester Lischa bringt immer eine mit, wenn sie vom Zeitungsaustragen zurückkommt. Sie kriegt sie umsonst, und Mama stürzt sich gleich darauf, bevor sie die Zeitung im Haus weitergibt.

In den ersten Kriegsjahren hat sie täglich die Spalten mit den Namen der Gefallenen aufgeschlagen und mehrmals hintereinander gelesen, so als könnte sie Papas Namen übersehen haben. In letzter Zeit werden keine Namen mehr veröffentlicht, nur die Regimenter aufgezählt, die Verluste zu melden haben. Über den Kriegsverlauf und die Heimkehrer steht auch immer was in der Zeitung. Aber der Wawciniak sagt, die Hälfte wär sowieso gelogen, die könnten nicht zugeben, wie schlimm es tatsächlich ist. Deshalb hat er noch eine Zeitung von den Sozis abonniert, den »Vorwärts«, weil er glaubt, dass die ehrlicher schreiben.

Wenn Mama jetzt zum Bahnhof will, dann gehen entweder Lodja oder Plascha mit und manchmal Felix, damit Mama nicht so allein ist auf dem weiten Weg, vor allem, wenn sie ohne Papa zurückkommt.

Für Plascha sind die Bahnhofstage schrecklich. Sie fürchtet sich vor den ankommenden Zügen, vor dem Rattern und Quietschen, ehe sie endlich halten, denn dann steigen sie gleich aus, die heimkehrenden Soldaten.

Verwundete sind es, viele werden auf Tragbahren aus dem Zug gehoben, manchen fehlt ein Arm oder Bein. Sie haben Narbengesichter von Schrapnell- und Granatsplittern. Und vor diesen entstellten Gesichtern fürchtet Plascha sich.

Beinah genauso schlimm ist Mamas Enttäuschung, wenn Papa wieder nicht mitgekommen ist und sie nichts über ihn erfahren kann. Auch andere Frauen warten vergebens. Immer sind Frauen an den Zügen und warten, allen voran Oma Doppka.

Sie geht regelmäßig zweimal am Tag zum Bahnhof, schon seit dem Frühjahr. Und vorher betet sie morgens in der Frühmesse den Rosenkranz, so laut und hastig, dass die Leute sich nach ihr umdrehen und der Pfarrer verzweifelt hustet. Doch davon merkt Oma Doppka nichts.

Die betet den Hippolit wieder lebendig, heißt es in der Gemeinde.

Es kommen auch Soldaten zurück, die mit ihm an der Front gewesen sind. Sie haben Mitleid mit der alten Frau, die vergebens am Bahnhof sitzt und wartet. Sie versuchen vorsichtig, ihr beizubringen, dass er tot ist, aber das will sie nicht wissen. Sie schüttelt energisch den Kopf, ihr Zöpfchen wippt dabei rauf und runter, sie macht den zahnlosen Mund auf und sagt geduldig: »Nein, ihr müsst ihn verwechselt haben. Mein Hippolit ist nicht tot, das kann nicht sein.«

Einmal ist Plascha dabei, da kommt einer, der kannte Hippolit schon von der Schule. Er war mit ihm in derselben Kompanie und hat gesehen, wie Hippolit auf eine Mine getreten und in die Luft geflogen ist. »Dein Sohn war sofort tot, glaub mir, er hat nicht gelitten«, sagt der Soldat leise.

Da wird Oma Doppka zum ersten Mal böse. »Sei still«, schreit sie und ihre Stimme wird ganz dünn und schrill. »Sei still, geh und sag das nie wieder, hast du gehört?«

Heute ist Plascha dran, mit Mama zum Bahnhof zu gehen, und Felix will auch mit. Sie kommen zu früh, der Zug hat Verspätung wie meistens in diesen Wochen. Wieder sind einige Frauen da, die warten.

»Wo ist denn Oma Doppka?«, fragt Felix. »Die sitzt ja gar nicht auf ihrer Bank.«

»Vielleicht ist sie in der Stadt geblieben«, sagt Mama. »Du weißt ja, es kommen auch Soldaten mit Pferd und Wagen zurück.«

Neben dem Bahnhofsgebäude setzt sich gerade ein Pferdewagen in Bewegung. »Solche wie der da«, sagt Felix. »Aber auf dem sind keine Soldaten. Man kann gar nicht sehn, was der geladen hat.«

Stimmt. Plascha strengt ihre Augen an, doch der Kutscher hat die Ladefläche mit einer schwarzen Plane abgedeckt.

In dem Moment rennt der Bahnbeamte, der sonst an der Sperre sitzt und Fahrkarten verkauft, über den Bahnhofsvorplatz genau auf die wartenden Frauen und Kinder zu. »Mein Gott«, ruft er, »mein Gott, das ist doch nicht zu fassen, dass ausgerechnet mir so was passieren muss!« Er wischt sich mit einem bunt karierten Taschentuch den Schweiß von der Stirn. »Mich hätte schier der Schlag getroffen«, sagt er und fasst sich an die Brust.

»Was war denn?«, drängt Felix. »Ist ein Zug entgleist?«

»Heute Mittag will ich in Ruhe mein Brot essen, das meine Frau mir mitgegeben hat«, sagt der Bahnbeamte, »und geh für einen Moment aus meinem Kasten raus an die Sonne. Da seh ich Oma Doppka noch immer auf ihrer Bank sitzen und warten, wo sie doch sonst so pünktlich ist wie die große Bahnhofsuhr und um zwölf nach Hause geht, um ihre Kartoffeln zu essen.

›Oma Doppka‹, hab ich gerufen, ›willst du jetzt den ganzen Tag hier sitzen bleiben?‹ Aber sie hat keine Antwort gegeben. Sie hat da gesessen, den Kopf ein bisschen schief, als wenn sie in den Himmel gucken wollte.

Ob die eingeschlafen ist?, hab ich gedacht. Wär ja kein Wunder bei dem weiten Weg zweimal am Tag, und sie lebt ja nur noch von Kartoffeln und Steckrüben.

Ich bin zu ihr gegangen. ›Oma Doppka‹, hab ich gesagt und sie vorsichtig an der Schulter gerüttelt. ›Oma Doppka, wach auf, die Bank ist zu hart zum Schlafen!‹ Und stellt euch bloß mal vor«, sagt der Bahnbeamte. Seine Stimme wird noch aufgeregter als vorher. »Da ist sie mir fast von der Bank gefallen. Die war nämlich tot, mausetot, und ich hab das nicht mal gemerkt, sie hat ja schon lange so blass und abgemagert ausgesehn.« Der

Bahnbeamte schüttelt den Kopf, als könnte er es noch immer nicht fassen.

»Ich glaub, sie hat den Hippolit da oben gesehn«, sagt er dann feierlich und zeigt in die Wolken. »Sie hatte die Augen zu, aber den Kopf hat sie in den Himmel gereckt und ich mein sogar, dass sie ein bisschen gelächelt hat.« Der Bahnbeamte wischt sich wieder mit seinem Taschentuch über die Stirn. »Und mich hätte schier der Schlag getroffen«, murmelt er und geht zurück zum Bahnhofsgebäude, um Fahrkarten zu verkaufen.

Niemand sagt etwas. Alle starren ungläubig auf die Bank, auf der Oma Doppka immer gesessen hat.

Sie wartet nicht mehr. Sie wird nie mehr mit ihrem wippenden Zöpfchen durch die Straßen laufen und den Leuten vom Hippolit erzählen.

Plascha ist traurig.

Auf dem Nachhauseweg sagt sie zu Mama: »Und ich hab gedacht, bestimmt bewirkt der liebe Gott ein Wunder, wo Oma Doppka doch so viel betet und immer nur wartet und sonst keinen Menschen mehr hat auf der Welt. Ich hab gedacht, vielleicht macht er, dass die sich wirklich geirrt haben, die sagen, der Hippolit wär tot, sie wüssten es genau. Und wenn es doch stimmt, dann weckt er ihn von den Toten auf wie den armen Lazarus in der Bibel.«

»Vielleicht hat der liebe Gott ja ein Wunder bewirkt«, sagt Mama. »Auch wenn er den Hippolit nicht wieder lebendig gemacht hat. Vielleicht ist Oma Doppka schon bei ihm im Himmel und die beiden haben es viel schöner als hier unten.«

Das leuchtet Plascha ein. Und sie muss an Hermines Beerdigung denken und daran, wie Oma Doppka ihre vielen Röcke hochgehoben und in die Knickelkuhle gepinkelt hat. Da fängt sie auf einmal an zu lachen, und Felix lacht mit, obwohl er nicht weiß, warum.

14

Von den Männern, die ganz anders aus dem Krieg heimkehren, als sie weggegangen sind.

Ein Brief mit schwarzem Rand kommt ins Haus, aber nicht für Mama, sondern für Ziska Wischnewski. Ihr Mann hat Ende September noch aus Frankreich geschrieben, dass er gesund ist und hofft, bald nach Hause zu kommen. Und dann hat es ihn ein paar Tage später erwischt, als der Krieg so gut wie zu Ende war.

Ziska geht herum mit einem Gesicht wie aus Stein. Und Klärchen will keine Topflappen mehr häkeln.

Von der Zeche kommt einer, der sagt, dass Ziska sich mit ihren Mädchen eine andere Wohnung suchen muss, weil doch die Häuser der Zeche gehören und Zechenangehörige sind die Wischnewskis ja nun nicht mehr.

»Das ist doch der Gipfel«, sagt Mama empört und geht gleich zum Wawciniak. Der trägt Ziskas Geschichte auf der nächsten Gewerkschaftsversammlung vor. Die Gewerkschaftsleute setzen ein Schreiben auf an die Zechenleitung, und die Kumpel aus der Kolonie unterschreiben und machen Rabatz am Zechentor. Schließlich kann Ziska mit ihren beiden Mädchen erst mal wohnen bleiben.

Der Strelcyk kommt eines Tages nach Hause und Kaspar Kulla und Lisbeths Vater auch.

»Er hat immer noch Schwierigkeiten mit seinem Bein«, sagt Lisbeth. Und auch sonst scheint nicht alles so recht zu klappen, denn Lisbeth sieht gar nicht froh aus und meint, sie muss sich erst wieder daran gewöhnen, dass der Vater mit ihnen lebt.

Komisch.

Plascha ist verwirrt wegen der Männer, die nach Hause kommen. Sie hat sich das alles so schön vorgestellt, jedenfalls, wenn sie an Papa gedacht und sich ausgemalt hat, wie das wär, wenn er nach Hause käme. Er könnte sich doch nicht so verändert haben, oder?

Kaspar Kulla ist immer so ein fröhlicher Kerl gewesen und jetzt ist er schrecklich ernst und man kann keinen Blödsinn mehr mit ihm machen. Zuerst hat Plascha ihn nicht einmal erkannt, als er beim alten Kulla in der Küche saß, so verändert sieht er aus mit der breiten Narbe quer überm Gesicht. Und das rechte Auge ist jetzt kleiner als das linke, das kommt auch von der Narbe.

Der alte Kulla sagt, dass Kaspar noch Glück im Unglück gehabt hat, weil das Auge selbst unverletzt geblieben ist. Aber Verbrennungen an Armen und Beinen hat Kaspar auch, so groß kann das Glück nicht gewesen sein.

Kaspar, der immer so ein Kindskopf war, sitzt jetzt stundenlang beim alten Kulla am Küchentisch und starrt vor sich hin, sagt kein Wort und rührt in seiner Kaffeetasse, sogar wenn die längst leer ist.

Und nicht mal der alte Kulla weiß, was man dagegen machen kann. »Das geht schon irgendwann vorbei«, sagt er. »Wir müssen ihn einfach in Ruhe lassen.« Aber er sieht bekümmert aus, als er das sagt, und seine Stimme klingt längst nicht so überzeugend wie sonst.

Charly ist schon seit Wochen in der Gegend und versucht immer wieder, seinen Freund aufzuheitern. Doch er kann ihn nicht in den Kaspar von vor dem Krieg zurückverwandeln, auch wenn Charly ein Zauberer ist und sich die größte Mühe gibt.

Noch einer ist von der Front heimgekommen, den hat vorher niemand hier gekannt. Es ist der neue Vikar in der Gemeinde, der seine erste Stelle bekommen hat.

Freiwillig hatte er sich gemeldet in gutem Glauben, das wäre er seinem Vaterland und seinem Kaiser schuldig. Der Pfarrer in seiner Heimatgemeinde hatte von heiliger Pflicht und von Gottes Willen gepredigt und dass jeder, der zur Beichte und Kommunion geht, sofort in den Himmel kommt, wenn ihn der Heldentod trifft.

Der Heldentod hat ihn nicht getroffen und er ist dankbar dafür, er denkt inzwischen ganz anders über Vaterland, Kaiser und Gottes Willen.

»Der ist in Ordnung«, sagt Kaspar über den Vikar. »Der weiß was vom Leben, vom Krieg, die ganze Scheiße, der hat was kapiert. Dem sind die Augen genauso aufgegangen wie mir und vielen anderen, die im Schützengraben gewesen sind. Der hat seine Meinung nicht bloß aus Büchern wie unser Pastor.«

Oft sitzt der neue Vikar beim alten Kulla in der Küche, und in Kaspars Gesicht kommt wieder Leben, wenn er dem Vikar sein Herz ausschütten kann. Plascha und Lisbeth sitzen manches Mal dabei und hören zu, weil sie wissen wollen, wie der Krieg für die Soldaten gewesen ist.

Am Tag nach Oma Doppkas Beerdigung gehen sie beide nachmittags zum alten Kulla, er soll Schuhe für Lisbeths Mutter reparieren. Schon an der Tür hören sie Kaspars aufgeregte Stimme. »Der spinnt ja, der Bahnbeamte. Beinah hätte ihn der Schlag getroffen, so 'n Quatsch, bloß weil er Oma Doppka tot gefunden hat, friedlich im Schlaf auf der Bank. Den hätten sie mal an die Front schicken sollen!«

»Jetzt red bloß nicht schon wieder von der Front«, sagt Charly. »Red lieber davon, was jetzt werden soll, es tut sich allerhand im Land.«

»Ich weiß«, sagt Kaspar, »aber ich knack immer noch daran, wie sie uns reingelegt haben mit ihrem Geschwätz von der Vaterlandsverteidigung. Bis ich mal begriffen hatte, wen wir eigentlich verteidigt haben! Die Großen, solche wie den Krupp, die von der Eisen- und Stahlindustrie, die haben wir verteidigt und für die sollen wir jetzt wieder den Karren aus dem Dreck ziehen.« Heftig setzt er seine Kaffeetasse auf den Tisch. »Und wer ist scharenweise verreckt, in Russland, in Frankreich? Natürlich die Arbeiter, egal aus welchem Land.«

»Klar«, sagt der alte Kulla. »Das sind ja auch überall die meisten. Und dass die kleinen Leute zuerst ihre Haut zu Markte tragen müssen, wenn's irgendwo brennt, das ist so alt wie Methusalem.«

Lisbeth rutscht unruhig auf ihrem Stuhl hin und her.

»Ich glaub, du willst auch was sagen?«, fragt der Vikar.

Lisbeth nickt. »Mein Papa sagt, zum Dank für vier harte Jahre Grabendienste müssen die deutschen Arbeiter jetzt noch härter ran an die Maloche als vorher und kriegen kaum was zu fressen.«

»Genau«, knurrt Kaspar.

Plascha hört nachdenklich zu. »Aber die französischen und die russischen Arbeiter, die sind doch jetzt die Sieger?«, fragt sie und guckt auf den Vikar.

Kaspar lacht, und sein Lachen klingt böse wie so oft, seit er zurückgekommen ist.

»Ich glaube nicht«, sagt der Vikar. »Die einfachen Soldaten verlieren jeden Krieg, egal auf welcher Seite sie stehen. Nein, Kaspar hat recht, wer gewinnt, das sind vor allem die Waffenfabrikanten, die verdienen dickes Geld am Krieg. Und von dem Landgewinn, den die Siegermächte machen, ob in der Heimat oder in Übersee, glaub bloß nicht, dass die Arbeiter was davon haben, und wie viele von denen waren an der Front.«

Der alte Kulla fährt sich mit der Hand über die Glatze. »Jetzt soll Elsass-Lothringen ja wieder an Frankreich gehen«, sagt er. »Das ist so ein Beispiel. Glaubst du, es macht einen Unterschied für die Kumpel in den lothringischen Zechen, ob sie zu Deutschland oder zu Frankreich gehören? Die Ausbeuterei bleibt bestimmt dieselbe.«

»Ich hab französische Kriegsgefangene kennen gelernt«, erzählt der Vikar, »prima Kerle, die sind genauso betrogen worden mit dem Gerede vom Vaterland, das verteidigt werden muss. Ein französischer Geistlicher hat mir sein Kriegstagebuch gezeigt, der hat alles aufgeschrieben, was er erlebt und gefühlt hat. Es war dasselbe, was ich erlebt und gefühlt habe, haargenau. Und mit den Russen wird es nicht viel anders gewesen sein.«

Kaspar nickt. Er war ja bis zuletzt in Russland dabei.

Der Vikar ist noch nicht ganz fertig, man sieht, wie er nachdenkt, und dann sagt er mit seiner leisen, eindringlichen Stimme: »Die anderen Völker, die am Krieg beteiligt waren, die haben ihre vielen Gefallenen, genau wie wir, und ihre Verwundeten. Und die Soldaten, die keine sichtbaren Wunden oder Narben mit nach Hause gebracht haben, die sind trotzdem nicht heil davongekommen. Das könnt ihr mir glauben. Die haben Narben auf der Seele, die bleiben fürs Leben und brechen immer wieder auf. Da ist kein großer Unterschied, ob nun das Land offiziell Sieger oder Verlierer ist.«

Plascha guckt den Vikar erstaunt an.

Narben auf der Seele, ist es das?

Starrt der Kaspar deshalb oft stundenlang vor sich hin?

Kommt Lisbeth deshalb nicht so zurecht mit ihrem Vater wie früher?

Und der Strelcyk, was ist mit dem?

»Der ist im Krieg total übergeschnappt«, hat Pina den großen Mädchen im Hof erzählt. »Früher, da hat er ja auch manchmal am Zahltag gesoffen und Krach gemacht, aber jetzt ist es nicht mehr auszuhalten mit ihm. Dauernd ist er besoffen. Auf der Zeche haben sie ihn gleich wieder eingestellt, alle ehemaligen Bergleute müssen sofort wieder eingestellt werden, das ist eine Anordnung von oben. Aber Mama hat Angst, dass sie ihn feuern, wenn er so weitermacht. Am liebsten würde er sowieso nicht mehr arbeiten gehn, die Hälfte der Zeit macht er blau und besoffen eingefahren ist er auch schon. Der Steiger hat noch mal ein Auge zugedrückt, aber es darf nicht mehr vorkommen, sagt er. Und wovon sollen wir leben, wenn sie ihn rausschmeißen? Dabei haben wir uns so gefreut, als er zurückgekommen ist.«

Pina hat ausgesehn, als ob sie gleich losheulen wollte, aber sie hat die Tränen zurückgehalten und mit leiser Stimme weitergesprochen. »Dreckig und verlaust ist er gewesen. Mama hat ihm Badewasser heißgemacht, mitten in der Woche, und hat ihn abgeseift wie unser Hannchen. Und dann hat sie ordentlich zu essen für ihn besorgt, weil er so ausgehungert war. Sogar ihre silbernen Ohrringe hat sie versetzt, auf die sie immer so stolz gewesen ist. Der Alte hat gefressen, so was habt ihr noch nicht gesehn. ›Mach langsam‹, hat Mama gesagt, ›das hält dein Magen nicht aus so plötzlich.‹ Aber der hat sich nicht drum gekümmert, hat weiter reingeschlungen. Wir haben daneben gestanden und zugeguckt und das Wasser ist uns im Mund zusammengelaufen. Aber der hat uns keinen Bissen abgegeben, auch der Mama nicht. Er hat gefressen, bis ihm schlecht geworden ist und er alles rausgekotzt hat. Mama hat es wegmachen müssen. Schade um die Wurst.«

Plascha sieht Pina vor sich, wie sie da im Hof stand und aufgehört hat zu reden und immer nur auf die Stallwand geguckt und mit dem Fingernagel vom Zeigefinger an einem kaputten Ziegel rumgekratzt hat, bis sie plötzlich weggelaufen ist. Und halb im Weglaufen hat sie sich noch einmal umgedreht und gesagt: »Der war früher nicht so, ganz bestimmt nicht, und geschlagen hat er früher auch nicht.«

Die Mädchen haben alle nicht gewusst, was sie der Pina sagen sollten. Denn wenn der Strelcyk rumkrakeelt, das hören alle im Haus und können sich schon denken, was da oben passiert.

Plascha weiß, dass Mama schon zweimal raufgegangen ist und dem Strelcyk Bescheid sagen wollte, aber er hat sie einfach nicht reingelassen in die Wohnung und den Wawciniak auch nicht.

Jetzt sitzt Plascha in der Küche vom alten Kulla und erzählt alles, was sie von der Pina weiß. Der Vikar hört ihr genau zu und verspricht, sich um die Familie zu kümmern.

Schon am nächsten Tag fängt der Strelcyk wieder an zu randalieren.

Mama sitzt unruhig am Tisch und flickt. »Wenn der nicht gleich aufhört, geh ich noch mal rauf«, sagt sie. »Ich hab Angst um Rosa. Der Strelcyk weiß nicht mehr, was er tut.«

Da geht nebenan die Tür und der Wawciniak brüllt: »Mensch, Strelcyk, halt die Klappe, hier im Haus wohnen noch andere Leute. Ich hab Nachtschicht gehabt und krieg kein Auge zu bei deinem Theater, verdammt noch mal!«

Einen Moment lang ist der Strelcyk still, und in die Stille hinein hört man Rosa schluchzen.

Mama springt auf und läuft nach oben, der Wawciniak, Lene und Plascha hinterher. Mama hämmert mit beiden Fäusten gegen die Tür und schreit: »Mach sofort auf, Strelcyk, sonst hetz ich dir die Polizei auf den Hals.«

»Schert euch zum Teufel!«, knurrt der Strelcyk. »Es geht euch nix an, was ich mach.«

»Lass sofort Rosa raus und die Kinder«, schreit Mama. »Sonst sorg ich dafür, dass du eingelocht wirst.«

Jetzt öffnet der Strelcyk einen Spaltbreit die Tür, hinter ihm auf dem Tisch sieht Plascha die Schnapsflasche stehen. »Haut ab!«, schreit er. »Und kümmert euch um euren eigenen Dreck.«

Da hat der Wawciniak schon einen Fuß in der Tür, und ehe der Strelcyk sich versieht, ist Mama an ihm vorbei und nimmt Rosa in die Arme. »Komm mit zu uns«, sagt sie. »Wo hast du die Kinder?«

Rosa deutet mit dem Kopf auf die Schlafzimmertür. »Die haben Angst«, sagt sie unter Schluchzen.

»Kommt raus, Kinder!«, ruft Mama. »Es passiert euch nichts.«

»Du hast hier überhaupt nichts zu sagen«, schnauft der Strelcyk wütend und will auf Mama losgehen. Da packt ihn der Wawciniak und setzt ihn einfach auf den nächsten Küchenstuhl. »Bleib bloß da sitzen!«, droht er. »Sonst bind ich dich fest.«

Der Strelcyk versucht, wieder auf die Beine zu kommen, doch der Wawciniak ist stärker und schneller.

Inzwischen hat Lene die Kinder aus der Schlafstube geholt, Mama fasst Rosa bei der Hand und der Strelcyk kann nichts dagegen machen, dass sie alle zusammen nach unten gehen.

»Leg dich ins Bett und schlaf deinen Rausch aus«, hört Plascha den Wawciniak sagen, als sie schon auf der Treppe sind. Da fängt der Strelcyk an zu weinen wie ein Kind.

Rosa hält sich die Ohren zu und weint auch. »Das ist kein Leben mehr«, schluchzt sie. »Er ist ein armer Teufel, seit er zurückgekommen ist. Er wird nicht fertig mit dem, was er erlebt hat, dauernd muss er sich besaufen, und die Kinder und mich macht er auch noch kaputt damit.«

Plascha versteht immer mehr, was der Vikar meint mit den Narben auf der Seele, die fürs Leben bleiben. Und beim Strelcyk sind sie noch ganz frisch.

Rosa setzt sich mit ihren Kindern an den Küchentisch und Mama kocht Tee.

»Ich weiß nicht, wie das weitergehen soll«, schluchzt Rosa: »Sei mir nicht böse, aber manchmal denk ich, du bist besser dran als ich. Allein mit den Kindern zu leben war einfacher als das jetzt, auch wenn das Geld noch knapper war.«

Lene wirft Rosa einen warnenden Blick zu, aber Mama ist nicht gekränkt, sie sieht ja, was Rosa mitmachen muss. Wie ein Häufchen Elend sitzt sie am Küchentisch und zuckt bei jedem Geräusch zusammen, das von oben kommt. Der Strelcyk läuft ruhelos in der Wohnung hin und her.

»Der Wawciniak hat recht, er soll seinen Rausch ausschlafen«, sagt Pina, die Hannchen auf dem Schoß und Jupp und Fritz rechts und links neben sich sitzen hat. »Er kann doch nicht immer so weitermachen.«

Da geht oben die Tür und der Strelcyk kommt mit schweren Schritten die Treppe runter.

Rosa schreit auf und Pina verkriecht sich mit den jüngeren Geschwistern in der Schlafstube.

»Wir lassen ihn nicht rein, keine Angst«, sagt Mama und ist schon mit Lene an der Küchentür. Auch Plascha und Lodja helfen, die Tür zuzuhalten.

»Gib endlich Ruhe, Strelcyk!«, ruft Mama laut.

Inzwischen ist der Wawciniak wieder im Flur, man hört ihn mit dem Strelcyk reden wie mit einem Kind, das sich weh getan hat. »Hör auf, um dich zu schlagen«, sagt er. »Du musst dir Zeit lassen und dich wieder an das normale Leben gewöhnen.«

»Ich kann's nicht.« Der Strelcyk schluchzt. »Ich hab Angst. Ich hab jeden Tag Angst davor, in die Grube einzufahren, das ist das Schlimmste. Da unten in der Enge und Dunkelheit, da ist mir, als läge ich wieder im Schützengraben und gleich fängt der Wahnsinn an, das Trommelfeuer, die Giftgasschwaden, und ich kann nicht weg.«

Der Wawciniak und der Strelcyk reden und reden, sie scheinen beide auf der Steintreppe im Hausflur zu sitzen.

Rosa beruhigt sich allmählich, aber sie weiß nicht, was sie machen soll. Sobald sie mit ihren Kindern in die Wohnung zurückgeht, fängt wahrscheinlich alles wieder von vorne an.

»Ich geh zum Vikar«, sagt Plascha. »Der kennt sich mit den Soldaten aus, vielleicht weiß er einen Rat.« Und sie klettert aus dem Küchenfenster, weil die Männer noch immer im Flur auf der Treppe sitzen, und läuft zum Pfarrhaus. Der Vikar zieht seine Joppe an und kommt gleich mit. Unterwegs erzählt ihm Plascha, was passiert ist.

»Reden nützt da nicht viel«, sagt der Vikar nachdenklich. »Vielleicht kann ich ihn eine Zeit lang bei meiner Schwester auf dem Land unterbringen. Die Grube ist vorläufig Gift für ihn.«

Der Strelcyk lässt sich vom Vikar mitnehmen nach oben in die Wohnung. Da sind die beiden lange zusammen, doch was sie miteinander besprechen, erfährt kein Mensch.

Später kommt der Vikar runter in die Küche, setzt sich neben Rosa und sagt, dass der Strelcyk fest versprochen hat, heute nichts mehr zu trinken. Und dass er ihn morgen früh abholen und versuchen will, ihn bei seiner Schwester unterzubringen auf einem Bauernhof im Münsterland.

»Und die Zeche?«, fragt Rosa. »Ob die ihn später überhaupt noch mal nehmen, wenn er jetzt geht?«

»Ich red mit dem Steiger«, sagt Bolesch, der Franja wieder einmal von Kolpes abgeholt hat. »Er wird ihm nichts Nachteiliges in die Papiere schreiben lassen, da kannst du sicher sein.«

Plascha und ihre Schwestern sitzen noch lange bei Mama in der Küche, nachdem alle anderen gegangen sind. Sie flüstern nur und horchen nach oben, weil sie dem Strelcyk nicht trauen. Doch es bleibt still.

Am nächsten Morgen kommt der Vikar wie verabredet gleich nach der ersten Messe, um den Strelcyk zu holen. Rosa und Pina gehen mit bis zur Ecke und winken, Plascha kann sie vom Schlafstubenfenster aus sehen.

Jetzt ist der Wawciniak wieder der einzige Mann im Haus, denkt sie, und vor ein paar Jahren waren es noch vier.

15

Vom Kaiser, der in den Sack haut, und von den Arbeitern und Soldaten, die das Land regieren wollen.

Es ist kalt, ein feuchtkalter Novembertag. Zum Glück hat Bolesch von seiner Deputatkohle beigesteuert und Mama muss nicht so sparsam heizen wie letzten Winter.

Bolesch ist jetzt fast jeden Tag in der Sedanstraße, er gehört schon beinah zur Familie und niemand hat was dagegen. Felix weicht dem Bolesch kaum von der Seite. Und dass Mama Bolesch mag, das sieht man schon daran, dass sie ihm oft die Zeitung gibt, bevor sie selbst sie gelesen hat. Bolesch ist nämlich genauso ein eifriger Zeitungsleser wie Mama.

Und im Augenblick hat Mama alle Hände voll zu tun, weil sie an Franjas Aussteuer arbeitet. Franja und Bolesch wollen im nächsten Frühjahr heiraten. Deshalb kommt Mama kaum noch zum Zeitunglesen.

Heute wird es wieder mal eng in der Küche, weil Plascha mit dem August Rechnen übt, Bolesch dem Felix *Siebzehn und Vier* beibringt und Mama, Lodja, Lischa und Lisa blauweiß karierte Handtücher für Franjas Aussteuer säumen.

Lisa hat seit einigen Tagen sehr viel Zeit, sie arbeitet nicht mehr auf der Zeche und darüber ist sie sehr böse. Sie versteht schon, dass die Männer, die aus dem Krieg kommen, wieder Brot und Arbeit haben müssen. Aber deshalb kann man die Frauen, die während der Kriegszeit die Arbeit der Männer getan haben, doch nicht einfach auf die Straße setzen.

Jahrelang hat ihr Mann auf Heinrich-Gustav gearbeitet, und weil Lisa kurz nach Beginn des Krieges am Leseband angefangen hat, durfte sie die kleine Zechenwohnung behalten, auch nach Franeks Tod. Und nun grübelt Lisa darüber, was werden soll. Noch muss sie die Wohnung nicht räumen, doch das wird sicher bald kommen. Und überhaupt, wie soll sie die Miete aufbringen, wenn sie keine Arbeit hat? Ab wann sie Witwenrente bekommt und wie viel, ist noch nicht entschieden.

Lisa hat Schneiderin gelernt. Früher ist sie zu den Leuten in die Häuser gegangen und hat für sie genäht, ihr Essen hat Lisa als Lohn bekommen und auch ein bisschen Geld oder Lebensmittel. Es hat jedenfalls immer zum Leben gereicht. Aber jetzt gibt es nicht mehr viele Leute, die sich eine Schneiderin leisten können, die Armut wird jeden Tag schlimmer.

Plascha zuckt über ihrem Rechenheft zusammen. Die Küchenfensterscheibe klirrt. Jemand hat ein Steinchen dagegen geworfen. Ein schriller Pfiff auf zwei Fingern folgt nach.

Mama legt erschrocken ihr Handtuch in den Schoß.

Plascha reißt das Fenster auf.

Im Hof steht einer der Zeitungsjungen, mit denen Lischa jeden Morgen in aller Herrgottsfrühe loszieht. Er rückt seine Schiebermütze zurecht und grinst, ganz durchgefroren sieht er aus. »Kannst deine Schwester schicken«, ruft er. »Wir müssen heut noch mal los, Extrablätter verkaufen.«

»Bin sofort fertig.« Lischa legt das angefangene Handtuch auf den Tisch und geht in die Schlafstube, um sich warme Sachen anzuziehen.

»Komm doch rein«, ruft Plascha dem Jungen zu. »Wärm dich inzwischen ein bisschen auf in der Küche.«

»Keine Zeit!« Der Junge zögert. Dann kommt er doch rein, nimmt einen Packen Extrablätter aus seiner dicken Zeitungstasche und legt sie auf den Tisch.

»Lass uns gleich eins hier.« Bolesch angelt sich das oberste Blatt vom Stapel.

»Sensation, Sensation!« Der Zeitungsjunge grinst schon wieder. »Schlägt bei den Leuten ein wie 'ne Bombe, das sag ich euch.«

»Bestimmt wieder was mit den Matrosen in Kiel, die hauen auf den Putz«, sagt August. »Mein Vater meint ...«

»Menschenskind.« Bolesch zwirbelt aufgeregt seinen Bart. »Dem Kaiser haben sie Beine gemacht.«

»Beine gemacht?«, fragt Felix ungläubig. »Waren seine denn ab?« Und er guckt auf sein Holzpferdchen, das auf dem Küchenschrank steht und wieder alle vier Beine hat.

»Nee!« Bolesch muss lachen. »Der ist schon nicht zu nah rangekommen an die Front, der hat sich kein Bein abschießen lassen. Ich mein, dass sie ihn zum Teufel gejagt haben, weil er nichts taugt, verstehst du? Hier in der Zeitung steht dick und fett, dass er nach Holland geflohen ist.«

»Ich wein ihm bestimmt keine Träne nach.« Lisa stichelt an dem karierten Handtuch, als ob sie dafür Akkord bezahlt kriegte. »Das Blaue vom Himmel hat er uns vorgelogen. Wisst ihr noch? Herrlichen Zeiten wollte er das deutsche Volk entgegenführen. Und jetzt geht es uns so dreckig, dass es zum Himmel stinkt.«

»Wer weiß, was erst an Kriegsschulden auf uns zukommt«, sagt Mama.

»Los, komm!« Der Junge mit der Schiebermütze wird ungeduldig und drückt Lischa einen Teil der Extrablätter in die Hände. »Die müssen so schnell wie möglich unters Volk.«

Die beiden ziehen los.

»Die junge Republik kann keinen Kaiser gebrauchen«, sagt Bolesch.

»Haben die Matrosen ihn davongejagt?«, fragt Plascha. Sie weiß vom Aufstand der Hochseeflotte in Kiel. Die Matrosen hatten sich geweigert, noch einmal mit ihren Schiffen auszulaufen, weil sie wussten, dass der Krieg auf jeden Fall verloren war. Sie wollten nicht für eine hoffnungslose Sache sterben. So hatte vorige Woche in Kiel die Revolution angefangen und war dann übergesprungen auf München und Berlin.

»Es heißt, der Kaiser hat abgedankt und ist nach Holland geflohen«, sagt Bolesch. »Jetzt sollen überall Arbeiter- und Soldatenräte gebildet werden, so wie in den letzten Tagen in Kiel, München und Berlin.«

»Dann kommt die Revolution auch zu uns?«, fragt Plascha.

»Ich glaub schon«, meint Bolesch. »Jedenfalls versteh ich den Zeitungsschreiber so. Aber langsam blickt da kein Mensch mehr durch.«

Plascha merkt, dass Bolesch genauso aufgeregt ist wie sie.

»Ich geh noch mal beim alten Kulla vorbei«, sagt er. »Vielleicht weiß der Kaspar schon mehr. Der ist immer ganz wild auf Neuigkeiten aus der Politik.«

August steht gleichzeitig mit Bolesch auf und zieht seine Joppe an.

»Mama, kann ich mit?«, bettelt Plascha.

Aber Mama bleibt hart, da nützt kein Betteln.

»Es wird früh dunkel, da will ich nicht, dass du noch unterwegs bist. Wo man sowieso nicht weiß, was noch alles passiert wegen der Revolution«, sagt sie bestimmt. Und dann, mit einem Blick auf das Handtuch, das Lischa liegen lassen hat: »Du kannst ruhig ein bisschen helfen beim Säumen, musst ja nicht immer alles mitkriegen, was die Männer reden.«

Plascha ist wütend. Jetzt gehen Bolesch und August ohne sie los und sie wäre so gerne mitgegangen. Im Land ist Revolution und da soll sie in der Küche sitzen und langweilige blauweiß karierte Handtücher säumen, wo sie Handarbeiten überhaupt nicht mag.

Bolesch hätte ruhig bei Mama ein Wort für sie einlegen können, vielleicht hätte das was genützt. Aber das ist dem nicht eingefallen. Hauptsache, er kriegt was mit von der Revolution.

»Ist schon richtig, dass sie sich für Politik interessiert«, sagt Lisa. »Siehst ja, was sie mit uns Frauen machen. Weil wir nicht genügend Bescheid wissen und weil wir nie gelernt haben, uns zu wehren, schieben sie uns hierhin und dahin, wie es ihnen gerade passt. Massenhaft haben sie Frauen und Mädchen in die Rüstungsindustrie geholt, in die Zechen, als Ausbesserungskolonnen in die Reichsbahn. Zwölf Stunden am Tag und mit halb so viel Lohn wie für Männer. Und warum? Damit sie ihren verdammten Krieg führen konnten. Jetzt brauchen sie uns nicht mehr. Jetzt schicken sie uns an den Kochtopf zurück und kümmern sich einen Dreck darum, dass wir nicht mal was zum Kochen haben.«

»Stimmt schon«, sagt Mama. »Ich will ja auch nicht, dass meine Mädchen so hinterm Mond aufwachsen wie wir früher. Aber Plascha ist mir manchmal ein bisschen zu viel unterwegs für ihr Alter.« Sie seufzt. »Revolution«, sagt sie mit einem Kopfschütteln. »Hoffentlich fließt nicht wieder Blut. Vier Jahre Krieg waren schon zu viel.«

Eilige Schritte sind im Flur zu hören. Das muss Lischa sein, die wieder zurück ist. Nebenan geht die Tür und Lene Wawciniak ruft: »Warte mal, Lischa, hast du meinen Alten gesehn? Der müsste längst zurück sein von der Zeche.«

»Es ist was los in den Straßen«, sagt Lischa. »Auf dem Rathaus ...«

»Wollt ihr nicht zu uns in die Küche kommen«, sagt Mama. »Hier ist es wärmer als im Flur.«

Mit Lene und Lischa kommen auch Rosa Strelcyk und Ziska Wischnewski in die Küche. Sie wollen wissen, was draußen los ist.

Ziska redet noch immer nichts, sagt höchstens mal Ja oder Nein, wenn sie gefragt wird. Das ist so, seit sie den Brief mit schwarzem Rand gekriegt hat, aber sie interessiert sich wenigstens wieder für das, was um sie herum passiert.

»Also, was ist auf dem Rathaus?«, fragt Plascha.

»Sie haben eine rote Fahne aufgezogen«, berichtet Lischa. »Ein Arbeiter- und Soldatenrat soll für die Stadt gewählt werden, heute noch. Der Wawciniak ist auch zur Wahl aufgestellt, sagt Ötte.«

»Das kann ich mir denken«, knurrt Lene. »Deshalb kommt er nicht nach Hause.«

»Der Wawciniak macht Revolution«, Lisa lacht. »Darauf hat er bestimmt schon lange gewartet, dein alter Sozi.«

Ötte ist also auch unterwegs, denkt Plascha, und es wurmt sie noch mehr, dass die Männer und die Jungen einfach so mitmachen bei dem, was draußen passiert, und niemand regt sich auf deswegen. Nur die Frauen sitzen in der Küche und warten ab, als hätten sie mit alledem nichts zu schaffen.

Wo Franja bloß bleibt? Plascha fühlt sich gar nicht wohl mit den Frauen. Sie ist ihnen böse, weil sie miteinander schwatzen, statt auf die Straße zu gehen. Sie würde Franja gerne abholen und mit ihr darüber reden, aber das erlaubt Mama ja nicht. Also sitzt Plascha am Tisch, näht an dem blöden Handtuch und ärgert sich immer mehr.

Endlich kommt Franja nach Hause. »Besuch haben die Kolpes gehabt, den ganzen Nachmittag und bis jetzt«, erzählt sie aufgebracht. »Alles Bauern und Geschäftsleute, die hatten vielleicht ein Sitzfleisch, kann ich euch sagen. Kaffee, Schnaps und Geräuchertes mussten wir bringen, die Köchin und ich. Dabei wär ich so gerne früher nach Hause gegangen, um zu sehen, was los ist. Was ich bei Kolpes aufgeschnappt habe, was die da geredet haben, das hat mich richtig wütend gemacht.«

»Dann erzähl mal«, sagt Lene. »Damit wir uns mitärgern können.«

»Natürlich haben sie über die Revolution geredet und dass jetzt der Kaiser auch noch hat fliehen müssen, wo er doch einst vom ganzen Volk umjubelt war. In der Stunde des Zusammenbruchs, da hätte man ihm erst recht die Treue halten müssen. Aber die Roten hätten sich durchgesetzt mit ihren Machenschaften, wo sie sowieso schuld sind am Ausgang des Krieges, weil sie dem Kaiser und dem Militär mit der Revolution in den Rücken gefallen sind. ›Die hetzen das Volk bloß auf mit ihren Ideen‹, hat der Kolpe gesagt und mit der Faust auf den Tisch geschlagen. ›In Acht müssen wir uns nehmen vor dem Gesindel, die wollen uns unser Hab und Gut wegnehmen, um es an alle zu verteilen. Aber das lassen wir uns nicht gefallen, wir müssen die Waffen bereithalten für das, was kommt.‹«

»Das klingt nach Bürgerkrieg«, sagt Mama leise.

»Mal nicht gleich den Teufel an die Wand«, wehrt Franja ab. »Nach dem dritten Schnaps waren die alle so weit, dass sie den Krieg beinah nachträglich noch gewonnen hätten, so stark haben sie sich gefühlt. Morgen früh werden sie schon wieder vernünftig denken.«

»Hoffentlich«, murmelt Mama. Ziska nickt und Lene sagt: »Von denen lassen wir uns bestimmt nicht ins Bockshorn jagen. Das Volk aufhetzen, so ein Blödsinn. Die sollten nur mal ein paar Wochen so hungern wie wir. Was haben wir denn für schlimme Ideen, die wir dem Volk angeblich aufzwingen wollen? Frieden wollen wir, ein für alle Mal, ein bisschen mehr Gerechtigkeit und ein halbwegs menschliches Leben, als ob das schon zu viel verlangt wär!«

»Du solltest auch aufs Rathaus gehen und dich aufstellen lassen«, sagt Lisa. »Kannst mindestens genauso gut reden wie dein Alter, ganz im Ernst.«

»Vielleicht sollten wir uns alle mehr um die Politik kümmern«, sagt Rosa nachdenklich, »und nicht immer alles den Männern überlassen. Nicht mal wählen dürfen wir.«

»Wo ist denn Bolesch?«, erkundigt sich Franja. »War der heute nicht hier?«

»Doch«, sagt Plascha. »Aber als er das Extrablatt gelesen hat, wollte er beim alten Kulla vorbei und mit dem Kaspar reden. Bestimmt hocken die Männer zusammen und beraten die Revolution, wenn sie nicht in die Wirtschaft am Hellweg gegangen sind.«

»Und du siehst so aus, als wärst du am liebsten mitgegangen?« Franja guckt Plascha fragend an.

»Stimmt«, sagt Plascha trotzig. »Aber Mama hat mich nicht weggelassen.« Plascha würde jetzt gerne so richtig losschimpfen, danach ist ihr zumute. Doch sie sieht die steile Falte auf Mamas Stirn und hält lieber den Mund. Morgen ist die Revolution bestimmt noch nicht zu Ende, sie fängt ja gerade erst an.

»Ob das Bild vom Kaiser wohl überm Pult hängen bleibt?«, fragt Lisbeth anderntags auf dem Weg zur Schule. Daran hat Plascha noch gar nicht gedacht. Wenn der Kaiser nach Holland flüchten musste, weil er nichts taugt, dann werden sie seinen Geburtstag wohl auch nicht mehr in der Schule feiern und das blöde Gedicht aufsagen müssen, denkt Plascha und freut sich darüber.

Heute Morgen ist auf den Straßen noch viel mehr los als sonst. Überall stehen Gruppen von Menschen beieinander, es wird heftig geredet und gestritten. Jeder hat seine eigene Meinung zu dem, was im Augenblick passiert.

Vor Sippels Bäckerladen hat sich eine größere Menschenmenge versammelt. Plascha und Lisbeth drängen sich zwischen den Leuten hindurch und klettern auf das Mäuerchen, auf dem Felix gesessen hat, als die Jungen aus der Blücherstraße ihn mit Steinen beworfen haben.

Bäcker Sippel steht vor seiner Ladentür und ist zornrot im Gesicht, Heini steht neben ihm und sieht aus, als hätte er geheult.

»Verdammtes Gesindel, Schurken!«, flucht der Sippel laut. »Kommen einfach reingeschneit in meinen Laden und plündern mich aus. Soll das wohl die Revolution sein? Geht nach Hause, Leute, bei mir gibt's heute kein Brot!«

Ein Murren und Schimpfen geht los von allen Seiten.

»Brot kann man das schon lange nicht mehr nennen, was du uns verkaufst«, schreit eine wütende Frau.

»Meine Schuld ist das nicht«, gibt der Sippel böse zurück. »Musst dich bei denen beschweren, die's Mehl ausgeben.«

»Ruhe!«, donnert eine Männerstimme dazwischen. Plascha stutzt. Die Stimme kennt sie doch?

Da entdeckt sie den Kaspar Kulla, er trägt eine rote Binde am Arm und hat ein Gewehr umgehängt. »Leute!«, ruft er laut und energisch und es wird still vor dem Bäckerladen. »Solche Dinge müssen wir in Zukunft unbedingt verhindern. Die Revolution hat nichts zu tun mit Plünderei, das ist Diebstahl wie eh und je.

Der Arbeiter- und Soldatenrat wird dagegen vorgehen, das verspreche ich euch. Gestern ist er für unsere Stadt gewählt worden, damit wir die wichtigsten Probleme anpacken können, die Versorgung der Bevölkerung mit Lebensmitteln, Beschaffung von Arbeit und Wohnungen ...«

»Mensch, du!« Lisbeth boxt Plascha in die Rippen. »Guck mal, der Heini läuft schon da vorn, und wenn der so schnell geht, müssen wir uns beeilen, sonst kommen wir zu spät in die Schule.«

Plascha wäre gerne noch geblieben und hätte Kaspar zugehört. Ganz lebendig hat er wieder ausgesehen, richtig begeistert. Der Arbeiter- und Soldatenrat muss eine wichtige Sache sein.

Plascha und Lisbeth rennen um die Wette. Zuerst überholen sie Heini und nachher noch August und Rudi.

»Wart ihr auch beim Sippel?«, fragt Rudi. »Ich hab euch gar nicht gesehen.«

»Ja«, keucht Plascha im Laufen. »Und jetzt kommen wir alle zu spät in die Schule, so'n Mist!«

Fräulein Hölter ist ärgerlich. »Was soll das?«, fragt sie streng. »Glaubt ihr, bloß weil wir keinen Kaiser mehr haben, könnt ihr in die Schule kommen, wann es euch passt? Auch in der Republik braucht alles seine Ordnung.«

»Entschuldigung, Fräulein Hölter«, sagt Plascha für alle anderen mit. »In der Blücherstraße waren so viele Leute, bei Heinis Vater im Bäckerladen ist geplündert worden und einer von den neuen Räten hat gesprochen.«

Plascha guckt auf die Stelle überm Pult. Das Bild vom Kaiser ist weg. Zwar sieht der helle Fleck auf der schmuddeligen Wand nicht gerade schön aus, aber besser ein Fleck als der Kaiser, über den Plascha sich so lange geärgert hat.

»Ehe das Laub von den Bäumen fällt, sind meine Soldaten zurück von der Front.« Warum hat er das bloß gesagt? Ob er es wenigstens selbst geglaubt hat? Das würde Plascha gerne wissen.

»So ist das also gewesen«, sagt Fräulein Hölter ein bisschen freundlicher. »Dann bleibt das hoffentlich eine Ausnahme und ihr kommt morgen wieder pünktlich zum Unterricht?«

Alle, die zu spät gekommen sind, nicken.

Und dann will Fräulein Hölter genau wissen, wie das mit der Plünderung war, und Heini ist stolz, weil er ganz allein erzählen darf. Und alle hören ihm zu, obwohl er mehr als einmal ins Stocken kommt.

Eine Rotte ehemaliger Soldaten waren die Plünderer, sie sind heute früh in den Laden gekommen und haben alles frische Brot von der Theke genommen, sein Vater hat hilflos zugucken müssen. Gedroht haben sie ihm. Dem Heini kommen immer wieder die Tränen, und Plascha weiß nicht, ob er weint, weil das ganze Brot futsch ist oder weil die Soldaten so mit seinem Vater umgegangen sind.

»So was passiert bei Revolutionen«, sagt Fräulein Hölter. »Revolution bedeutet, dass eine Veränderung gewaltsam vor sich geht, versteht ihr? Das wird von kriminellem Gesindel leicht ausgenützt.« Heini Sippel kratzt sich am Kopf und starrt Fräulein Hölter an.

Kriminelles Gesindel?, denkt Plascha, vielleicht haben die Soldaten den Hunger einfach nicht mehr aushalten können, vielleicht ...

»Ich habe große Zweifel, ob unser Volk im Augenblick auf dem richtigen Weg ist«, sagt Fräulein Hölter. »Das könnte leicht ein Bürgerkrieg werden.« Sie sieht genauso ängstlich aus wie Mama.

Gewaltsame Veränderung. Die Worte bleiben Plascha im Ohr. Lene hat gestern noch in der Küche gesagt: »Wenn wir warten, bis man uns freiwillig zugesteht, was wir jetzt fordern, werden wir alt und grau, ohne dass irgendetwas passiert. Wir müssen schon kämpfen, wenn wir was erreichen wollen.«

Aber wie muss man kämpfen? Plascha weiß es nicht.

»Mit Worten, mit Streiks, aber nicht mit Waffen«, hat der Vikar letzte Woche gesagt.

»Und was ist mit den alten Mächten?«, hat der Wawciniak gefragt. »Wenn's hart auf hart geht, hat die andere Seite bestimmt die hohen Militärs und die Polizei hinter sich, und wir können gleich einpacken, wenn wir keine Waffen zu unserer Verteidigung haben.«

In der Pause stehen einige Lehrer auf dem Schulhof zusammen.

»Der Graute ist vielleicht in Fahrt«, sagt Rudi. »Der schimpft wie ein Rohrspatz auf die Roten. Das könnten anständige Bürger sich nicht bieten lassen, meint er, die Arbeiterwehr, das ginge wohl zu weit. Und sämtliche politischen Gefangenen hätten sie aus den Gefängnissen geholt, da könnte man sich noch auf was gefasst machen.«

Plascha guckt zu den Lehrern rüber. Ob Mama und Fräulein Hölter doch nicht bloß den Teufel an die Wand gemalt haben mit ihrer Angst vor dem Bürgerkrieg?

Mittags steht Felix schon am Küchenfenster und wartet auf Plascha. »Bolesch ist noch nicht gekommen, und ich muss ihm was sagen, unbedingt.« Felix tut geheimnisvoll.

»Wir gehen nachher zum alten Kulla«, sagt Plascha. »Vielleicht ist er da.«

Sie beeilt sich mit den Hausaufgaben und Mama lässt sie mit Felix gehen, doch in der Tür ruft sie Plascha noch einmal zurück und sagt: »Passt ja auf euch auf! Wenn sie irgendwo schießen, kommt bloß sofort nach Hause!«

Es wird aber nirgendwo geschossen, obwohl Männer mit roten Armbinden und umgehängten Gewehren in den Straßen zu sehen sind, so wie Kaspar heute Morgen.

Sie sehen nicht angriffslustig aus.

»Wir sind die neue Arbeiterwehr«, sagt einer stolz. »Wir müssen gucken, wie wir den festgefahrenen Karren wieder flottkriegen können.«

Immer reden sie von Karren, die sie aus dem Dreck ziehen oder flottmachen müssen, denkt Plascha. Als ob das Land ein Karren wäre, an dem man nur feste ziehen muss und schon sind die Räder wieder frei.

Natürlich sitzen die Männer beim alten Kulla in der Küche und reden: Kaspar, der Vikar, Charly, Bolesch und der Wawciniak. Marie ist heute ausnahmsweise dabei, weil sie einen Tag freibekommen hat.

Der alte Kulla hockt in der Ecke und hört zu, nur manchmal mischt er sich ein in das, was die anderen reden.

»Ich denk, ihr macht Revolution, ihr wollt doch so viel verändern«, sagt Plascha enttäuscht. »Aber ihr redet ja bloß.«

»Man kann nicht einfach so drauflosverändern«, sagt der alte Kulla. »Man muss sich genau überlegen, was man will und wie man's erreichen kann.«

»Und darüber gibt es ganz verschiedene Meinungen«, sagt Kaspar düster, er sieht gar nicht mehr so sicher aus wie heute Morgen vor Sippels Bäckerladen.

»Das ist schon zum Verrücktwerden«, sagt der Wawciniak, »wenn wir Roten uns nicht einigen können.«

»Ich muss dir was sagen.« Felix zieht Bolesch aufgeregt am Ärmel.

Bolesch schiebt seinen Stuhl zurück und nimmt Felix auf den Schoß. »Der Kaiser ist gar nicht nach Holland geflohen«, sagt Felix ernst, »der ist nämlich bei Krupp in Essen.«

»Woher weißt du das?«, fragt Bolesch verdutzt.

»In der Blücherstraße haben sie ein Lied gesungen, das hab ich extra auswendig gelernt.« Und schon fängt Felix an zu singen:

»Oh, Tannenbaum, oh Tannenbaum,
der Kaiser hat in'n Sack gehaun.
Jetzt kauft er sich 'n Henkelmann
und fängt bei Krupp in Essen an.
Oh, Tannenbaum, oh Tannenbaum,
der Kaiser hat in'n Sack gehaun.«

Erwartungsvoll guckt Felix sich um, was die Männer wohl zu seiner Neuigkeit sagen. Als sie alle anfangen zu lachen, ist er enttäuscht.

Bolesch drückt ihn an sich. »Ärger dich nicht«, sagt er. »Weißt du, das ist ein Lied, das haben sich die Leute zum Spott ausgedacht, weil sie auf den Kaiser böse sind.«

»Dann ist er also doch in Holland?«, fragt Felix.

»Ja, mit 40 Eisenbahnwaggons voll unentbehrlichem Hausrat soll er gefahren sein«, sagt Kaspar. »Wenn ich bloß daran denke, wie wir Soldaten aus Russland zurückgekommen sind, darunter viele Verletzte. Zusammengepfercht in verdreckten Viehwagen, und gefroren haben wir, obwohl es so eng war. Da wird das kaiserliche Porzellan bequemer gereist sein.« Er guckt sich in der Küche um und fragt: »Wie viele Eisenbahnwaggons wir wohl brauchen würden?«

»Ist ja auch bloß 'n Bergmannshaushalt.« Bolesch zieht ein zerknittertes Stück Zeitung aus der Hosentasche. »Hier auf dem Foto könnt ihr sehn, wie der Kaiser in Holland Holz hackt.«

»Zum Zeitvertreib, ha«, sagt der alte Kulla grimmig. »Das hat ihm immer schon Spaß gemacht, heißt es. Den hätten sie mal in die Grube schicken sollen, eine Schicht lang wenigstens, da hätte er zum Zeitvertreib bei über 30 Grad auf dem Bauch liegen und Kohle hauen können.«

»Wenn er an der Front Besuch gemacht hat, soll er immer seinen Lieblingsnachtisch bekommen haben, frische Erdbeeren«, sagt Charly, »selbst im letzten Kriegsjahr noch.«

»Manche von den hohen Offizieren und Beamten haben im Krieg auch gelebt wie die Fürsten«, sagt Kaspar. »Und das Volk hat gehungert.«

»Wir wissen schon lange nicht mehr, wie wir die Kinder im Waisenhaus satt kriegen sollen«, sagt Marie mit zornigem Gesicht. »So viele Kinder sterben an Unterernährung, viel mehr als vor dem Krieg. Wenn ich nur an die Kinder mit Schwindsucht und Rachitis denke, die wir in letzter Zeit hatten! Bei anständigem Essen wären die alle nicht krank geworden.«

»So kann's wirklich nicht weitergehen«, sagt der Vikar, »da habt ihr völlig recht. Aber was wollt ihr jetzt erst mal machen?«

»Wir haben im Rat einen Aufruf entworfen, der wird als Plakat gedruckt und an alle Litfaßsäulen geklebt«, erzählt der Wawciniak. »Da kann jeder lesen, wie auch in den Zeitungen, was unsere Ziele und Aufgaben sind und dass wir mit Plünderern kurzen Prozess machen. Unsere Gegner sollen uns nicht gleich wieder allesamt als Kriminelle abstempeln.«

»Und seht zu, dass kein Blut fließt«, sagt der Vikar. »Davor hab ich am meisten Angst, dass es zu Gewalttaten kommen könnte.«

»Uns liegt bestimmt nichts am Blutvergießen«, sagt Kaspar. »Es steht uns nach den Kriegsjahren bis oben hin. Wir wollen endlich in Frieden leben, aber wie Menschen, darauf haben wir ein Recht.«

»Übermorgen soll eine große Demonstration sein«, sagt Bolesch. »Wir wollen uns an der Zeche und bei den großen Fabriken versammeln, und dann in mehreren Zügen zum Rathaus marschieren. Dort ist eine Kundgebung geplant, ein paar von den Arbeiter- und Soldatenräten werden sprechen und die Bevölkerung um Unterstützung bitten.«

»Bist du auch im Rat?«, fragt Plascha.

»Nein«, sagt Bolesch, »aber es ist wichtig, dass der Rat auf den Zechen und in den Betrieben Leute hat, die fest zu ihm halten.«

»Oder die auf der Straße nach dem Rechten sehen, so wie ich«, sagt Kaspar.

»Dann bist du auch nicht im Rat?«, fragt Plascha.

»Nein«, sagt Kaspar. »Von uns ist nur der Wawciniak im Rat. Ich gehöre zur Arbeiterwehr, aber die ist vom Rat gebildet worden.«

»Demonstration?«, fragt Felix. »Was ist denn das?«

Bolesch versucht zu erklären: »Da gehen die Leute auf die Straße, um zu sagen und zu zeigen, was sie wollen ...«

»Was wollen sie denn?«, unterbricht Felix.

»Nie wieder Krieg«, sagt Plascha sofort.

»Und Arbeit und Brot für alle«, fügt der Vikar hinzu.

»Verstehst du, Felix?«, fragt Bolesch. »Das ist das Wichtigste, was wir fordern, und das wollen die meisten Leute in unserem Land. Darum gehen sie auf die Straße, nicht nur hier, in vielen anderen Städten auch. Alle sollen Bescheid wissen, die vorläufige Regierung in Berlin und besonders die Leute, die alles beim Alten lassen wollen.«

»Wir müssen die Flugblätter noch verteilen«, sagt Kaspar und erklärt Felix gleich, was Flugblätter sind.

»Dürfen wir helfen?«, fragt Plascha. »Ich kann noch mehr Kinder holen, die ganz bestimmt gerne mitmachen.«

»Das wär nicht schlecht«, sagt Bolesch. »Kaspar und ich haben allerhand zu tun heute Nachmittag. In der Druckerei sind sie hoffentlich inzwischen fertig.«

»Und Mama?«, fragt Felix.

»Der verraten wir nichts davon«, sagt Plascha. »Sonst macht sie sich gleich wieder Sorgen.«

Endlich kann Plascha auch ein bisschen mitmachen bei der Revolution, wenigstens Flugblätter verteilen, das ist doch was anderes als Handtücher säumen. »Ihr könnt den Felix ja schon mal mitnehmen zur Druckerei«, sagt sie zu Bolesch und Kaspar. »Ich geh die anderen Kinder holen.«

Sie rennt zu Lisbeth, die ist gleich Feuer und Flamme, und ihre Eltern haben nichts dagegen, dass sie Flugblätter verteilt. August, Rudi und noch ein paar Kinder aus der Blücherstraße machen auch mit. Und auf dem Weg zur Druckerei treffen sie Ötte, Lodja, Fine und Karl.

»Mama ist bei Lisa«, sagt Lodja. »Zum Glück sitzt sie nicht zu Hause und wartet auf uns.«

Ob Mama wohl mitkommt auf die Demonstration?, denkt Plascha. Aber sie hat keine Zeit darüber nachzugrübeln. Bolesch und Kaspar teilen die Flugblätter auf. Und dann überlegen sie, wer mit wem zusammen geht und wer welche Straßen übernimmt. Plascha, Lisbeth und Felix gehen gemeinsam.

»Wir treffen uns nachher am Rathaus, wer noch Lust hat, wenn die Flugblätter verteilt sind«, ruft Ötte ihnen nach.

Sie bringen die Flugblätter in Läden und Hausflure, stecken sie in Briefkästen und an Kellerfenster, und jedem, der ihnen entgegenkommt, drücken sie eins in die Hand.

Viele Leute bleiben stehen und fangen sofort an zu lesen, manche sagen auch gleich, was sie darüber denken. Eine junge Frau läuft ihnen nach und ruft: »Das ist gut, endlich können wir zeigen, dass wir nicht immer weiter alles mit uns machen lassen wie die Kriegsjahre hindurch.«

Es gibt auch Leute, die wollen kein Flugblatt. Ein Mann

zerknüllt es wütend und schmeißt es ihnen hinterher. »Verdammtes Pack!«, schreit er. »Die Drecksblätter könnt ihr behalten, damit wisch ich mir nicht mal den Hintern ab.«

Am späten Nachmittag findet man die Flugblätter überall, und jeder, der will, kann lesen:

Bürger und Kameraden!

Die Bekanntmachungen zur Bildung des Arbeiter- und Soldatenrates für unsere Stadt sind ab heute an allen Litfaßsäulen zu lesen. Unsere Aufgaben und Ziele haben wir erklärt. Aber nicht der Arbeiter- und Soldatenrat allein sollte sich um unser aller Zukunft kümmern. Die gesamte Bevölkerung ist dazu aufgerufen. Nach vier Jahren Vernichtung und Gewalt müssen wir dauerhaft Frieden schaffen. Darum bitten wir euch: Kommt zur großen Demonstration am Donnerstag, unterstützt den von euch gewählten Arbeiter- und Soldatenrat …

Plascha kennt den Text auswendig. Auch die Uhrzeiten und Treffpunkte.

Sie sind jetzt ziemlich weit draußen, nahe an Kolpes Hof.

»Dem Bauern müssen wir unbedingt ein Flugblatt bringen«, sagt Plascha. »Der ist doch so gegen die Revolution. Vielleicht denkt er mal richtig nach, wenn er das alles liest.«

»Willst du reingehen und ihm ein Flugblatt geben?«, fragt Felix.

»Nee«, sagt Plascha. »Das stecken wir lieber heimlich in den Briefkasten, sonst schimpft er bestimmt und Franja kriegt Ärger.«

Sie kommen an die Hofmauer. Plascha und Lisbeth ducken sich, Felix ist sowieso ein Stück kleiner. Sie schleichen näher zum Tor. Gleich daneben hängt der Briefkasten.

Der Hund knurrt und kommt aus seiner Hütte. Über

die Mauer kann er nicht, er ist angekettet.

»Nicht bellen, ich bin's bloß«, flüstert Plascha.

Lisbeth und Felix bleiben ein Stück zurück.

Plascha geht langsam ein paar Schritte näher zum Tor.

Der Hund steht da und sieht sie an. Seine Ohren sind steil aufgerichtet. Vom Pferdestall hört Plascha Kolpes Stimme. Er redet mit dem Knecht.

Du darfst jetzt nicht bellen, Hasso, denkt Plascha. Sonst kommt der Kolpe sofort und guckt, was hier los ist.

Sie faltet ein Flugblatt und steckt es in den Briefkasten.

Hasso steht unbeweglich da.

Ich darf keine Angst haben, denkt Plascha, Hunde merken das. Sie guckt ihm streng in die Augen, bevor sie sich umdreht. Sie hat keine Angst. Langsam geht sie zu Lisbeth und Felix zurück. »Nicht rennen!«, flüstert sie und nimmt Felix an die Hand.

Im Schneckentempo gehen sie zur Straße. Plascha dreht sich noch einmal um. Hasso rührt sich nicht vom Fleck, er wedelt mit dem Schwanz.

»Komm hier weg!« Dem Felix dauert das alles zu lange, er reißt sich los und fängt an zu rennen.

Da bellt Hasso hinter ihm her.

»Was ist denn los, du dummer Köter?!«, schreit der Bauer.

Hasso hört nicht auf zu bellen.

Jetzt rennen Plascha, Lisbeth und Felix, so schnell sie können, und bleiben erst stehen, als sie sicher sind, dass man sie vom Hof aus nicht mehr sehen kann.

»Hast wohl Gespenster gesehn, blödes Vieh«, hören sie den Kolpe schimpfen. »Hier ist doch weit und breit kein Mensch.«

»Denkste.« Felix lacht.

»Das ist noch mal gut gegangen«, sagt Plascha zufrieden.

»Gehn wir zum Marktplatz?«, fragt Lisbeth, als das

letzte Flugblatt verteilt ist.

Plascha nickt und zieht den müden Felix hinter sich her. Obwohl ihm fast die Augen zufallen, will er noch nicht nach Hause.

Sie treffen die Jungen aus der Blücherstraße.

»Schade, dass unsere Väter das nicht erleben«, sagt Rudi, als er Plascha sieht. »Die hätten ganz bestimmt mitgemacht.«

»Dafür helfen wir eben ein bisschen«, sagt Plascha. »Jetzt zum Schluss sind wir noch bei Kolpes gewesen, mal sehn, was der Bauer sagt, wenn er das Flugblatt liest.« Und sie erzählt von der Versammlung neulich bei Kolpes, nachdem die Flucht des Kaisers bekannt geworden war.

»Wir haben uns zu Kolpes Briefkasten hingeschlichen.« Felix wird wieder munter. »Der Hund hat geknurrt, richtig böse, wir haben vielleicht einen Schreck gekriegt.«

»Wenigstens hat er nicht gleich gebellt«, sagt Lisbeth. »Und wir sind ja auch schleunigst abgehauen.«

»Ob der Bauer sich ärgert?«, fragt Felix.

»Soll er ruhig, wenn er uns nicht verstehen will«, sagt Rudi. »Wir waren auch bei einem, der sich ärgert, wenn er in seinen Briefkasten guckt. Könnt ihr euch denken, wer das ist?«

»Keine Ahnung«, sagt Plascha.

»Der Graute«, Rudi grinst. »Dem hab ich gleich zwei Flugblätter in den Kasten gesteckt, hoffentlich liest er wenigstens eins.«

Am anderen Tag in der Schule gibt es bloß noch ein Thema: die große Demonstration.

»Der Graute hat getobt«, erzählen Ötte und Lodja in der Pause. »Er hat mit dem Flugblatt in der Luft herumgefuchtelt und gesagt, dass wir uns ja nicht von den Roten verhetzen lassen sollen, er hätte sogar gehört, dass Kinder diese Fetzen gestern verteilt haben.«

»Gut, dass der mich nicht erwischt hat«, sagt Rudi. »Wer weiß, was er mit mir gemacht hätte.«

»Der darf dir gar nichts tun«, sagt Ötte. »Die Leute vom Arbeiter- und Soldatenrat haben jetzt das Sagen, da kann der Graute nicht mehr machen, was er will.«

Revolution ist aufregend, denkt Plascha. Jeden Tag passiert was Neues. Alle müssen sich um die Zukunft kümmern, steht auf dem Flugblatt. Ein bisschen mehr Gerechtigkeit, sagt Lene. Alles dummes Geschwätz, was auf dem Flugblatt steht, soll der Graute gesagt haben, Geschwätz und sonst nichts.

Es ist bestimmt schwer, Leute wie den Graute und den Kolpe davon zu überzeugen, dass unsere Forderungen was anderes sind als dummes Geschwätz, überlegt Plascha.

Als sie am Donnerstag aus der Schule kommt, liegen Franja, Bolesch und Lisa in der Küche auf dem Fußboden und malen mit roter Farbe *Nie wieder Krieg* und *Brot für alle* auf Stücke von einem alten Bettlaken. Mit abgesägten Besenstielen werden Spruchbänder daraus.

Franja hat sich den Nachmittag bei Kolpes freigenommen, dafür muss sie den ganzen Sonntag arbeiten. »Ich kann doch nicht bei Kolpes Kartoffeln schälen und Böden schrubben, wenn ihr alle demonstrieren geht«, sagt sie lachend.

»Und die Köchin?«, fragt Plascha.

»Ich glaub, die wär am liebsten auch mitgegangen«, sagt Franja. »Aber sie hat sich nicht getraut, weil sie meint, der Bauer sieht das nicht gerne.«

Und dann ist es Zeit für die Demonstration. Franja und Bolesch tragen das Spruchband mit der Aufschrift *Nie wieder Krieg*. Von allen Seiten, aus allen Straßen der Stadt strömen Menschen zu den Versammlungsorten. Viele tragen Spruchbänder oder rote Fahnen. Manche haben Plakate vor der Brust oder auf dem Rücken befestigt. Plakate mit Aufschriften gegen den Hunger und gegen den Krieg.

Vom Zechentor aus setzt sich der Demonstrationszug in Bewegung, bis zum Rathaus ist es ein ganzes Stück Weg.

Plascha ist aufgeregt. So viele Menschen! Und alle wollen dasselbe.

Ein Mann im verschlissenen Soldatenmantel schwenkt seine rote Fahne und schreit: »Nie wieder Krieg!« – und Hunderte Stimmen wiederholen den Ruf.

Plascha schreit mit, so laut sie kann. Sie geht mit Lisbeth neben Franja, zwei Reihen vor sich entdeckt sie die Strelcyks.

Pina dreht sich um und kommt zu Plascha gelaufen. »Hast du gesehn?«, fragt sie. »Mein Vater ist extra für die Demonstration gekommen, die Schwester vom Vikar hat ihm zwei Tage freigegeben. Zuerst hab ich einen Schrecken gekriegt, als er in der Tür stand, und Hannchen hat angefangen zu weinen. Aber Papa hat sich hingesetzt, ein Stück Speck ausgepackt, Brot und ein paar Eier, sogar Geld hat er Mama gegeben. ›Hab noch keinen Pfennig versoffen‹, hat er gesagt. ›Die ersten Tage waren am schlimmsten, aber die Leute auf dem Hof, die wussten Bescheid und haben mir geholfen.‹« Pina macht ein frohes Gesicht. »Vielleicht wird's wieder mit ihm«, sagt sie. »Und jetzt sind wir erst mal alle zusammen auf der Demonstration.«

»Von uns gehen auch alle mit«, sagt Plascha. »Mama ist mit Felix, Lisa und den Wischnewskis ein Stück weiter hinten.« Plascha erzählt nicht, wie lange sie gestern auf Mama einreden musste, bis sie endlich gesagt hat, dass sie mitkommt. Franja und Bolesch haben es schließlich geschafft, sie zu überreden. Die hatten so gute Gründe, warum es wichtig ist, dass möglichst viele Leute mitmachen. Da konnte Mama nicht Nein sagen, obwohl sie immer noch Angst hat.

Pina läuft wieder zu ihrer Familie.

Das Spruchband ist ziemlich schwer, Gustav Barken und seine Frau lösen Franja und Bolesch ab mit dem Tragen.

»Übrigens«, sagt Bolesch, »was ich schon länger loswerden wollte: Euer August ist in Ordnung, den haben wir inzwischen von einer ganz anderen Seite kennengelernt. Das ist auch einer, auf den man stolz sein kann.«

»Da bin ich froh drüber«, sagt Gustav. »Die Geschichte damals hat mir wirklich nicht gefallen.«

Plascha guckt sich suchend um. August und Rudi hat sie noch nicht gesehen. So viele Menschen! Ein riesiger Zug wälzt sich zum Rathaus. Von den Fabriken sollen auch noch Leute kommen. Ein Stück hinter sich entdeckt Plascha den Kaspar mit einer roten Fahne, neben ihm geht Charly.

Ja, gibt's denn das? Sie dreht sich noch einmal um. Charly marschiert mit ernstem Gesicht neben dem Kaspar her und hat eine rote Pappnase auf.

»Guck dir das an!«, sagt Plascha zu Lisbeth.

Und dann warten sie, bis Kaspar und Charly mit ihnen auf einer Höhe sind.

»Was hast du dir denn wieder ausgedacht?« Plascha kann das Lachen nicht zurückhalten.

»Rot ist die Farbe der Revolution«, sagt Charly todernst.

Da stutzt Kaspar und guckt sich Charly genauer an. »Nein!«, stöhnt er. »Bist du noch zu retten? Du machst uns ja lächerlich.«

»Ach was«, meint Charly. »Ein bisschen Spaß muss schon sein auf so einer Demonstration.«

Doch Kaspar ist anderer Meinung. »Nimm das alberne

Ding sofort ab«, schimpft er. »Du kannst uns doch nicht zum Gespött der Leute machen!«

»Schade.« Charly steckt die Pappnase in seine Hosentasche.

Auf dem Marktplatz strömen sie alle zusammen, die Bergleute und die Arbeiterinnen und Arbeiter aus den Fabriken. An den vielen Frauen und Kindern sieht man, dass die meisten mit ihren Familien gekommen sind.

Manche Gruppen ziehen singend auf den Platz. *Wacht auf, Verdammte dieser Erde*, singen sie.

So viele Menschen auf einmal hat Plascha noch nie gesehen. Dicht gedrängt stehen sie auf dem Marktplatz und auch noch in den angrenzenden Straßen.

Auf den Stufen zum Rathaus ist ein Lautsprecher aufgebaut.

Was der erste Sprecher sagt, kennt Plascha schon von den Litfaßsäulen, und das ist gut, denn der Mann spricht sehr schnell vor lauter Aufregung. Dann geht der Wawciniak zur Rathaustreppe. Ob er auch Mühe hat, vor so vielen Leuten zu sprechen?, überlegt Plascha.

Nein, er spricht langsam und deutlich. »Wie furchtbar der Krieg war, brauche ich euch nicht zu erzählen, ihr habt ihn am eigenen Leib gespürt«, sagt er, »entweder an der Front oder hier zu Hause. Inzwischen hat der Kaiser abdanken müssen und Waffenstillstandsverträge sind unterzeichnet worden. In Berlin regiert bis zu den nächsten Reichstagswahlen ein Rat der Volksbeauftragten. Und im ganzen Land haben sich Arbeiter- und Soldatenräte gebildet, so wie bei uns. Damit wir unsere Rechte durchsetzen können, die Rechte der Mehrzahl des Volkes.

Der Krieg ist endlich zu Ende, aber das Elend in der Bevölkerung wird immer größer. Was erwartet die Soldaten, die jetzt nach Hause kommen? Man hat sie vier Jahre lang betrogen, man hat uns alle vier Jahre lang betrogen und will uns weiter betrügen. Wer hat diesen Krieg denn angezettelt? Das war nicht der Kaiser allein. Hinter ihm standen die hohen Militärs und die Schlotbarone, die reichen Industriebesitzer. Und die sind alle noch im Land. Genau die haben den Krieg verlängert, als wir Arbeiter schon zu Tausenden gestreikt und *Nieder mit dem Krieg* geschrien haben. Vergesst das nicht! Jeden Tag sind weiter junge Männer gefallen, die heute noch leben könnten. Wir müssen wachsam sein, dass der alte Militärstaat nie wieder errichtet wird. Wir wollen nicht länger für eine todbringende Rüstung arbeiten! Wir lassen uns nicht länger mit knurrendem Magen in die Gruben und in die Fabriken schicken. Wir gucken nicht zu, wie unsere Kinder sterben, weil sie unterernährt sind und anfällig für Krankheiten. Wir kämpfen für Gerechtigkeit und Frieden!«

»Bravo!«, schreien die Menschen auf dem Platz und »Frie-den, Frie-den, Frei-heit, Frei-heit!« Die roten Fahnen flattern im Novemberwind.

»Der alte Kulla soll reden!«, rufen einige ältere Kumpel. »Der alte Kulla hat uns durch so viele Arbeitskämpfe geführt!«

Der alte Kulla weiß nicht recht, aber er wird vor das Mikrofon geschoben. Er fährt sich mit der Hand über die Glatze und spricht dann so, wie er immer seine Geschichten erzählt: »Ich freu mich, dass ich auf meine alten Tage noch erlebe, wie wir kleinen Leute uns zusammentun, um für unsere Rechte zu kämpfen. Ich bin zu alt, um in den vordersten Reihen mitzumachen, aber ich wünsch euch Glück und Erfolg!«

Als Plascha im Bett liegt, sieht sie immer noch die vielen Menschen vor sich, die heute auf dem Rathausplatz zusammengeströmt sind, und sie hat immer noch ihre Rufe im Ohr, besonders den einen: Nie wieder Krieg!

Am nächsten Tag sitzen zwei arbeitslose Frauen in der Küche und säumen Handtücher. Der Bauer Kolpe hat gesehen, wie Franja im Demonstrationszug ging und das Spruchband getragen hat. »Eine Rote will ich in meinem Haus nicht haben!«, hat er geschrien und Franja rausgeschmissen, obwohl seine Frau dagegen war und geweint hat.

Franja ist wütend. In wenigen Wochen ist Weihnachten und sie hat keine Arbeit mehr. »Ich bereu trotzdem nicht, dass ich mitgegangen bin und das Spruchband getragen hab«, sagt sie. »Warum soll ich nicht offen zeigen, was ich denke?«

»Wir kommen schon zurecht«, tröstet Bolesch.

»Ich hab gehört, dass sie nächste Woche noch Arbeiterinnen in der Drahtfabrik einstellen wollen«, sagt Lisa. »Da gehn wir am Montag mal beide hin.«

Abends klopft es und die Köchin von Kolpes steht in der Küche. Sie hat einen Korb voller Lebensmittel dabei. »Frau Kolpe schickt mich«, sagt sie zu Franja. »Sie hofft, dass sie dich wieder einstellen kann, wenn sich die Zeiten beruhigt haben.«

16

Von Plascha, die keine Heiligenbildchen mehr sammelt, und von Mama, die ganz viel Angst hat.

In den nächsten Wochen erlebt Plascha noch mehr Demonstrationen. Und die Arbeiter streiken auf den Zechen und in den Fabriken, weil man ihnen viel verspricht und wenig hält.

»Den Volksbeauftragten in Berlin trau ich nicht übern Weg«, sagt Kaspar. »Die lassen sich schon wieder viel zu sehr mit denen vom Militär ein, das kann nicht gut gehen! Und dann die Schiebereien mit Lebensmitteln. Das muss doch mal aufhören! Auf dem schwarzen Markt verdienen die Schieber Vermögen und wir hungern immer noch.«

»Du musst mehr Geduld haben«, sagt der Wawciniak. »Demokratie lernt man eben nicht von heute auf morgen. Nimm doch bloß die Soldaten: Vier Jahre lang sind sie nichts als rumkommandiert worden und jetzt sollen sie plötzlich selber denken und Verantwortung übernehmen.«

Kaspar nickt, aber Plascha sieht ihm an, dass er nicht zufrieden ist. »Die Volksbeauftragten in Berlin, das sind doch alles Sozis, oder?«, fragt sie verwirrt.

»Ja, sicher«, sagt der Wawciniak. »Aber die Sozialdemokraten sind in drei Gruppen zersplittert.«

»Im Rat in Berlin sind nur zwei Gruppen vertreten«, sagt Kaspar. »Und einige Vertreter wollen die Arbeiter- und Soldatenräte nach den Reichstagswahlen im Januar wieder abschaffen. Die Gruppe, die das auf keinen Fall will, die Spartakisten um Liebknecht und Luxemburg, die sind doch abgeschmettert worden, weil sie eine echte Volksregierung wollen.«

Kaspar ist für die Spartakisten. Er glaubt, nur mit einer Räterepublik kann der Staat für alle gerecht sein, weil die Räte direkt von den Leuten gewählt werden. Aber der Wawciniak hat Angst, dass das nicht funktioniert, und das Wichtigste wäre überhaupt die Einigkeit der Arbeiter, sagt er immer. Das meint der alte Kulla auch und darum liegen die Männer sich oft in den Haaren.

Plascha will die Politik verstehen. Sie hat nicht vergessen, was Lisa über die Frauen gesagt hat, die hin und her geschoben werden, weil sie nicht Bescheid wissen. Aber was ist richtig? Zu Hause kann Plascha kaum darüber reden, weil Mama nichts davon hören will. Sie sieht es nicht gerne, dass Franja, Bolesch und Lisa sich in letzter Zeit so viel um Politik kümmern. Plascha versteht das nicht, sie hat deshalb schon oft mit Mama gestritten.

Lisa und Franja haben in der Drahtfabrik Arbeit gefunden. Eine schöne ist es nicht, sie müssen den ganzen Tag Draht auf dicke Rollen wickeln, und das auch noch besonders schnell. Aber sie sind froh, dass sie wieder Geld verdienen.

Und dann ist Weihnachten, die erste Friedensweihnacht nach dem Krieg.

Frau Kolpe schickt Franja noch einmal heimlich was zu essen und Kaspar bringt am Heiligen Abend ein paar Tauben. »Die kann der Vater für die Zucht nicht gebrauchen«, sagt er. »Aber sie geben eine gute Suppe ab.«

»Die esst ihr gemeinsam mit uns, du und dein Vater. Marie hat doch Dienst im Waisenhaus«, sagt Mama und zeigt dem Kaspar, was Frau Kolpe geschickt hat.

Kaspar erzählt, dass der Vikar diesmal die Christmette halten soll, weil der Pastor mit einer Grippe im Bett liegt. Kaspar ist schon richtig gespannt auf die Predigt.

Plascha ist auch gespannt. Der Vikar ist so ganz anders als der Pastor, der die Weihnachtspredigt gehalten hat, seit Plascha denken kann.

Die Kirche ist diesmal noch voller als voriges Jahr, da waren die meisten Soldaten ja im Krieg.

Vom Frieden auf Erden spricht der Vikar. Er sagt Dinge, die Plascha schon kennt, und er sagt sie doch wieder anders. Man spürt, wie sehr er darüber nachgedacht hat. Alle scheinen das zu spüren. So still ist es sonst nie, wenn die Kirche voll ist wie heute. Dabei redet der Vikar so einfach wie der Wawciniak und nicht mal besonders laut. Er spricht von Irrtum und Unrecht und von den Narben auf der Seele. »Wir müssen wachsam sein, damit so etwas nie mehr geschieht«, sagt er zum Schluss. »Das schulden wir denen, die im Krieg geblieben sind, und ihren Kindern und den Frauen auch, den Frauen, Müttern und Bräuten.«

Plascha ist stolz auf den Vikar, und es fällt ihr auf, dass er gar nicht von der Ewigkeit gesprochen hat, nur von dem, was hier auf Erden passiert.

»Der hält zu den Sozis«, sagt der Graute nach der Mette laut auf dem Kirchplatz. »Der redet doch fast schon genauso wie die.«

Dieses Jahr an Weihnachten macht Felix wieder Musik. Aber es wird kein Gejaule und er muss auch nicht weinen, denn er kriegt eine Mundharmonika, die geht nicht so schnell kaputt. Franja, Bolesch, Lisa und Lischa haben der Mama jeder ein paar Groschen für die Mundharmonika dazugegeben und auch Plascha von dem Geld, das sie noch von Charlys Zirkusvorstellung im Frühling aufgehoben hatte.

Das neue Jahr fängt nicht gut an. In Berlin kommt es zu schrecklichen Kämpfen zwischen Spartakisten und Militärs. Plascha versteht nicht, wie die Militärs so grausam gegen die Arbeiter vorgehen können.

»Es heißt doch Arbeiter- und Soldatenräte«, sagt sie. »Es haben doch so viele Arbeiter bei der Revolution mitgemacht. Warum kämpfen denn jetzt in Berlin Soldaten gegen die Arbeiter?«

»Es sind viele zurückgekommen, die keine Arbeit finden«, sagt der alte Kulla. »Sie sind unzufrieden und enttäuscht. Manche haben auch nie was gelernt, sind viel zu jung in den Krieg gezogen. Beim Militär kriegen sie Sold und genug zu essen. So kommt es, dass viele auf der falschen Seite stehen.«

»Und hier bei uns sieht es auch nicht rosig aus.« Der Wawciniak ist beunruhigt. »Es hat sich ein Bürgerausschuss gegründet, da sitzen die Fabrikanten drin und Bauern und Beamte, die wollen den Rat und die Arbeiterwehr abschaffen. Es heißt, sie bewaffnen sich.«

»Weißt du, was das bedeutet?«, fragt der Wawciniak.

Natürlich weiß Kaspar das, deshalb sagt er nichts mehr. Und Plascha weiß es auch: Das bedeutet Bürgerkrieg.

»In Münster und Dorsten soll es schlimme Zusammenstöße gegeben haben«, sagt der alte Kulla traurig. »Und dabei hat im November alles so gut angefangen, da gab es kaum Schwierigkeiten.«

Kaspar hofft immer noch auf die Reichstagswahl. Zum ersten Mal können alle gleichberechtigt wählen, auch die Arbeiter und die Frauen. Franja freut sich, dass sie schon zwanzig ist und zur Wahl gehen darf.

Die Wahlen sind vorbei. Ständig laufen Bürgerwehrleute mit ihren Gewehren durch die Arbeiterviertel. »Wir müssen die Radikalinskis in Schach halten«, soll der Graute gesagt haben. Der Graute ist Mitglied der Bürgerwehr.

Radikalinskis. So wurden auch die Spartakusleute in Berlin genannt. Plascha denkt an Karl Liebknecht und Rosa Luxemburg. Sie sind tot. Noch vor der Wahl hat man sie in Berlin ermordet.

Immer wieder hat Plascha in der Zeitung das Foto von Rosa Luxemburg angestarrt, eine kleine, schmale Frau wie Mama, die mit Worten gekämpft hat, wie der Vikar es fordert. Und dann haben Freikorpssoldaten die Wehrlose niedergeschlagen, Soldaten, die auf der falschen Seite stehen. Sie haben sie niedergeschlagen, in ein Auto gezerrt und totgeschossen. Und dann haben sie sie ins Wasser geworfen, in einen Kanal in Berlin.

Plascha hat das Zeitungsbildchen ausgeschnitten und in die Blechbüchse zu ihren Heiligenbildchen getan. Aber sie haben nicht so recht zusammengepasst, die bunten Heiligen mit ihrem Heiligenschein und die kleine Frau mit der große Nase auf dem Zeitungsfoto. Da hat Plascha die Heiligenbildchen aus der Dose rausgenommen und sie dem Felix geschenkt.

Wenn sie die bunten Bilder ansieht, fällt es ihr schwer sich vorzustellen, was für Menschen die Heiligen gewesen sind. Vielleicht liegt es nur an den Bildern. Man hätte sie nicht so malen sollen, denkt Plascha.

Sie will jetzt nicht mehr schön werden und fromm. Sie stellt sich viel lieber vor, sie wäre eine Arbeiterführerin wie Rosa Luxemburg, und sie würde es schaffen, die Rechte der Arbeiter ohne Blutvergießen durchzusetzen. Aber sie braucht sich bloß die Bürgerwehrleute anzugucken und die Freikorpssoldaten, die Freiwilligenverbände, dann weiß sie, das ist ein schöner Traum und sonst nichts.

»Das ganze Ruhrgebiet war schon gleich nach den Wahlen von Freikorps umzingelt«, sagt der Wawciniak. »Sie sollen die Räte auflösen. Und das Schlimmste ist, dass nicht nur die Bürgerlichen nach dem Militär gerufen haben, es soll sogar welche geben, die sich Sozis nennen, die haben davon gewusst und stillschweigend zugeguckt.«

»Aus Angst davor, dass ihre Partei zu radikal werden könnte«, sagt Kaspar. »Und die neue Reichsregierung macht feste mit, obwohl die Sozialdemokraten in der Mehrheit sind.« Kaspar sieht wieder genauso verbittert aus wie damals, als er von der Front zurückgekommen ist. »Die Revolution ist so gut wie verloren«, sagt er, »die Bürgerwehr und die Freikorpssoldaten sind in der Übermacht. Und wir haben unsere Waffen abgegeben, um unnötiges Blutvergießen zu vermeiden.«

»In Essen haben die Bergarbeiter und die Leute vom Soldatenrat Zechengebäude besetzt«, sagt Lisa. »Sie wollen die Zechenarbeit selbst organisieren, erzählt man sich in der Drahtfabrik.«

»Das lassen die Zechenherren sich bestimmt nicht gefallen«, meint der alte Kulla. »Da wird Militär anrücken, verlasst euch drauf.«

»Einen vom Arbeiter- und Soldatenrat Dorsten, der mit einer weißen Fahne zu den Freikorpssoldaten gezogen ist um zu verhandeln, haben die brutal niedergeschlagen und erschossen«, sagt Franja leise. »Und es soll noch mehr Tote gegeben haben. Wir gehen heute auf die Straße um zu zeigen, wie empört wir sind. Die Regierung muss die Truppen abziehen.«

Diese Demonstration ist so ganz anders als die erste im November. Die war ja fast wie ein Fest gewesen. Jetzt gehen weniger Leute mit, viele haben sich einschüchtern lassen wie Mama. Trotzdem ist es ein langer Zug, der durch die Straßen zieht. In den Gesichtern der Demonstranten ist Wut und Trauer. Überall stehen Soldaten vom Freikorps und Angehörige der Bürgerwehr.

»Haut ab!«, schreien die Demonstranten. »Lasst uns in Frieden!«

Manche Soldaten gucken voller Hass, viele auch nur verlegen.

Vielleicht schämen sie sich, denkt Plascha, sie gehören doch eigentlich zu uns. Und dann hört sie einen Knall, und ein Mann schreit so fürchterlich, wie sie noch nie jemanden hat schreien hören.

»Das war eine Handgranate«, sagt Ötte erschrocken. Er geht neben Plascha. »Die werfen Handgranaten auf Demonstranten.«

Jetzt sieht Plascha den Mann auf dem Pflaster liegen, er hat aufgehört zu schreien. Blut läuft aus seinem Halskragen und an seiner Jacke runter, viel Blut.

Der stirbt, denkt Plascha verzweifelt.

Demonstranten wollen dem Mann helfen, aber der Mann ist zu schwer verletzt.

Franja packt Plascha am Arm. »Komm hier weg, es ist zu gefährlich!«

»Nicht schießen, keine Handgranaten werfen, seid ihr denn verrückt!«, ruft einer der Soldaten. Auch er starrt auf den Mann, der am Boden liegt und stirbt.

Plascha versucht, Franja nicht zu verlieren in dem wilden Durcheinander, das jetzt entsteht. Die Leute im Demonstrationszug geraten in Panik und die Soldaten auch. Schüsse fallen. Franja zieht Plascha in einen Hauseingang. Sie starren auf die Straße. Plascha sieht, wie Menschen umgerannt und niedergetrampelt werden. Hört auf, ihr trampelt sie tot, will sie schreien, aber sie kriegt kein Wort heraus.

Als die Schießerei vorbei ist, kümmern sich Sanitäter um die Verwundeten. Plascha und Franja helfen mit. Da kommt Karl Wawciniak zu ihnen gelaufen und ruft außer Atem: »Bolesch ist verletzt, mein Vater und der Kaspar bringen ihn zu euch nach Hause.«

Bolesch blutet aus zwei Wunden im Gesicht und kann nicht laufen. »Ich glaub, das eine Bein ist gebrochen«, sagt er. »Ich kann nicht darauf stehen.«

Mama erschrickt, als sie Bolesch sieht. Sie hat von der Demonstration nichts gewusst.

»Halb so schlimm«, sagt Bolesch. »Mir ist ja nicht viel passiert.«

Charly sitzt bei Mama in der Küche. Er ist eben erst gekommen. »Ihr müsst weg«, sagt er. »Der Wawciniak und Kaspar und auch Bolesch, der hat zu viel mit dem Rat und der Arbeiterwehr zusammengearbeitet. Ich hab unterwegs erfahren, wie sie jetzt gegen die Arbeiter vorgehen, die an der Novemberrevolution beteiligt gewesen sind. Die Freikorps müssen von den Bürgerwehrleuten schwarze Listen zugespielt bekommen haben. Sie holen die ab, die draufstehen, und sperren sie alle ein.«

Das darf es doch nicht geben, denkt Plascha, das ist zu gemein!

»Ihr müsst so schnell wie möglich von hier verschwinden«, sagt Charly. »Wenigstens für eine Zeit.«

»Ich geh nicht weg.« Der Wawciniak muss husten. »Hört ihr, ich pfeif schon aus dem letzten Loch, was sollen die mir noch tun?«

»Du bist im Rat, sie werden dich sicher suchen.« Charly klingt besorgt.

Der Wawciniak schüttelt nur stumm den Kopf, er muss immer wieder husten.

»Und wo sollen wir hin?«, fragt Kaspar grimmig.

»Ich bin mit einem vom Zirkus verabredet, der fährt heute Nacht mit 'nem Lastwagen nach Holland und nimmt uns mit. Falsche Papiere hab ich genug, wir müssen nur unser Aussehen ein bisschen verändern«, sagt Charly.

Bolesch stöhnt.

»Der kann doch so nicht nach Holland«, sagt Franja. »Er braucht erst mal einen Arzt.«

»Ich kann ihn im Waisenhaus verstecken«, sagt Marie, die mit auf der Demonstration gewesen ist. »Und der Arzt, der die Kinder untersucht, kann auch den Bolesch behandeln. Das ist einer, der hält zu uns.«

»Du musst versuchen, die anderen vom Rat zu warnen«, sagt der Wawciniak zu Ötte. »Ich geh rüber und leg mich hin.« Erschöpft und alt sieht er aus.

»Hoffentlich wird das keine Lungenentzündung«, sagt Lene. »Er hat sich mal wieder was weggeholt auf der Zeche. Zwar haben sie die Arbeitszeit verkürzt, aber die Kumpel müssen pro Schicht genauso viel Kohle machen wie vorher, das ist eine Schinderei. Unterernährt sind sie und sie schwitzen sich halb tot. Und wenn's am Füllort oder im Förderkorb zieht, haben sie schnell 'ne Erkältung weg.«

»Er müsste auch zu unserm Doktor«, sagt Marie. »Sein Husten hört sich nicht wie 'ne harmlose Erkältung an.«

Inzwischen hat Charly dem Kaspar seinen dunklen Schnurrbart abrasiert und ihm dafür einen blonden angeklebt. »Auf Spartakisten sollen sie die größte Wut haben!« Er schmiert dem Kaspar ein Zeug in die Haare, wovon sie hellblond werden sollen, und setzt ihm eine Brille auf.

Plascha erkennt Kaspar nicht wieder, und Charly ist auch im Handumdrehn total verändert, aber von ihm ist sie das gewohnt.

Karl und Fine haben draußen Schmiere gestanden. Sie kommen jetzt rein. »Da hinten an der Ecke hält ein Lastwagen aus Holland, ist der wohl für dich, Charly?« fragt Fine.

»Bestimmt«, sagt Charly. »Der kann ruhig bis hier vors Haus kommen, aus der Kolonie verrät uns bestimmt keiner. Wir fahren dann erst mit Bolesch und Marie am Waisenhaus vorbei.«

Vorsichtig laden sie Bolesch auf den Lastwagen. Kaspar und Charly steigen mit auf. Kaspar muss grinsen, als er sieht, wie sein Vater und seine Schwester ihn noch immer anstarren, weil er so anders aussieht als sonst.

»Ich meld mich bald«, sagt er. »Und wundert euch nicht, wenn ich unterschreib wie früher als Kind, Kaspar von hinten buchstabiert.«

Marie setzt sich neben den Fahrer.

Mama steht in der Haustür und weint, und Franja starrt vor sich hin, ohne ein Wort zu sagen.

Am anderen Tag will Plascha mit Lisbeth zum alten Kulla. Unterwegs treffen sie August.

»Sind die Freikorpssoldaten schon beim Wawciniak gewesen?«, fragt er. »Auf der Zeche haben sie erzählt, dass zwei Mitglieder vom Rat verhaftet worden sind.«

»Oh Gott«, sagt Plascha. »Der Wawciniak liegt im Bett und hat wahrscheinlich eine Lungenentzündung.« Sie rennt nach Hause. Unterwegs stößt sie fast mit dem Vikar zusammen. »Die Freikorpssoldaten verhaften die Leute vom Arbeiter- und Soldatenrat«, sagt sie. »Und der Wawciniak liegt krank zu Hause im Bett.«

»Ich hab von den Verhaftungen gehört.« Der Vikar rennt neben Plascha her. »Deshalb will ich ja auch zum Wawciniak.«

Lene sitzt bei ihrem Mann am Bett. Er hustet und das Husten scheint ihm ziemlich wehzutun.

»Du musst dich verstecken«, sagt Plascha. »Die Freikorpssoldaten sind hinter dir her.«

Der Wawciniak will aus dem Bett.

»Das hat keinen Sinn«, sagt der Vikar. »Du holst dir den Tod, wenn du jetzt aufstehst.«

»Ich will mich ja gar nicht verstecken«, stöhnt der Wawciniak. »Bin heute viel zu wacklig auf den Beinen um abzuhauen. Aber die Papiere müssen weg.«

Lene rennt zum Ofen und guckt, ob das Feuer genügend brennt.

»Verbrennen ist zu gefährlich«, sagt der Wawciniak, »vielleicht sind sie schon hierher unterwegs.«

»Der Kohlenkasten!« Plascha nimmt die Schüppe und schaufelt die Kohlen hastig beiseite. Lene bringt einen Packen beschriebener Blätter und legt sie mit zitternden Händen unten in den Kasten. Plascha verteilt schnell die Kohlen darüber und schüttet noch welche dazu aus dem Eimer, der neben dem Ofen steht.

»Leg dich hin!«, sagt der Vikar zum Wawciniak, der auf dem Bettrand sitzt. »Die können jeden Augenblick hier sein.«

»Ich zieh mich an«, sagt der Wawciniak müde. »Die kommen ja doch, um mich mitzunehmen.«

»Quatsch«, drängt der Vikar. Er nimmt Weihwasser, Öl und Salz aus seinen Jackentaschen und hängt sich eine Stola um.

»So weit ist's noch nicht, dass ich die letzte Ölung brauch«, knurrt der Wawciniak.

»Kann aber sein, wenn sie dich in die Finger kriegen, nun leg dich endlich hin!«, schimpft der Vikar und holt sich einen Stuhl aus der Küche.

Da hören sie auch schon Stimmen im Flur.

Lene wird blass.

Der Vikar murmelt Sterbegebete. »Halt bloß die Klappe,

Wawciniak«, flüstert er. »Mach die Augen zu und huste von mir aus, so viel du willst, aber sonst lass mich machen, egal was kommt.«

»Wo wohnt der Wawciniak?«, schreit einer draußen im Flur.

»Weiß ich nicht.« Das ist Willis trotzige Stimme.

»Unverschämtes Gör!«, schimpft der Soldat und steht auch schon in der Küche.

»Wo ist der Wawciniak?«, brüllt er wieder. Er scheint der Hauptmann zu sein.

»Der Wawciniak liegt krank im Bett«, sagt Plascha, denn Lene kriegt kein Wort heraus, »der ist schwer lungenkrank, ich hab den Priester holen müssen.«

Der Hauptmann geht in die Schlafstube, er hat noch vier Soldaten dabei, die drängen sich hinter ihn.

Der Vikar guckt die Soldaten vorwurfsvoll an, ohne seine Gebete zu unterbrechen.

»Der soll aufstehn!«, befiehlt der Soldat.

»Kann er nicht«, sagt der Vikar. »Habt ihr nicht einmal Ehrfurcht vor Sterbenskranken, auch wenn sie politisch anders denken als ihr?«

Jetzt sind die Soldaten verwirrt.

Der Wawciniak muss husten.

Der Hauptmann geht einen Schritt zurück. »Ist das ansteckend?«, fragt er misstrauisch.

»Bestimmt!«, sagt Plascha schnell. »Hört doch bloß, wie er hustet.«

Die sind nicht aus dem Kohlenpott, denkt sie, die wissen nichts von Steinstaub, und wenn er wirklich eine Lungenentzündung hat, könnte die ja ansteckend sein. Davor scheint der Hauptmann Angst zu haben. Vielleicht lässt er den Wawciniak in Ruhe.

Der Vikar hilft ein bisschen nach. »Ich spende einem schwer Kranken das letzte Sakrament«, sagt er streng.

»Können Sie uns bitte in Frieden lassen?«

»Wir gehn ja schon«, brummt der Hauptmann. »Aber zuerst müssen wir noch nach Papieren gucken, kann ja sein, dass er welche versteckt hat.« Und sie reißen die Matratzen und Strohsäcke auseinander und kehren im Schrank das Unterste zuoberst, aber sie finden nichts. Danach suchen sie auch in der Küche, sie suchen gründlich und überall, im Küchenschrank, in sämtlichen Schubladen, unter der Bank und in Lenes Flickkorb. Einer guckt in den Ofen und einer zieht den Kohlenkasten vor.

Heilige Maria, lass ihn aufhören, betet Plascha und hat ihre kohlschwarzen Hände ganz tief in den Schürzentaschen stecken.

Der Soldat stößt mit der Schuhspitze gegen die obersten Kohlen, ein paar rollen auf den Boden. Er sieht den Hauptmann an. »Soll ich weitermachen?«

Der Hauptmann zögert. »Ach was«, sagt er schließlich, »wir wühlen hier schon genug im Dreck.«

Plascha starrt auf den Boden, damit die Soldaten ihr Gesicht nicht sehen können, sonst würden sie vielleicht doch noch im Kohlenkasten suchen.

»War wohl nichts«, sagt der Hauptmann enttäuscht. »Und ich hab mich auf einen ganz großen Fang gefreut.« Er gibt seinen Soldaten einen Wink und sie ziehen ab.

Lene drückt Plascha an sich, ohne ein Wort zu sagen, dann gehen die beiden in die Schlafstube.

Der Wawciniak muss immer noch husten, aber jetzt hat er die Augen auf. »Danke«, sagt er und guckt vom Vikar zu Plascha und wieder zurück. »Danke für alles!«

Plascha will zu Mama und ihr sagen, dass der Wawciniak Glück gehabt hat.

Da hört sie über sich im Flur die Soldaten. »Hier oben wohnt noch einer«, sagt der Hauptmann. »Aber das ist bloß ’n ganz kleiner Fisch.«

Der Strelcyk, denkt Plascha, den haben sie also auch auf der Liste. Dabei hat er doch bloß Plakate getragen. Aber der Strelcyk ist Gott sei Dank nicht da. Er arbeitet seit ein paar Tagen in der Holzfabrik, der Vikar hat ihm die Stelle besorgt.

Am Abend erfährt Plascha, dass sie den Strelcyk von der Arbeit abgeholt haben.

Plascha ist wütend und traurig. Die Freikorpssoldaten sind überall. An jeder Ecke stehen sie mit Gewehren und Handgranaten. Die Bürgerwehrleute arbeiten mit ihnen zusammen auf der Jagd nach den Radikalinskis, den Novemberverbrechern. So nennen sie die Arbeiter, die in den vergangenen Wochen mitgemacht haben in den Arbeiter- und Soldatenräten, bei der Arbeiterwehr, bei Streiks und Demonstrationen.

Wer sind denn die Radikalinskis?, fragt sich Plascha, wenn sie die schwer bewaffneten Freikorpssoldaten sieht. Das müsste doch jeder merken!

Was hat Kaspar im November gesagt? Uns liegt nichts am Blutvergießen. Es steht uns bis obenhin. Und jetzt? Überall in Deutschland werden Arbeiter verfolgt, misshandelt und ermordet.

»Wenn ich bloß zum Bolesch könnte«, sagt Franja unglücklich. »Gar nichts erfahr ich von ihm. Hoffentlich kann die Marie ihn versorgen und kriegt keine Schwierigkeiten deswegen. Ich würde ihm so gerne was zu essen bringen und Nachricht von den Kameraden. Gustav Barken ist jetzt Vertrauensmann, seit die Leute vom Arbeiterrat verhaftet sind, er hat mir Papiere für Bolesch gegeben. Aber ich werd das Gefühl nicht los, dass die von der Bürgerwehr mich beobachten, und in Gefahr bringen darf ich Bolesch und Marie auf keinen Fall.«

»Und wenn ich gehe?«, fragt Plascha. »Und wenn Felix mitkommt? Auf Kinder achten die von der Bürgerwehr doch bestimmt nicht.«

»Dann gehn wir am besten jetzt gleich«, sagt Felix. Man sieht ihm an, dass er sich auf Bolesch freut.

»Und Mama?«, fragt Franja. »Mama ist halb verrückt vor Angst, seit die Männer sich verstecken müssen.«

»Mama ist bei Lisa und kommt erst spätabends zurück. Sie nähen an deinem Brautkleid.«

Das Essen packt Plascha in ihren Schultornister, die Papiere näht Franja ihr sorgsam in das Futter vom Rock.

»Viel Glück«, sagt Franja. »Und gebt Bolesch einen Kuss von mir.«

Plascha und Felix müssen quer durch die Stadt. Als sie in die Blücherstraße kommen, laufen ihnen August und Rudi beinah in die Arme.

»Wir müssen zum Pütt und meinen Vater warnen«, sagt August aufgeregt. »Vorhin waren Freikorpssoldaten bei uns und haben das ganze Haus durchsucht. Könnt euch ja denken, was das heißt. Der muss untertauchen.«

Und schon rennen die beiden weiter zur Zeche.

»Hoffentlich finden die beiden den Gustav, bevor die Freikorpssoldaten zur Zeche gehn«, sagt Felix.

»Die Kumpel halten zusammen wie Pech und Schwefel«, sagt Plascha. »Die schaffen das schon irgendwie. Notfalls verstecken sie ihn unten in der Grube.«

Aber sie denkt voller Zorn: Schon wieder einer, der sich verstecken muss, unsere Leute werden behandelt wie die Verbrecher. Sie nimmt Felix fester an die Hand.

»Wenn uns jemand fragt, wohin wir gehen, dann sagen wir, zur Tante, die hat ein Kind gekriegt und braucht was zu essen.«

»Wir haben ja gar keine Tante«, sagt Felix.

»Doch, in Polen.« Plascha wird ärgerlich. »Das ist völlig egal, kapier doch, wir dürfen auf keinen Fall sagen, dass Marie den Bolesch im Waisenhaus versteckt.«

»Ich bin nicht blöd«, sagt Felix. »Brauchst mir nicht wieder was von Notlügen zu erzählen.«

Sie kommen an dem Haus vorbei, in dem Kalla wohnt. Er sitzt vor der Einfahrt vom Hof und versucht, sich seinen Schuh zuzubinden.

»Da, da«, sagt er fröhlich, als Felix sich runterbeugt, um ihm zu helfen.

»Heute hab ich keine Zeit, aber morgen komm ich«, sagt Felix, »wir müssen ...«, er guckt zu Plascha hoch. »Wir müssen unsrer Tante was zu essen bringen, die hat ein Kind gekriegt.«

»Da, da«, sagt Kalla mit seinem breiten Grinsen.

Wenn er bloß mal was anderes sagen könnte, denkt Plascha. Er sieht doch aus wie ein erwachsener Mann. Sie würde gern wissen, was in seinem großen Kopf vor sich geht.

»Da, da«, sagt Kalla schon wieder, aber diesmal klingt es aufgeregt, und als Plascha sich umguckt, sieht sie einen Trupp Bürgerwehrleute in die Straße einbiegen.

Ist nicht der Graute dabei?

Schnell zieht sie Felix in den Hauseingang und zur Kellertür, will sich mit dem Bruder im Keller verstecken. Aber Kalla packt sie mit seiner großen Hand und schiebt sie ein paar Schritte weiter. Neben den Ställen ist noch irgendwas, ein kleiner Verschlag. Plascha hat die niedrige Tür nicht gesehn, weil allerhand dagegen lehnt, Besen und Kohlenschaufeln. Kalla schmeißt die Sachen um, macht das Türchen auf und schubst Plascha und Felix in den Verschlag. Sie müssen sich bücken, so niedrig ist er, und es stinkt fürchterlich nach Mist.

Warum verstecken wir uns überhaupt, fragt sich Plascha, vielleicht wären die Bürgerwehrleute einfach an uns vorbeigegangen. Sie ärgert sich über sich selbst. Sie hat doch vorhin noch zu Franja gesagt, dass die sich bestimmt nicht um Kinder kümmern. Warum ist sie denn bloß so erschrocken?

Felix lässt ihre Hand nicht los.

Kalla scheint Schaufeln und Besen wieder vor den Verschlag zu räumen, so hört es sich an, dann schlurft er davon und brabbelt sein »da, da« vor sich hin.

Auf einmal sind Schritte und Stimmen im Hof zu hören. Jemand ruft: »He, du Tölpel, hast du nicht gesehn, wo die Pollacken hin sind, die vorhin hier am Hofeingang gestanden haben? Das sind welche von den Rotzblagen, die Flugblätter für die Roten verteilen, verstehst du? Vielleicht hat das Mädchen solche Hetzblätter im Schultornister gehabt.«

Das ist einer von Kolpes Söhnen, Plascha erkennt die Stimme sofort. Der gehört also auch zur Bürgerwehr.

»Ach, lass doch«, sagt jemand. »Wir müssen die Alten unschädlich machen, die Kinder, das bringt nichts, willst du die vielleicht ins Gefängnis sperren?«

»Hast du eine Ahnung«, sagt jetzt der Graute. »Die sind alle schon durch und durch verdorben, von klein auf. Und dann dieses polnische Gesocks, davon haben wir ja genug in der Schule. Die Eltern, das soll man nicht glauben, von denen sind jetzt ziemlich viele bei den Roten. Und die schämen sich nicht, trotzdem weiter in die Kirche zu gehen. Vielleicht kommen wir über die Kinder besser an die Alten ran.«

»Vielleicht haben sie sich im Keller versteckt, hier ist die Tür.« Die Stimme klingt ungeduldig. »Kommt! Aus dem Trottel da kriegen wir doch nichts raus!«

»Das woll'n wir doch mal sehn«, schimpft der Graute. »Na, sag schon, du, wo sind sie hin? Gleich sind wir nicht mehr freundlich mit dir! Soll ich dich mal schütteln, vielleicht fällt's dir dann wieder ein.«

Felix stöhnt. Er will zur Tür. Plascha hält ihn fest und drückt sich mit ihm an die Wand hinter den Mist, so gut es eben geht. Ihr Herz klopft bis zum Hals. Felix fängt leise an zu weinen. Sie hält ihm die Hand vor den Mund. Dann nimmt sie ihn fest in die Arme.

»Wird's bald?«, schreit draußen der Graute.

»Da, da«, stammelt der Kalla in Not.

»Hab ich's doch gesagt«, meint der Ungeduldige wieder. »Seht ihr, er zeigt auf die Kellertür, der Idiot.«

Es wird still im Hof. Sie sind wohl alle im Keller.

»Nicht weinen, Felix«, flüstert Plascha.

»Und wenn sie dem Kalla was tun?«, fragt Felix verzweifelt.

Sie horchen nach draußen. Nichts ist zu hören. Kein Laut vom Kalla.

Dann kommen die Männer zurück.

»Die sind durchs offene Kellerfenster, sag ich euch doch! Diese Arbeiterlümmel sind gerissen«, meint der Sohn von Kolpes. »Oder vielleicht sind sie im Stall?«

Plascha zuckt zusammen. Wenn sie sich bloß nicht versteckt hätten!

Sie kriecht mit Felix fast in den Mist hinein. In ihrem Schulranzen sind doch gar keine Flugblätter, da ist ja nur Essen drin. Wenn die Bürgerwehrleute sie jetzt finden, werden sie erst recht misstrauisch sein. Und wenn einer die Tante sehen will, die es gar nicht gibt? Oder wenn …?

Plascha fühlt die Papiere in ihrem Rockfutter. »Die darf niemand finden«, hat Franja gesagt. »Bolesch soll sie am besten verbrennen, wenn er sie gelesen hat. Das sind wichtige Nachrichten, die dürfen nicht in die falschen Hände kommen, das kann manche von uns Kopf und Kragen kosten.«

Die Tür zum Hippenstall nebenan wird aufgerissen.

Plascha und Felix halten die Luft an und rühren sich nicht.

»Ach, kommt doch endlich!«, ruft der Ungeduldige wieder. »Hier vertrödeln wir bloß unsere Zeit. Die sind längst über alle Berge!«

Die Schritte entfernen sich. Plascha lässt Felix los. Sie hören, wie Kalla draußen die Sachen wegräumt. Er macht die Tür zum Verschlag auf und kriecht zu ihnen rein. »Da, da!« Er lacht und Felix fällt ihm um den Hals.

Sie warten noch eine Weile, ehe sie sich in den Hof trauen. Plascha möchte dem Kalla etwas schenken. Sie nimmt das Medaillon mit dem heiligen Christopherus ab, das sie von Frau Kolpe zur Kommunion geschenkt bekommen hat, und hält es dem Kalla hin. »Nimm«, sagt sie. »Und vielen Dank, dass du uns so geholfen hast.

Kalla schüttelt den großen Kopf.

Da stellt Plascha sich auf die Zehenspitzen und legt ihm das Medaillon um den Hals. »Das ist für dich«, sagt sie. »Du musst es behalten.«

Kalla steht da und strahlt übers ganze Gesicht.

Als Plascha und Felix um die Hofecke biegen, drehen sie sich um und winken dem Kalla. Kalla winkt ihnen zurück.

»Sollen wir lieber nach Hause gehn?«, fragt Plascha. »Franja ist uns bestimmt nicht böse, wenn sie hört, was passiert ist.«

Felix schüttelt den Kopf. »Die Bürgerwehrleute sind ja weg«, sagt er. »Versprochen ist versprochen und ich will den Bolesch so gerne sehn.«

Er kommt erst im Herbst in die Schule und ist schon so tapfer, denkt Plascha. Und dann gehen sie, so schnell sie können. Sie kommen zweimal an Freikorpssoldaten vorbei, aber um Kinder kümmern die sich nicht.

Plascha atmet auf, als sie endlich den roten Backsteinbau sehen. Über dem Eingangstor steht in großen schwarzen Buchstaben WAISENHAUS.

Marie führt sie durch das Gebäude, und als sie ganz sicher ist, dass niemand sie beobachtet, steigen sie auf den Dachboden.

Bolesch versteckt sich in einer winzigen Kammer. Sein Bein ist in Gips und die Wunden im Gesicht sind verpflastert. Er repariert Spielzeug für die Waisenkinder, und Plascha weiß nicht, wer sich mehr freut, als sie reinkommen, Bolesch oder Felix.

Und dann erzählen sie schnell und durcheinander, Plascha und Felix, dass Franja so gerne käme und nicht kann wegen der Bürgerwehr. Und wie Kalla sie versteckt hat. Vom Gustav Barken, vom Vikar und vom Wawciniak erzählen sie auch. Bolesch und Marie wollen alles ganz genau wissen.

Plascha packt das Essen aus dem Tornister und nimmt die Papiere aus ihrem Rock. »Du sollst sie verbrennen, Bolesch«, sagt sie, »wenn du gelesen hast.«

Felix gibt Bolesch einen dicken Kuss. »Der ist von Franja«, sagt er.

Und Bolesch gibt Felix auch einen Kuss und sagt: »Gib ihr den von mir und sag ihr, es geht mir schon wieder gut, sie braucht keine Angst zu haben.« Dann liest er sorgfältig die Papiere und zerreißt sie anschließend in kleine Schnipsel.

»Ich hab Streichhölzer«, sagt Marie und verbrennt die Schnipsel in dem Öfchen, das in der Ecke steht.

»Wollt ihr nicht mit mir essen?«, fragt Bolesch.

»Nein«, sagt Plascha. »Wir haben keinen Hunger und wir müssen so schnell wie möglich nach Hause zurück.«

Natürlich hat sie Hunger, sie hat immer Hunger und Felix auch, aber sie wollen dem Bolesch nichts wegessen von dem, was Franja für ihn mitgegeben hat.

»Könnt ihr dem Vater einen Gruß von mir bestellen?«, fragt Marie. »Ich komm ihn besuchen, sobald ich frei kriegen kann.«

»Ja, sicher«, verspricht Plascha und dann macht sie sich mit Felix auf den Heimweg.

Mama ist noch nicht zurück. »Lass mich zum alten Kulla, ich muss ihm Grüße von Marie ausrichten«, sagt Plascha zu Franja, nachdem Felix fast alles vom Besuch bei Bolesch erzählt hat und von seinem Freund Kalla, der viel gescheiter ist, als die Leute glauben.

Natürlich muss Plascha die Grüße nicht gleich bestellen, aber sie würde so gerne mit dem alten Kulla über alles reden, was heute und in den letzten Tagen passiert ist. Franja ist gerade so froh, dass es Bolesch wieder gut geht, der will sie nicht mit ihren Sorgen kommen.

Franja lässt sie gehen.

Und dann sitzt Plascha beim alten Kulla auf dem Sofa, redet sich alles von der Seele und weint sich aus.

Der alte Kulla hört geduldig zu.

Als Plascha sich beruhigt hat, streicht er ihr über den Kopf. »Ich bin auch traurig und hab mich schon lange nicht mehr so hilflos gefühlt«, sagt er. »Aber wir dürfen den Kopf nicht hängen lassen, wenn wir was erreichen wollen. Aus jeder Niederlage können neue Kräfte wachsen, wart's nur ab.«

Plascha kann sich nicht vorstellen, wo die Kräfte herkommen sollen, sie fühlt sich so müde.

17

Von verlorenen Träumen
und von Lisa,
die nach Polen zurück will.

Draußen riecht man den Frühling, aber Plascha ist nicht nach Tanzen zumute wie im vorigen Jahr, als die ersten Huflattiche an den Straßenrändern blühten. Sie kommt nicht darüber hinweg, dass alles vergebens gewesen sein soll, der November und die vergangenen Wochen, die Anstrengungen, die Angst – und die Toten.

Vielleicht hat der alte Kulla recht, wenn er sagt, dass sie und ihre Freunde gut weggekommen sind.

Bolesch humpelt noch, aber sein Bein heilt. Er wird bald wieder ganz normal laufen können. Und sein Steiger hat versprochen, ihn wieder auf der Zeche einzustellen, sobald er arbeiten kann.

Franja und Bolesch haben vorige Woche geheiratet, der Vikar hat sie getraut. Ein richtiges Fest hat es nicht gegeben, weil Bolesch mit seinem Humpelbein nicht tanzen kann, das hat Franja jedenfalls gesagt. Aber Plascha weiß, das ist nicht der wirkliche Grund, sie sind einfach alle nicht in der Stimmung, um zu feiern.

Die Regierung hat den Belagerungszustand über das Ruhrgebiet verhängt. Das Wort hat Plascha vorher noch nie gehört.

»Es bedeutet, dass Gesetze gelten, wie wenn Krieg ist«, erklärt Bolesch. Und es ist ja auch fast wie Krieg. Gustav sagt, so brutal wären die Soldaten an der Front nicht gegen ihre Feinde vorgegangen wie jetzt die Freikorpssoldaten gegen die Arbeiter.

Den Gustav haben die Kumpel wirklich eine Zeit lang versteckt. Jetzt wohnt er wieder zu Hause, die Soldaten haben nicht noch einmal nach ihm gesucht. Der Wawciniak hat seine Lungenentzündung auskuriert und geht demnächst in Rente, die Zechenärzte haben ihm hundert Prozent Steinstaub bescheinigt. Der Strelcyk ist nach zwei Wochen aus dem Gefängnis entlassen worden. Zwar haben ihm Flöhe und Wanzen zugesetzt, sagt er, aber seine Bewacher haben ihm kein Haar gekrümmt, wo doch so viel von Folterungen im Gefängnis die Rede ist. Dass sie den Strelcyk auf der Zeche wohl nicht mehr nehmen, weil er gesessen hat, macht ihm nichts aus, weil er sowieso nicht mehr unter Tage arbeiten will. Der Vikar hat dafür gesorgt, dass er wieder in der Holzfabrik unterkommt. Und ins Münsterland zu der Schwester vom Vikar könnte der Strelcyk auch jederzeit zurück.

Kaspar schickt Karten aus Holland, die unterschreibt er mit Rappsack, das zweite p und das c hat er wohl dazuerfunden, damit es wie ein echter Nachname aussieht. Es geht uns gut, schreibt er, und die Brieftauben kommen, sobald der Wind günstig steht.

Da muss der alte Kulla lachen, weil er ein Taubenvater ist, und was Kaspar wirklich meint, ist ja nicht schwer zu erraten.

Wenn wir auch davongekommen sind, denkt Plascha, verloren haben wir trotzdem.

Natürlich haben die Arbeiter einiges erreicht. Aber dass die Arbeiter- und Soldatenräte aufgelöst werden, das bedeutet, dass vielleicht schon bald wieder die allein im Land das Sagen haben, die schon vor dem Krieg die Mächtigen gewesen sind.

»Was wir seit November erkämpft haben, das kann man uns schnell wieder wegnehmen«, sagt der Wawciniak bekümmert.

»Was denkst du bloß immerzu und machst so ein böses Gesicht dabei?«, fragt August Plascha in der Pause auf dem Schulhof. »Mit dir ist ja bald nichts mehr anzufangen. Hör auf, dich zu ärgern. ›Vorbei ist vorbei‹, sagt mein Vater, ›wir machen schon noch mal richtig Revolution.‹«

Richtig Revolution? Und wie wird das sein?

Der alte Kulla meint, dass die Arbeiter noch lernen müssen, alle am selben Strick zu ziehen. Aber das braucht Zeit und Geduld.

Und Geduld haben und warten, das fällt Plascha schwer.

Lisbeth, August und Rudi stehen um sie herum und sehen sie an.

»Heute wär so ein richtiger Tag für die Wieschermühle.« Lisbeth blinzelt in die Sonne.

»Wir könnten am Schlammteich ein Stauwehr bauen«, schlägt August vor.

»Ja, gleich nach den Schularbeiten«, sagt Rudi begeistert.

Plascha weiß nicht, sie hat gar keine Lust, dabei ist sie noch vor kurzem so gerne in die Wieschermühle gegangen.

Sie fühlt sich auf einmal zu alt für solche Spiele.

»Also, sag schon«, drängt Lisbeth, »kommst du auch?«

»Du musst kommen«, sagt Rudi, und in seiner Stimme ist etwas, weswegen Plascha verspricht, dass sie mitmachen will.

Die Jungen sind schon da und haben Steine und Hölzer gesammelt, als Plascha und Lisbeth am Nachmittag kommen. August schnitzt ein winziges Schiff. Lisbeth hat recht gehabt, es ist so ein richtiger Tag für die Wieschermühle.

Und trotzdem kann Plascha nicht mitspielen wie früher, weil sie immer an andere Dinge denken muss.

Sie sieht die Sonne im Wasser glitzern, entdeckt die hellgrünen Blätter an Büschen und Bäumen, so grün wie Charly die Bäume im Süden beschrieben hat. Aber sie kann sich an gar nichts freuen. Die Enttäuschung sitzt in ihr drin wie ein dicker Brocken, der alles andere erdrückt.

»Wir brauchen noch viel mehr Holz.« August läuft schon mit Lisbeth am Ufer des Schlammteichs entlang, um Holz zu suchen.

Plascha setzt sich vor das halb fertige Wehr und starrt ins Wasser. Rudi, der den anderen nachgelaufen war, kommt zurück und setzt sich neben sie.

»Schön warm in der Sonne«, sagt er leise.

»Spielst du ein bisschen?«, fragt Plascha.

Rudi zieht seine Mundharmonika aus der Hosentasche und fängt an zu spielen. Seit dem Nachmittag am Kartoffelfeuer hat Plascha ihn nie ohne Mundharmonika gesehen, immer steckt sie in seiner Hosentasche. Er spielt nicht nur bekannte Lieder wie Lisa auf ihrer Ziehharmonika, am liebsten denkt er sich selbst Melodien aus.

Plascha sieht Rudi an. Er hat die Augen halb zu und spielt und spielt vor sich hin. Als ob er weit weg wäre, denkt Plascha, allein mit seiner Musik. Und doch sitzt er neben ihr, ganz nah sogar. Sie spürt seine Wärme und es tut gut, so neben ihm zu sitzen und ihm zuzuhören.

Plascha merkt, dass der Brocken in ihr langsam kleiner wird und aufhört wehzutun. Und zum ersten Mal, seit sie abends in der Küche vom alten Kulla geweint hat, fängt sie an, sich zu freuen.

Sie fühlt sich leicht, als ob sie auf Rudis Musik davonfliegen könnte. Auf einmal weiß sie wieder, dass der alte Kulla recht hat. Man darf nicht aufgeben, wenn man von einer Sache überzeugt ist, trotz aller Enttäuschungen nicht.

Aus jeder Niederlage können neue Kräfte wachsen, hat er gesagt. Und er ist schon so alt und hat viele Enttäuschungen erlebt. Seine Lunge ist kaputt und oft kriegt er kaum Luft, nachts läuft er in seiner Wohnung herum und reißt alle Fenster auf, sagt Kaspar. Trotzdem lässt der alte Kulla sich nicht kleinkriegen. Er träumt noch immer von einer gerechteren Welt und macht den Jüngeren Mut, wenn sie nicht weiterwissen.

»Woran denkst du?«, fragt Rudi in ihre Gedanken hinein.

Plascha hat gar nicht gemerkt, dass er aufgehört hat zu spielen. Sie richtet sich auf und sieht ihm ins Gesicht. Er hat Augen wie Charly. »Dass der alte Kulla recht hat, wenn er sagt, dass man nicht aufgeben darf ... eben, als du gespielt hast, ist es mir wieder eingefallen ... und ich weiß jetzt, dass es stimmt.«

Plascha wird unsicher unter Rudis Blick.

»Denkst du noch oft an deinen Vater?«, fragt Rudi.

»Ja«, sagt Plascha, »jeden Tag. Und du?«

»Ich auch«, sagt Rudi. »Und wenn ich traurig bin, spiel ich auf seiner Mundharmonika, das hilft. Aber du wartest immer noch und Warten ist am schlimmsten, das weiß ich gut.«

Rudi rückt näher heran und legt einen Arm um ihre Schultern.

»Ich sag's nur dir«, flüstert Plascha. »Zu Hause kann ich's nicht sagen. Ich glaub nicht mehr, dass er kommt. Jetzt nicht mehr.«

Rudi nickt und lässt seinen Arm um Plaschas Schultern liegen. »Wenn ich spiele, dann denk ich oft, mein Vater sitzt neben mir und hört zu.«

»Heute auch?«, fragt Plascha.

»Nein«, sagt Rudi. »Vorhin hab ich die ganze Zeit gewusst, dass du neben mir sitzt. Ich hab nur für uns beide gespielt, für dich und für mich.«

Und dann gibt er Plascha einen Kuss. Seine Lippen sind ganz weich.

Plaschas Herz klopft laut.

Rudi nimmt wieder seine Mundharmonika und spielt, und diesmal ist es, als wollten die Töne tanzen, übers glitzernde Wasser vom Schlammteich und auf und davon.

»Ihr Faulpelze!« Lisbeth und August schleppen ein schweres Stück Holz zwischen sich.

Plascha springt auf und rennt ihnen entgegen.

Dann bauen sie den restlichen Nachmittag alle vier ihr Stauwehr zu Ende und lassen Schiffchen schwimmen.

Manchmal sehen Plascha und Rudi sich an, und Plascha versteht nicht mehr, warum sie in letzter Zeit so mutlos gewesen ist.

»Siehste«, sagt August zufrieden, »ist doch gut, so 'n Nachmittag in der Wieschermühle.«

Und dann singt Plascha ganz laut das Lied von der Bauernhochzeit und Lisbeth und August gucken erstaunt. Nur Rudi nicht, der nimmt einen flachen Stein und lässt ihn übers Wasser tanzen.

Als Plascha nach Hause kommt, sitzen Mama und Lisa am Küchentisch, und Plascha sieht sofort, dass Mama geweint hat.

»Was ist los?«, fragt Plascha. Sie will jetzt nicht wieder traurig werden.

»Lisa geht weg, nach Polen«, sagt Mama.

»Ist das wahr?«, fragt Plascha. »Willst du das wirklich tun?«

»Ja«, sagt Lisa. »Ich hab lange genug drüber nachgedacht. Die Arbeit in der Drahtfabrik ist auf Dauer nichts für mich. Und in der Wohnung kann ich nicht bleiben. Weißt du, ich möchte von vorn anfangen, muss ich ja auch, ohne Franek. Meine Tante schreibt, dass sie im neugegründeten polnischen Staat tüchtige Leute brauchen und dass ich sofort als Schneiderin anfangen kann.«

Plascha versteht das, aber traurig ist es trotzdem. »Schade«, sagt sie, »wir haben dich alle so lieb.«

Da fängt Mama wieder an zu weinen.

»Ich hab schon gefragt, ob ihr nicht mitkommen wollt«, sagt Lisa. »Jetzt, wo es endlich wieder einen polnischen Staat gibt nach so vielen Jahren.«

»Nein«, sagt Plascha ohne nachzudenken. »Nein, wir sind doch hier zu Hause.« Sie ist selbst überrascht, als sie sich so reden hört.

Stimmt das denn überhaupt? Sind sie hier zu Hause? Sind sie nicht immer die Fremden, die Pollacken geblieben?

Nein, sie weiß schon die Antwort. Wenn sie an die Jungen aus der Blücherstraße denkt und an Lisbeth und ihre Familie, an Fräulein Hölter und an die Kullas! Sie würden alle sagen, dass die Krawczyks hierhin gehören, da ist Plascha ganz sicher.

Und solche wie der Graute?

Manchmal kann man sie ändern und manchmal nicht, würde Ötte sagen.

Aber von solchen Leuten darf man sich nicht ins Bockshorn jagen lassen.

»Würdest du denn gerne mitgehen, Mama?«, fragt Plascha.

»Vielleicht«, antwortet Mama zögernd. »Manchmal hab ich immer noch Heimweh nach dem Dorf, nach den Feldern und dem Himmel ohne hohe Schornsteine und Fördertürme.«

Sie starrt einen Augenblick vor sich hin.

»Aber ihr, ihr seid alle hier geboren und aufgewachsen. Ihr könnt inzwischen besser Deutsch als Polnisch. Und

Franja und Bolesch, die würden bestimmt nicht mitgehn wollen, genau wie du. Und dann ...« Mama will nicht so recht weiterreden, aber schließlich sagt sie es doch: »Wenn Ignaz nach Hause kommt ... vielleicht ... dann wird er uns hier suchen ... Nein, es geht nicht, es geht aus vielen Gründen nicht, ich brauch gar nicht drüber nachzudenken.«

Was hat Rudi heute Nachmittag gesagt? Warten ist am schlimmsten. Plascha wartet nicht mehr. Aber Mama? Kann sie denn ihr Leben lang auf Papa warten?

Plascha sieht Mama vor sich, wie sie immer wieder zu den Heimkehrern gegangen ist, um etwas über Papa herauszufinden. Mama mit Strohhut, Mama am Bahnhof, immer im gebügelten Sonntagskleid unterm abgewetzten Mantel und mit frisch gewaschenen Haaren, wo doch das Haarewaschen so mühsam ist. Papa hat Mamas Haar gerne gemocht, den dicken langen Zopf, rotbraun und glänzend wie Kastanien. Jetzt sind schon ein paar helle Fäden drin.

Plascha weiß, dass Mama sich jeden Tag für Papa schöngemacht hat, noch sorgfältiger als sonst, seit die Soldaten von überallher nach Hause gekommen sind. Der Krakowiak, der die Post austrägt, hat sich darüber lustig gemacht.

Jetzt kommen schon längst keine Soldaten mehr, aber Mama wartet noch immer. Und die Kaffeebohnen, die der alte Kulla ihr geschenkt hat, die hebt sie auf für Papa in einem fest verschlossenen Topf.

Mama guckt Plascha an, und als ob sie ihre Gedanken gelesen hätte, sagt sie leise: »Die Soldaten, bei denen ich gewesen bin, die haben mir von den schrecklichen Kämpfen in Frankreich erzählt. Ich weiß, dass es manchmal so viele Tote gab, dass niemand sie zählen konnte. Und das Giftgas ... ich weiß das alles. Und trotzdem, wenn ich ihn mir vorstelle, so lebenslustig, wie er war, dann glaub ich immer noch, dass er eines Tages zurückkommt. Ich hör nicht eher auf, daran zu glauben, bis ich weiß, wo er begraben liegt.«

Mama sagt nichts mehr und Lisa auch nicht.

Millionen Männer sind gefallen. So viele Frauen, die allein geblieben sind, so viele Mütter, die ihre Söhne verloren haben, denkt Plascha.

Und die Männer, die zurückgekommen sind, die Kriegsversehrten und die mit den Narben auf der Seele? Wie leben die jetzt?

So viele verlorene Träume.

Nie wieder Krieg. Wie hat Plascha mitgebrüllt im November und im Februar. Seit die Freikorpssoldaten geschickt worden sind, traut Plascha der neuen Regierung nicht mehr. Ob die wenigstens dafür sorgt, dass es keinen Krieg mehr gibt?

Das müssten doch alle begreifen, dass man Kriege nicht machen darf, Kriege, die den Menschen so viel Unglück bringen.

18

Vom bösen Zauberer, vom Schellfischgerippe und wie Ötte sich am Graute rächt, bevor er zum Pütt geht.

Zum ersten Mal seit dem Herbst vor dem Krieg fahren Kirmeswagen durch die Straßen, denn ab Sonntag soll große Herbstkirmes sein.

Die kleineren Kinder sind ganz aus dem Häuschen, sie kennen Kirmes bisher nur vom Hörensagen. Plascha erinnert sich noch gut und freut sich auf die Buden und Karussells, auf den Schweinemarkt und den Pferdemarkt, auf die Drehorgeln und den Geruch nach gebratenem Fisch und gebrannten Mandeln.

Am frühen Sonntagnachmittag ziehen ganze Scharen von Kindern aus der Sedanstraße und der Blücherstraße auf die Kirmes, viele mit ihren Familien. Plascha, Felix, Lisbeth, Rudi und August gehen zusammen. Felix kann gar nicht schnell genug auf die Kirmes kommen, er rennt mehr, als er geht. Und dann steht er staunend vor den Buden mit Lebkuchenherzen, Spielzeug und Zuckerwatte, vor Schieß- und Wurfbuden, vor der Schiffschaukel, dem Kettenkarussell und dem Todesrad.

Die Kinder haben Kirmesgroschen gekriegt und besonders der alte Kulla hat ihnen tüchtig was dazugegeben. »Bringt ihr mir auch was mit?«, hat er gefragt.

Die Karussells kosten jedes fünf Pfennig die Fahrt. Felix reitet zweimal auf einem weißen Pferd im Kinderkarussell, das gefällt ihm am besten. Und Plascha und Rudi mögen die Schiffschaukel am liebsten.

Aber es macht auch Spaß, sich durch das Gedränge zu wühlen und nur zu gucken, es gibt überall was zu sehen.

Pina kommt aus dem kleinen Zelt, in dem die Wahrsagerin sitzt.

»Hast du dir wahrsagen lassen?«, fragt Plascha.

»Ja«, sagt Pina, »und stell dir vor, sie hat alles gewusst.«

»Was hat sie denn gesagt?«, fragt Plascha.

»Dass ich eine schlimme Zeit hinter mir hab, beinahe fünf Jahre lang, aber dass das Schlimmste vorbei ist und langsam alles besser wird. Und dass ich in ein paar Jahren heiraten und Kinder kriegen werde.«

Plascha guckt den Rudi an, sie kann sich nur mit Mühe das Lachen verkneifen. Aber sie sagt nichts, sie will Pina die Freude nicht verderben.

Felix fasst Plascha am Arm. Er zeigt auf ein Zelt mit großen bunten Buchstaben, vor dem sich eine Menge Kinder drängeln. »Was ist das für ein Zelt?«, fragt er neugierig.

Plascha liest vor: »Der große Zauberer Simsalabim.«

»Können wir da nicht reingehen?«, fragt Felix. »Mal gucken, ob der so gut zaubern kann wie Charly.«

Das Geld reicht noch und außerdem haben sie drei Groschen übrig für einen geräucherten Schellfisch, den wollen sie dem alten Kulla mitbringen. Eine Frau mit Haaren fast bis zur Erde kassiert das Geld, bevor sie die Zeltplane hochklappt und die Kinder hineinschiebt.

Sie müssen sich erst daran gewöhnen, dass es im Zelt beinah dunkel ist. Dann sehen sie den Zauberer. Er hat ein langes schwarzes Gewand an mit goldenen Sternen drauf und trägt einen spitzen Hut. Daraus zaubert er eine dicke Taube. Die setzt er sich auf die Hand und flüstert mit ihr in einer Sprache, die die Kinder nicht verstehen. Da legt die Taube ein Ei in seine Hand und das Ei ist genauso schnell verschwunden, wie es gekommen war.

»Wo hab ich es hingezaubert?«, fragt der Zauberer mit seiner heiseren Stimme.

Niemand weiß es.

»Soll ich's euch verraten?«, fragt der Zauberer.

»Ja!«, schreien die Kinder und sind gespannt.

»Offen oder geheimnisvoll?«, flüstert der Zauberer.

»Offen!«, schreien die Kinder und warten darauf, dass der Zauberer ihnen seinen Trick verrät. Aber der wird fürchterlich böse. »Raus!«, schreit er und seine heisere Stimme klingt wie ein Krächzen. »Raus, wenn ihr nicht mal wisst, dass Zauberei immer ein Geheimnis ist.« Er scheucht die Kinder allesamt aus dem Zelt und die Frau mit den langen Haaren hilft ihm dabei.

»Das ist Betrug«, sagt Plascha böse. »Dafür haben wir nicht bezahlt.«

»Komm lieber«, flüstert Rudi. »Der hat nicht alle Tassen im Schrank.«

»Der spinnt wirklich«, schimpft Lisbeth. »Warum hat er überhaupt so blöd gefragt?«

»Vielleicht kann er nur den Trick mit der Taube«, sagt Felix. »Der müsste mal den Charly sehn!«

»So wie Charly ist sowieso keiner«, sagt Lisbeth.

Sie lassen sich ihre gute Laune vom bösen Zauberer nicht verderben. Noch ein paar Mal laufen sie über die Kirmes, dann kaufen sie Schellfisch für den alten Kulla. Der Verkäufer wickelt den Fisch fest in Zeitungspapier.

»Der riecht vielleicht gut«, sagt Felix. »Plascha, lass mich mal beißen.«

Plascha zieht die Hand mit dem Fischpäckchen weg. »Wir können dem alten Kulla doch keinen angebissenen Fisch mitbringen!«

»Er würde bestimmt mit uns teilen«, sagt Felix. »Der alte Kulla gibt immer was ab, wenn er zu essen hat, das weißt du doch.«

Stimmt. Und der Fisch riecht wirklich gut. Plascha wickelt ihn vorsichtig aus und riecht noch mal dran, dann hält sie ihn Felix hin.

Vorsichtig beißt er ab. »Schmeckt«, sagt er, »schmeckt sogar noch besser als er riecht.«

Die anderen wollen auch probieren, Lisbeth, August und Rudi. Und Plascha kann nicht einfach bloß zugucken, sie beißt auch ein kleines Stück ab.

»Jetzt hab ich erst richtig Hunger gekriegt«, sagt Felix. Und dann beißen alle noch einmal ab, aber diesmal gar nicht mehr vorsichtig.

Plascha will von dem Fisch noch was retten, doch es ist schon zu spät, erschrocken wickelt sie das Zeitungspapier um den Schellfischrest. »Und wie soll ich dem alten Kulla beibringen, dass wir seinen Fisch aufgegessen haben?«

»Wir gehen zusammen hin«, schlägt Rudi vor, »schließlich haben wir alle mitgegessen.«

»Na, wie war's denn, ihr Kirmesgänger?«, fragt der alte Kulla, als sie alle fünf vor seiner Türe stehen.

»Schön war's«, sagt Felix. »Bloß der Zauberer, der war böse und hat uns rausgeschmissen, und ...« Er guckt die Großen fragend an, Plascha hält das Zeitungspäckchen in der Hand.

»Der Schellfisch«, sagt sie schnell, »wir haben ihn unterwegs aufgegessen.« Sie mag den alten Kulla nicht angucken. Warum sagt er denn nichts?

»Der Schellfisch?«, fragt er verständnislos.

»Wir sollten dir doch was mitbringen«, erklärt Lisbeth. »Und da haben wir einen geräucherten Schellfisch gekauft. Aber jetzt haben wir ihn selber gegessen, weil er so gut gerochen hat.«

»Ojemine.« Der alte Kulla streicht sich über die Glatze. »Das war nicht so ernst gemeint. Ich geb euch doch kein

Kirmesgeld, damit ihr mir was kauft. Ich dachte, ihr hättet das verstanden.«

»Dann bist du nicht böse?« Plascha wickelt das Zeitungspäckchen aus. Nur das Schellfischgeripppe ist übriggeblieben, ein Gerippe mit Kopf und Schwanz.

»Riecht immer noch gut.« Felix leckt sich die Lippen.

»Jetzt kommt erst mal alle rein«, sagt der alte Kulla. »So ein Fisch muss doch schwimmen.« Und er geht in den Keller und holt eine Flasche von seinem Johannisbeersaft, den gibt es nur an ganz besonderen Tagen. Zuletzt hat er welchen spendiert, als Kaspar und Charly aus Holland zurückgekommen sind.

Abends ist auf der Kirmes Tanz. Lisa, Franja und Bolesch wollen hin und Ötte und Lodja auch. Die beiden gehören jetzt schon mehr zu den Großen, weil sie im Herbst aus der Schule kommen, in wenigen Wochen.

Mama will nicht mitgehen, vielleicht tut es ihr zu weh, wenn sie daran denkt, wie lustig es auf der Kirmes mit Papa gewesen ist. Aber sie erlaubt Plascha, mit den Großen zu gehen, denn abends ist es besonders schön auf der Kirmes. Lisbeth, Rudi und August dürfen auch noch einmal hin.

Die vier gucken an den Schießbuden zu und beim billigen Jakob, der unermüdlich sein Geschirr anpreist. Manchen Leuten macht es Spaß, mit ihm zu handeln. Zum Schluss kaufen die meisten doch nichts. Die Zeiten sind nicht gut für den billigen Jakob, die Leute sind zu arm.

»Woll'n wir noch bei der Tanzbühne zugucken?«, fragt Lisbeth.

Franja und Bolesch tanzen gerade, Lodja und Ötte sind nirgends zu sehen.

»Da hinten an dem Tischchen sitzt Lisa«, sagt August. Sie versuchen, zu Lisa durchzukommen, das geht nur ganz langsam in dem Gedränge.

Lodja und Ötte tauchen auf und schlängeln sich zwischen den vielen Leuten hindurch. Lodja hat eine rote Rose aus Papier am Kleid, die hat Ötte ihr sicher geschossen.

Da sieht Plascha im Gewühl den Graute. Ötte muss ihn im selben Moment entdeckt haben, denn sein frohes Gesicht wird mit einem Mal ärgerlich. Als Ötte bei Plascha angekommen ist, stöhnt er: »Dass der Graute uns auch noch auf der Kirmes übern Weg laufen muss!«

Der Graute scheint nicht mehr nüchtern zu sein, er bewegt sich ziemlich schwerfällig. Und dann steuert er ausgerechnet auf den Tisch zu, an dem Lisa sitzt. Er bleibt vor ihr stehen, verbeugt sich und fragt: »Darf ich bitten, schöne Frau?«

»Nein, danke«, sagt Lisa eisig.

»Ach so.« Graute wirft einen Blick auf Lodja und Ötte. »Scheint wohl auch zu den Pollacken zu gehören, die Schöne. Tanzt lange nicht mit jedem, guck sich das einer an! Auch noch stolz! Muss wohl unbedingt so 'n dahergelaufener polnischer Kumpel sein, was?«

Lisa wird rot vor Zorn.

Ötte scheint zu überlegen, was er machen soll, aber Franja und Bolesch kommen gerade von der Tanzfläche. Bolesch hat die letzten Worte gehört und sagt: »Nehmen Sie das sofort zurück, Sie haben kein Recht, uns zu beleidigen!«

»Oh, Entschuldigung«, sagt der Graute. »Ich hab ja nicht wissen können, dass ihr sooo empfindlich seid.« Er sagt das derart übertrieben, dass jeder merken muss, wie höhnisch es gemeint ist.

Plascha könnte heulen vor Wut. Sie sind alle wütend, Ötte und Bolesch sieht man an, dass sie den Graute am liebsten verprügeln würden. Aber Lisa hat sich schon wieder gefangen und sagt: »Es lohnt nicht, hier zu streiten.

Erstens ist er betrunken, und zweitens gehört er zu denen, die sowieso nichts dazulernen.«

Der Graute lässt sich auf einen Stuhl am Nachbartisch fallen und bestellt ein Bier und einen Korn. Er redet unaufhörlich vor sich hin. »Gesocks«, murmelt er halblaut. »Zum Teufel jagen sollte man sie alle! Was haben die denn hier noch verloren, es gibt doch wieder einen polnischen Staat ...«

»Ich hab keine Lust mehr«, sagt Franja. »Wollen wir alle nach Hause gehen?«

Der Graute hat seinen Korn gekippt und stiert vor sich hin.

Sie würden gern einen Riesenbogen um seinen Tisch machen, aber es ist zu eng hier, sie müssen an ihm vorbei.

»Im Frühjahr, das Freikorps und die Bürgerwehr«, murmelt der Graute, »das waren Zeiten! Wir hätten viel gründlicher aufräumen sollen. Aber noch ist nicht aller Tage Abend und mein Gewehr hab ich immer bereit.«

»Habt ihr gehört?«, fragt Ötte, als sie am Graute vorbei sind. »Sein Gewehr hat er immer bereit. Als ob wir Freiwild wären.«

»Was hat er denn bloß davon?«, fragt Plascha.

»Ich weiß nicht«, sagt Lodja. »Ich glaub, der braucht jemanden, dem er alles in die Schuhe schieben kann, was ihm nicht passt.«

Niemand beachtet den Graute. Vielleicht, weil er betrunken ist, denkt Plascha. Da nehmen sie ihn nicht ernst. Oder die Leute wollen einfach nicht gestört werden, sie sind auf die Kirmes gekommen, um sich zu amüsieren. Ärger haben sie in den letzten Jahren genug gehabt.

» ... fest steht und treu die Wacht, die Wacht am Rhein«, singt der Graute halblaut vor sich hin.

Lisa bleibt kopfschüttelnd stehen. »Der gehört zu den ewig Kaisertreuen, da kann man nichts machen, der träumt sein Lebtag von einem starken Mann.«

»Wenn er das alles nur im Suff sagen würde, wär's mir ja egal«, sagt Ötte. »Aber der denkt auch so, wenn er nüchtern ist. Der hält sicher seine Knarre bereit und wartet nur auf die nächste Gelegenheit, um mit uns aufzuräumen, wie er das nennt.«

Und dann bleibt Ötte plötzlich mitten auf dem Heimweg stehen.

»Willst du noch mal zur Kirmes zurück?«, fragt Plascha erstaunt.

»Nee«, sagt Ötte. »Der Graute hat mir den Spaß verdorben. Aber ich hab doch geschworen, dass ich mich an ihm räche, bevor ich zum Pütt geh. Ich hab bloß nie gewusst, wie. Die kleinen Streiche in der Schule, das war nichts. Aber jetzt weiß ich, was ich mach.«

»Leg dich mit dem nicht an, das hat keinen Sinn«, sagt Franja.

»Will ich auch nicht«, sagt Ötte. »Ich hätte nur große Lust, bei ihm einzusteigen und zu gucken, wo er seine Knarre hat, die ist bei dem nicht gut aufgehoben.«

»Und wenn er dich erwischt und schießt?«, fragt Lodja voller Angst.

»Der kann ja kaum noch geradeaus gehen«, sagt Ötte. »Der ist doch sternhagelvoll.«

»Ich weiß, wo der Graute wohnt«, sagt August.

»Ich auch«, sagt Ötte. »Am Anfang der Lindenstraße. Unten im Haus wohnen seine Schwester und sein Schwager, und oben wohnt er.«

»Hat seine Schwester Kinder?«, fragt Plascha.

»Nein«, sagt Ötte, »Kinder haben die nicht. Und der Graute ist Junggeselle. Ist vielleicht ganz gut, dass die keine Kinder haben, der Schwager war auch in der Bürgerwehr, die sind alle so verbohrt.«

»Dann wohnen die zu dritt in einem Haus?« Plascha

staunt. »Haben die aber Platz!«

»Ich geh mit in die Lindenstraße«, sagt Lodja. »Vielleicht kannst du Hilfe gebrauchen.«

»Ich auch«, sagen Plascha und Lisbeth wie aus einem Mund. Und Rudi, August, Franja und Bolesch wollen auch mit.

»Ich glaub, bei so vielen Helfern bin ich überflüssig«, sagt Lisa. »Ich geh lieber zu eurer Mama, damit sie nicht so alleine ist.«

»Wir können aber nicht als Trupp da antanzen, das ist zu auffällig«, sagt Ötte. »Am besten, wir kommen in drei Gruppen und aus verschiedenen Richtungen.«

Sie trennen sich. Franja und Bolesch, Lodja und Ötte gehen wie zwei Liebespaare, die sich gegenseitig nicht kennen und nicht Acht geben auf das, was um sie herum passiert. Plascha, Lisbeth, Rudi und August bleiben zusammen, sie kommen als Erste an.

Das Haus ist nicht besonders groß, aber weiß angestrichen und hat einen schönen Garten. Die ganze Straße wirkt wie ausgestorben.

»Die sind wohl alle auf der Kirmes«, flüstert Plascha.

»Der Männergesangverein hat heute Abend auch noch ein Fest«, sagt Rudi.

August fühlt am Eingangstor, das ist verschlossen. Die vier klettern einer nach dem anderen über die Mauer.

»Da oben das Fenster ist nur angelehnt, glaub ich.« Lisbeth starrt angestrengt auf ein Fenster im oberen Stock.

Jetzt sind Schritte vor dem Haus zu hören. Die Kinder ducken sich schnell hinter die Büsche.

Wieder steigen zwei über die Mauer. Es sind Lodja und Ötte.

»Es scheint niemand im Haus zu sein«, flüstert Rudi.

»Ein Fenster ist nicht richtig zu.« Lisbeth zeigt nach oben.

»Schaffst du's da hoch, Ötte?«, fragt Plascha. »Sonst machen wir 'ne Räuberleiter.«

Ötte hangelt sich schon an der Wand hoch, die Ziegelsteine eignen sich gut zum Klettern.

»Franja und Bolesch stehen draußen Schmiere«, sagt Lodja, und Plascha merkt ihrer Schwester an, wie aufgeregt sie ist.

Ötte ist inzwischen oben angekommen, drückt das Fenster auf und verschwindet in der Wohnung.

»Hoffentlich findet er die Knarre schnell«, sagt Plascha.

Sie stehen dicht an die Hauswand gedrängt, Plascha, Lodja, Lisbeth, August und Rudi. Rudi ist so nah bei Plascha wie an dem Frühlingsnachmittag in der Wieschermühle. Und wieder klopft Plaschas Herz, diesmal auch aus Angst um Ötte.

Es wird dämmrig, aber man kann noch einigermaßen sehen.

Plascha hat das Gefühl, als würde Ötte die ganze Wohnung da oben durchsuchen. Und wenn er das Gewehr gar nicht findet?

Ein Betrunkener geht draußen vorbei und grölt: »Wir wollen unsern alten Kaiser Wilhelm wieder haben.« Zum Glück ist es nicht der Graute.

Endlich taucht Öttes Kopf wieder oben am Fenster auf. »Ich hab die Knarre«, flüstert er. »Aber wie krieg ich sie runter, ohne Lärm zu machen?«

Im Handumdrehen steht Plascha im Unterrock da. »Wir nehmen mein Kleid wie ein Sprungtuch«, sagt sie leise. »Du kannst die Knarre da reinfallen lassen.«

»Sie ist nicht geladen«, sagt Ötte. »Ich hab nachgesehen.«

Plaschas Kleid mit dem weiten Rock eignet sich gut zum Auffangen, das Gewehr kommt ziemlich leise unten an.

»Aber wir können nicht so damit durch die Straßen laufen, das fällt auf«, sagt Lodja.

»Dreht euch mal um.« Plascha zieht schnell ihren Unterrock aus und streift sich das Kleid wieder über den Kopf.

Inzwischen ist Ötte unten angekommen.

»Wir wickeln die Knarre in meinen Unterrock«, sagt Plascha.

Ötte nickt und nimmt das Gewehr.

Die Kinder schleichen zur Mauer und gucken an verschiedenen Stellen rüber. Sie müssen warten, es sind Leute unterwegs.

Auf der Kirmes ist wohl nicht mehr viel los, denkt Plascha. Hoffentlich taucht der Graute nicht gerade jetzt auf, und seine Schwester und sein Schwager dürfen auch noch nicht nach Hause kommen.

Franja und Bolesch geben Zeichen, dass die Luft rein ist.

Bis auf Ötte steigen sie alle schnell über die Mauer, Ötte gibt ihnen das eingewickelte Gewehr rüber, dann klettert er nach.

Jetzt möchte Plascha am liebsten losrennen, nach Hause, um in Sicherheit zu sein.

Lodja und Ötte gehen Arm in Arm und haben das Gewehr zwischen sich geklemmt. Vor ihnen gehen Franja und Bolesch, hinter ihnen Plascha, Rudi, Lisbeth und August.

Die beiden Jungen kommen nur mit bis um die nächste Ecke, weil sie auf den Graute warten wollen. Rudi läuft in die Blücherstraße und sagt seiner Mutter und Barkens Bescheid. August will inzwischen ein günstiges Versteck für sich und Rudi suchen.

»Warum hast du so lange da oben gebraucht?«, will Lodja von Ötte wissen. »War das Gewehr so schwer zu finden?«

»Gar nicht«, sagt Ötte. »Es hing über seinem Bett, aber ich hab noch alle Schubladen und Schränke aufgemacht und ein bisschen drin rumgewühlt, damit es so aussieht, als wären echte Diebe da gewesen. Zehn Mark hab ich gefunden und mitgenommen.«

»Das find ich nicht gut«, sagt Lodja. »Das Gewehr zu klauen ist schon in Ordnung, aber Geld?«

»Ich will's ja nicht behalten«, sagt Ötte. »Ich geb's Marie fürs Waisenhaus. Dem Graute tun die zehn Mark nicht weh. Unten bei seiner Schwester war ich auch, die Wohnungstür ist nicht abgeschlossen, genau wie beim Graute. Die schließen wohl nur die Haustür ab und das Gartentor. Bei der Schwester hab ich dann noch mal Dieb gespielt, aber nichts geklaut, nur Schränke und Kommoden aufgerissen und für etwas Unordnung gesorgt. Damit der Graute nicht gleich an uns denkt, wenn seine Knarre weg ist. Die werden alle drei ein bisschen aufräumen müssen.«

Als sie nach Hause kommen, sitzen Mama und Lisa bei den Wawciniaks und warten schon.

»Alles gut gegangen!« Ötte legt das Gewehr auf den Tisch und wickelt es aus.

»Prima«, sagt der Wawciniak. »Aber versteck den Ballermann lieber hinterm Hippenstall, falls der Graute euch verdächtigt und uns die Polizei auf den Hals schickt.«

»Der hat wahrscheinlich gar nicht gemerkt, dass wir alles mitgehört haben, was der auf der Kirmes vor sich hin gequasselt hat«, meint Lisbeth.

»Vorsicht schadet nicht.« Der Wawciniak drückt Ötte das Gewehr in die Hand. »So 'n Schießeisen will ich nicht in der Wohnung haben. Pack es gut weg, hoffentlich wird es nie mehr gebraucht.«

Eine halbe Stunde später kommen August und Rudi. Sie können kaum erzählen, so müssen sie lachen. »Schade, dass ihr nicht alle dabei wart«, sagt August. »Es war zu schön! Zuerst blieb es eine Weile still in der Straße, dann ist Rudi zurückgekommen und gleichzeitig kam ein Mann mit einem Schäferhund vorbei. Er hat Dressurübungen mit dem Hund gemacht, hat immer wieder einen dicken Knüppel geschmissen und der Hund musste ihn zurückbringen.«

»Inzwischen sind noch mehr Leute gekommen«, erzählt Rudi. »Auf der Kirmes war wohl Schluss und der Graute kam auch, mehr getorkelt als gegangen. Er hat in seinen Taschen gewühlt, bis er endlich den Schlüsselbund gefunden hat. Bevor er ins Haus ging, hat er erst noch in die Sträucher gepinkelt. Wir waren gespannt, was er machen würde, wenn er in seine Wohnung käme. Eine Weile haben wir nichts von ihm gehört, bis er auf einmal geschrien hat: ›Diebe! Diebe!‹ Und etwas später: ›Hilfe, mein Gewehr ist weg!‹« Dann kam er plötzlich im Unterhemd und in langen Unterhosen auf die Straße gelaufen. Der hatte wohl schon angefangen, sich auszuziehen, bevor er gemerkt hat, dass sein Gewehr weg war.«

»Dass ihm das überhaupt so schnell aufgefallen ist in seinem besoffenen Kopp«, sagt Lene erstaunt.

»Das Gewehr hing direkt über seinem Bett, da guckt er wohl jeden Morgen als Erstes drauf und als Letztes jeden Abend, eh er ins Bett steigt«, sagt Ötte. »Das kann ich mir bei dem gut vorstellen.«

»Jedenfalls hat er rumgebrüllt, dass sein Gewehr weg ist.« August lacht wieder und erzählt dann weiter, »bis eine Frau gegenüber das Fenster aufgerissen und gerufen hat, er sollte die Kinder nicht aufwecken, und es wär ein Mann vorbeigekommen, der hätte was getragen, das könnte ein Gewehr gewesen sein, so genau hätte sie's vom Fenster aus nicht gesehen. Es hätte sich angehört, als ob der Mann das Dings in die Köttelbecke geschmissen hätte.«

»Das Dings war kein Gewehr«, Rudi lacht auch. »Das war der Knüppel von dem Mann mit dem Hund. Aber der Graute ist so, wie er war, zur Köttelbecke gelaufen, das ist ja nicht weit. Er konnte wieder einigermaßen gerade gehen, der Schreck hat ihn wohl nüchtern gemacht. Etliche Leute sind ihm nachgegangen, die waren neugierig geworden von seinem Geschrei. Wir sind auch mit, es war ja schon dunkel, er hat uns nicht gesehn. Und dann ist er barfuß in die Köttelbecke und hat drin rumgefischt, aber er hat nichts gefunden als einen kaputten Eimer. Der Graute hat vielleicht geschimpft! Und wie der nach Jauche gestunken hat von der Köttelbecke, kann ich euch sagen, bestimmt zehn Meter gegen den Wind! Dann ist er nach Hause gegangen und hat fast geweint um sein schönes Gewehr.«

»Die Leute haben ihn ausgelacht«, berichtet August.

»Er hat aber auch Pech gehabt«, sagt Rudi. »Auf dem Heimweg ist er den Männern vom Gesangverein begegnet, die kennen ihn ja alle. Der Sippel und der Kolpe gingen vorne. Die haben vielleicht geguckt, als der Graute unter einer Straßenlaterne in Hemd und Unterhosen vor ihnen stand.«

»Der Rektor war auch dabei«, erzählt August. »Der hat den Graute von oben bis unten gemustert und gesagt: ›Aber Herr Graute, so sollte ein deutscher Beamter sich nicht in der Öffentlichkeit sehen lassen.‹«

August muss wieder lachen und die anderen lachen mit. Nur Ötte macht ein ernstes Gesicht. Es ist wohl nicht zum Lachen, wenn man acht Jahre lang so einen Lehrer hat, denkt Plascha.

»Mistkerl, der Graute«, sagt Lisa. »Als er mich zum Tanzen holen wollte, hätte ich ihm am liebsten eine runtergehauen.«

»Wenn der Sippel in seinem Bäckerladen erzählt, wie er den Graute heute Abend angetroffen hat, das geht rum wie ein Lauffeuer«, meint Lene. »Dann ist der Graute erst recht blamiert.«

»Dass hat er davon, dass er Lisa beleidigt hat!« Bolesch ist richtig schadenfroh. »Dem hab ich schon lange gewünscht, dass er seine Gemeinheiten mal heimgezahlt bekommt.«

»Uns hat er den Tanz auf der Kirmes verdorben«, sagt Franja. »Eigentlich müssten wir endlich mal wieder richtig feiern. Wie wär's mit einem großen Abschiedsfest für Lisa, bevor sie nach Polen geht?«

Die Idee gefällt allen. Plascha überlegt sofort, wer bei dem Fest mitmachen soll. Und das sind eine Menge Leute.

19

Vom Abschiednehmen und wie Lisa noch einmal Ziehharmonika spielt.

Zu Lisas Fest kommen sie alle: die Wawciniaks, die Strelcyks und Ziska mit ihren beiden Mädchen. Auch die drei Kullas, Lisbeth mit ihrer Familie, Rudi mit seiner Mutter, die Barkens, Charly mit Rumba und der Vikar.

Klärchen hat für Lisa ein Paar blauweiße Topflappen gehäkelt, die ersten, seit sie weiß, dass ihr Vater gefallen ist.

August schenkt Lisa ein geschnitztes Schiffchen und Rudi ein Bild von Heinrich-Gustav, daran hat er die ganze letzte Woche gemalt, der Förderturm ist am schönsten geworden.

Die meisten bringen was zu essen oder zu trinken mit. Rosa hat eine Schaumtorte gemacht, woraus, das verrät sie nicht. Die Torte schmeckt süß und ist rosa mit hellgrünen Tupfern.

Der alte Kulla hat wieder mal echten Kaffee aufgetrieben.

Plascha und Lodja haben Mama geholfen, den Teig für mehrere Bleche Streuselkuchen zu machen, Ziska, Mimi Hönnes und die Barkens haben Zutaten beigesteuert und Bäcker Sippel hat den Kuchen gebacken.

Franja und Bolesch sind seit ein paar Tagen dabei, alles für das Fest zu organisieren, und aus Holzkisten und Brettern haben sie Bänke im Viereck zusammengestellt auf der Wiese, auf der sonst die Frauen im Sommer ihre Wäsche aufhängen oder zum Bleichen in die Sonne legen.

Als Mama den Streuselkuchen schneidet und Lene den Kaffee aus der großen Kanne ausschenkt, die sie in der

Wirtschaft auf dem Hellweg extra für heute ausgeliehen hat, sagt Lisa: »Wie bei einer Beerdigung.«

Das soll eigentlich nur ein Spaß sein, aber Plascha hat das Gefühl, dass Lisa gar nicht gerne von hier weggeht, sonst sähe sie nicht so unglücklich aus.

»Am liebsten würde ich euch alle mitnehmen nach Polen.« Sie wischt sich mit der Hand über die Augen.

»Wenn sie nicht gut zu dir sind, die Pollacken da drüben«, sagt Gustav Barken und grinst dabei den Bolesch an, »dann schnürst du eben noch mal dein Bündel und kommst zu uns zurück.«

»Das geht nicht mehr so leicht«, sagt Lisa, »wo es jetzt zwei verschiedene Staaten sind. Ich hab mich für Polen entschieden und das werd ich wohl nicht mehr ändern können.«

»Ach, was redet ihr denn«, ruft Charly. »Dann hol ich dich eben bei Nacht und Nebel über die Grenze, ich hab doch inzwischen Übung darin.«

»Klebst du mir auch einen blonden Schnurrbart an?« Lisa kann schon wieder lachen.

»Mal sehn«, sagt Charly. »Vielleicht fällt mir für dich was Besonderes ein.« Er bindet Rumba die bunte Halskrause um.

Felix übt hinter den Stachelbeersträuchern die Lieder, die er nachher auf seiner Mundharmonika für Lisa spielen will.

»Esst schnell euren Kuchen auf, sonst verschluckt ihr euch vor Staunen«, ruft Franja. »Charly und Rumba zeigen ihr neues Zirkusprogramm.«

»Zirkus bei uns im Garten«, sagt Lodja. »Ist das nicht toll?«

Und die beiden Künstler müssen zum Schluss noch mehrere Zugaben bringen, ehe das stürmische Publikum endlich Ruhe gibt.

»Jetzt bist du dran«, sagt Mama später zu Lisa. »Heute musst du Ziehharmonika spielen, dass es für die nächsten Jahre reicht.«

Und Lisa spielt, sie spielt deutsche und polnische Lieder, oft singt jemand mit und manchmal singen alle zusammen, einige tanzen auch: Franja mit Bolesch, Lodja mit Ötte und Pina mit Hannchen.

Plascha will mit Rudi eine Polka tanzen. »Das kann ich nicht«, sagt er. »Ich hab doch noch nie getanzt.«

»Ich zeig's dir«, sagt Plascha. »Wo du so musikalisch bist, lernst du es sicher ganz schnell.«

Sie nimmt Rudi bei der Hand und zeigt ihm die Schritte. Lisa spielt und Plascha und Rudi hören nicht auf zu tanzen, bis ihnen schwindelig wird.

Sie setzen sich neben den alten Kulla auf die Bank.

»Macht Spaß euch zuzugucken«, sagt er. »Mein Gott, was hab ich früher gerne getanzt und meine Luise auch.«

»Fehlt sie dir sehr, deine Luise?«, fragt Plascha.

»Manchmal schon, wenn auch nicht zum Tanzen«, sagt der alte Kulla. »Dazu hab ich längst keine Puste mehr. Aber so ganz ist sie nie aus meinem Leben verschwunden, die Luise. Wenn ich alle Tage an sie denke und mit ihr rede ...«, er lächelt vor sich hin, »sogar laut, wenn ich weiß, dass niemand mich hört ... dann ... dann ist sie doch noch irgendwie da, oder nicht?«

Plascha und Rudi sehen sich an.

»Ich weiß, was du meinst«, sagt Rudi. »Ich glaub auch, dass mein Vater oft bei mir ist, besonders, wenn ich Mundharmonika spiel. Und ich red in Gedanken mit ihm und frag ihn um Rat.«

»Ich auch«, sagt Plascha. »Und dann hab ich Papa vor mir, wie er ausgesehn hat da an der letzten Ecke vorm Bahnhof, bevor er an die Front geschickt worden ist. Ich weiß noch genau, wie die Äpfel in dem Pappkarton gerochen haben, die ich für ihn blank poliert und eingepackt hab.«

»Das nimmt dir keiner weg«, sagt der alte Kulla.

Plascha nickt. »Ich weiß, aber ich mach mir Sorgen um Mama. Sie kann sich nicht vorstellen, dass Papa einer der vielen Gefallenen von der Westfront sein könnte, von denen man nicht mal die Namen weiß. Sie wartet immer noch, dass er wiederkommt. Und jetzt geht Lisa weg, und die ist Mamas beste Freundin.«

»Vielleicht kannst du deiner Mama helfen«, sagt der alte Kulla.

»Helfen?«, fragt Plascha. »Und wie?«

»Vielleicht lernt sie von dir, dass nur die Menschen wirklich von uns weggehen, die wir vergessen.«

Plascha sieht den alten Kulla nachdenklich an.

»Los, ihr zwei!« Er schubst Plascha und Rudi beinah von der Bank. »Jetzt geht wieder tanzen, wir haben lange genug über ernste Dinge geredet.«

Und diesmal nimmt Rudi Plascha bei der Hand und sie tanzen um das Viereck mit den Bänken herum und Charly zaubert eine himmelblaue Papierblume aus Rumbas Nase, ellenlang, und schenkt sie Lisa zum Abschied und Bolesch wirft Franja in die Luft und fängt sie wieder auf und Lodja und Ötte flüstern miteinander und der Strelcyk gibt Rosa einen Kuss aufs Ohr und Karl beschmeißt Fine mit Kletten, »da, da«, sagt Kalla laut vor sich hin und der Wawciniak erzählt vom Stanis Gruscyk, dem stärksten Mann in der Provinz Posen, der alles entzwei gekriegt hat, Baumstämme und dicke Eisenketten, und von Mitka erzählt er, die vierundzwanzig Kinder hatte, schon wieder eins mehr als beim letzten Mal, und immer noch aussah wie ein junges Mädchen, mit zwei dicken langen Zöpfen, und keine in der ganzen Provinz konnte tanzen wie sie, und der Vikar und Kaspar reden von der Front und Lisa spielt das Lied von der Bauernhochzeit dreimal hintereinander und Mama hat den Felix auf dem Schoß und singt mit und Plascha und Rudi tanzen immer noch und der alte Kulla guckt ihnen zu und die Sonne geht unter hinter den Ställen und von Heinrich-Gustav hört man die Schachtsirenen und überm Stahlwerk der Feuerschein lodert als Fackel bis in den Himmel und macht es im Garten hell.

Zeittafel

1914
28.6. Ermordung des österreichischisch-ungarischen Thronfolgers in Sarajewo/Serbien
28.7. Österreich-Ungarns Kriegserklärung an Serbien
1.und 3.8. Deutschland (Bündnispartner Österreich-Ungarns) erklärt Russland und Frankreich den Krieg, Mobilmachung
4.8. Einstimmige Bewilligung der Kriegskredite im Deutschen Reichstag

1915
– Erster Einsatz von Giftgas durch deutsches Militär
– Steigende Versorgungsschwierigkeiten in Deutschland
– Hohe Gewinne in der Rüstungsindustrie

1916
1.5. Antikriegsdemonstration der Spartakusgruppe (gegründet von Anhängern der SPD aus Protest gegen die Kriegspolitik des Parteivorstands)
5.11. Errichtung eines Königreichs Polen

1917
– „Steckrübenwinter" 1916/1917: Höhepunkt der Nahrungsmittelkrise, viele Hungertote
1.2. Deutschland erklärt den uneingeschränkten U-Bootkrieg
6.4. Ostern: Gründung der USPD (Unabhängige Sozialdemokratische Partei Deutschlands)
– Kriegserklärung der USA an Deutschland
7.11. Sieg der Oktoberrevolution in Russland

1918
3.3. Friede zwischen Sowjetrussland und Deutschland
3.11. Aufstand der Kieler Matrosen
9.-10.11. Ausrufung der Republik in Berlin, Ebert Reichskanzler mit Vorsitz im Rat der Volksbeauftragten, Abdankung und Flucht Kaiser Wilhelms II.
November: Bildung von Arbeiter- und Soldatenräten in ganz Deutschland
11.11. Gründung der Republik Polen
16.-20.11. Kongress der Arbeiter- und Soldatenräte, Mehrheit gegen Räterepublik, daraufhin Austritt der USPD aus dem Rat der Volksbeauftragten
30.12.-1.1.1919 Gründungsparteitag der KPD (Kommunistische Partei Deutschlands)

1919
5.1. Gründung der DAP (Deutsche Arbeiterpartei), aus der später die NSDAP hervorging (Nationalsozialistische Deutsche Arbeiterpartei)
15.1. Rosa Luxemburg und Karl Liebknecht in Berlin ermordet
19.1. Wahlen zur Nationalversammlung (SPD, Zentrum und Deutsche Demokratische Partei erreichen Mehrheit)
15.2. Höhepunkt der blutigen Ausschreitungen des Freikorps „Lichtschlag“ im Ruhrgebiet
Februar-April: Generalstreiks im Ruhrgebiet, schließlich Ausrufung des Belagerungszustands
28.6. Unterzeichnung des Versailler Friedensvertrages
31.7. Annahme der Weimarer Verfassung

Worterklärungen

buttern: das mitgebrachte Frühstück, die Butterbrote verzehren
Deputatkohle: regelmäßig Zuteilung von Kohle an Bergarbeiter als Teil des Arbeitslohns
Förderschacht: senkrechter Grubenbau für den Transport von Kohle, Personen, Material und für die Versorgung mit Luft
Freikorps: paramilitärische Einheit aus einheimischen Freiwilligen
Frische Wetter: Bergmannssprache: Frische Luft
Gesocks: abfällige Bezeichnung für Menschen
Griffelkasten: hölzernes Kästchen zur Aufbewahrung von Griffeln und Federhaltern. Mit Griffeln schrieb man auf Schiefertafeln.
Hippe: Ziege
Hüppen in Düppen: Hüpfen in den Topf
Kappes: Weißkohl
Klüngelskerl: Lumpensammler
Köttelbecke: stark kanalisiertes Gewässer, das die Abwässer aufnimmt
Kötter: Dorfbewohner, die auf (zu) kleinen Anteilen alter Höfe siedelten und die verpflichtet waren, für die Grundherren Arbeiten zu verrichten und/oder Abgaben in Form von Geld und/oder Naturalien zu leisten
Maloche: aus dem Hebräischen: Harte Arbeit
Muckefuck: frz.: „mocca faux" (falscher Kaffee = Kaffee-Ersatz, hergestellt aus Getreide oder Früchten)
Mutterklötzchen: zerkleinertes Abfallholz von der Zeche. Für den Ofen zu Hause
Panhas: „Pfannenhase": eine Art Blutwurst

Rodezehent: auch Rodezehnt: Pachtzahlung von einem Zehntel der Ernte an den Grundherrn
Steinstaub: Steinstaublunge (wissenschaftlich Pneumokoniose, Silikose). Erkrankung der Lunge mit bindegewebigen Veränderungen (Lungenfibrose) als Folge des Einatmens von Steinstaub, der beim Abbau der Kohle entsteht. Folge ist eine Verminderung der Atemfunktion.
Streb: langer schmaler gangähnlicher Raum, an dessen einer Seite die Kohle abgebaut wird, auf der anderen Seite wird der entstandene freie Raum mit Gestein und Geröll verfüllt
Strecke: horizontaler Gang in der Grube
Überzieher: Mantel
Unter Tage: im Bergwerk

Die Autorin

Inge Meyer-Dietrich ist im Ruhrgebiet aufgewachsen. Nach dem Studium der Soziologie, Germanistik und empirischen Kulturwissenschaften (München, Tübingen) und der Arbeit in verschiedenen Berufen ist sie seit 1986 freie Autorin. Sie hat über 30 Bücher für Kinder, Jugendliche und Erwachsene veröffentlicht. Einige ihrer Bücher wurden in andere Sprachen übersetzt und sie hat zahlreiche Auszeichnungen im In- und Ausland bekommen, u. a. den Österreichischen Staatspreis für Jugendliteratur und den Literaturpreis Ruhr für ihr Gesamtwerk.

www.ingemeyerdietrich.de